陈恩黎 著

透过文化之镜
从另一种维度重新审视中国儿童文学

方卫平 主编

中国当代儿童文学理论文库

河北出版传媒集团
河北少年儿童出版社
·石家庄·

图书在版编目（CIP）数据

透过文化之镜：从另一种维度重新审视中国儿童文学 / 陈恩黎著. -- 2版. -- 石家庄：河北少年儿童出版社, 2024.12. --（中国当代儿童文学理论文库 / 方卫平主编）. -- ISBN 978-7-5595-7068-0

Ⅰ. I207.8

中国国家版本馆 CIP 数据核字第 2024MV1861 号

中国当代儿童文学理论文库
透过文化之镜 从另一种维度重新审视中国儿童文学
TOU GUO WENHUA ZHI JING

方卫平　主编

陈恩黎　著

出 版 人：段建军	选题策划：孙卓然
责任编辑：李　璇　沈迎春	美术编辑：季　宁　孟恬然
装帧设计：陈泽新等	

出版发行　河北少年儿童出版社
地　　址　石家庄市桥西区普惠路 6 号　邮编　050020
经　　销　新华书店
印　　刷　河北新华第一印刷有限责任公司
开　　本　787 毫米 × 1092 毫米　1/16
印　　张　15　彩插 0.25
版　　次　2024 年 12 月第 2 版
印　　次　2024 年 12 月第 1 次印刷
书　　号　ISBN 978-7-5595-7068-0
定　　价　58.00 元

版权所有　侵权必究

若发现缺页、错页、倒装等印刷质量问题，可直接向本社调换。
电话：010-87653015　传真：010-87653015

目录

绪论 / 001

第一节 理解大众文化 / 002

1. 关于大众文化的理论 / 002
2. 工业化、城市化和大众文化 / 005
3. 儿童与大众文化 / 009

第二节 理解童年 / 015

1. 对"童年"概念的历史考察 / 016
2. 童年的被塑造性 / 019
3. 童年的资源性 / 026
4. 童年的变异性 / 036

第三节 儿童文学的现代面貌 / 041

1.《鹅妈妈的故事》和纽伯瑞童书 / 041
2. 教育儿童的文学和《格林童话》/ 045
3. 副文学时代的儿童文学 / 048

第一章 中国儿童文学现代发生再考察 / 054

第一节 传统中国文化中的童年书写 / 054

1. 蒙学中的儿童 / 054
2. 图像中的儿童 / 057
3.《世说新语》中的童年文化 / 065

第二节 开启"中国式"现代儿童启蒙之路
——《小孩月报》/ 079
1. 传播的困境 / 080
2. 儿童福音小说翻译中的接受与过滤 / 084
3. 从横向移植到纵向延续 / 090

第三节 《点石斋画报》中的童年"浮世绘"/ 094
1. 新旧杂糅世界的目击者 / 097
2. 混乱世界的承受者 / 100
3. 来自神秘世界的造物 / 103

第二章 从理想国出发：中国儿童文学大众化实践 / 107
第一节 从歌谣运动到文学研究会 / 107
1. 周作人的儿歌研究 / 108
2. 刘半农的诗歌实验 / 113
3. 文学研究会成员的小说创作 / 121

第二节 黎锦晖的儿童歌舞剧 / 129
1. 何为"黎锦晖现象"？/ 129
2. 同一时空中的交错 / 131
3. 批评的独立与文化的多元 / 134

第三节 都市文化的早期图像记忆
——1935年的三毛漫画 / 138
1. 一个来自中产阶层的儿童 / 140
2. 一种现代的童年观 / 142
3. 一个文学母题的图像叙事 / 146

第四节 "十七年"中国动画电影的表意空间和叙述美学 / 151
  1. 假想的动物世界 / 151
  2. 假想的儿童世界 / 154
  3. 想象的起点与边界 / 156
  4. 若隐若现的游戏世界 / 159

第五节 红色种子·双面神·独生子女 / 164
  1. 一粒"芽期"漫长的红色种子 / 164
  2. 一个降临凡间的双面神 / 170
  3. 一个邻家独生子女 / 178

第三章 话语的叛逆：僭越后的道德焦虑与机器图腾 / 188
第一节 在启蒙与狂欢之间游走的僭越 / 190
第二节 僭越与狂欢之中的道德焦虑 / 195
第三节 "永恒男孩"的机器图腾 / 202

第四章 教科书——中国儿童文化产业的试验场 / 207
第一节 从"西学东渐"到本土化的实现 / 208
第二节 从教育的启蒙到儿童文化的塑造 / 212
第三节 从儿童—成人到成人—儿童 / 216

结语 / 221

参考文献 / 224

后记 / 229

主编小记 / 231

绪论

中国儿童文学的现代自觉起始于19世纪末，经历了先翻译后原创、先理论后创作的成长路径。这一过程印证了中国现代化的"外源性"特征和精英立场的启蒙性特征，同时也证明了中国儿童文学的现代自觉是中国现代化进程中所收获的众多结果之一。正是由于中国儿童文学的上述显在特性，使得它长期以来被先验地视为"五四"以来启蒙文学的一个组成部分。在今天看来，这一精英价值取向的努力在提升中国儿童文学的整体文学地位的同时也造成了一种理论的封闭，使得儿童文学批评对一些逸出或对抗精英启蒙立场的文本无法构成具有穿透力的言说。

从儿童文学发展的历史来看，古登堡技术引发的文化革命、洛克教育思想引起的儿童观的改变、中产阶级对家庭的重视、医疗水平的提高等一系列纷繁复杂的因素合力催生了儿童文学在18世纪末的欧洲的独立与兴起。也就是说，现代意义上的儿童文学是欧洲近代文明的一个产物，也是欧洲工业化和城市化进程中所结出的一颗硕果，是工业化和城市化所发展形成的大众文化的一个组成部分。正因为如此，目前方兴未艾的大众文化研究逐渐把与童年生活密切相关的诸多事物融入自己的视野和体系中。

基于对中国儿童文学研究历史与现状的思考，也基于对儿童文学与大众文化之间内在文化逻辑的认识。本书试图从大众文化研究的视角来重新考察中国儿童文学，以期发现一种新的维度与学术生长点。

第一节　理解大众文化

1. 关于大众文化的理论

虽然 21 世纪的人类已处于大众文化的汹涌潮流之中，每个人的日常生活时时刻刻充满了大众文化的影子，但是，作为一个概念，"大众文化"的界定依旧被学界认为是件难以完成的工作。因为，"大众文化"实际上是一个空洞的概念范畴，根据它使用的范围，可以运用各种各样的方法给它注入各种不同的含义。①

在英语语境中，大众文化被称为 Mass Culture 或被称为 Popular Culture。前者的"mass"从辞源上来看显然带有贬义，暗含"乌合之众"之意；后者的"popular"则呈中性甚或褒义的色彩。它们各自表达了对大众的某种价值判断，也暗示了大众所具有的两副对立的面相。

---

① [英] 约翰·斯道雷：《文化理论与通俗文化导论》，杨竹山、郭发勇等译，南京大学出版社 2006 年版，第 1 页。

大众是"被宠坏了的孩子"①还是"潜在的革命力量"？在不同的时代语境和不同的观察视角中，大众总会显露其中的一副面相而隐藏起另一副，正是这种流动性使得所谓的"大众文化"也呈现其令人难以捉摸的矛盾性、暧昧性与模糊性。

从20世纪20年代开始，西方知识分子就开始关注并研究大众文化。至目前为止，已形成法兰克福学派、伯明翰学派以及多伦多学派等多个重要的理论流派，虽然这些学派并没有提供一揽子解决大众文化诸多问题的总体理论，但他们从各种视角为我们洞悉和剖析大众文化提供了非常珍贵的理论资源。

在法兰克福学派的研究视角中，大众文化其本质上就是"文化工业"，是以商品拜物教为其意识形态，以标准化、模式化、伪个性化、守旧性与欺骗性为其基本特征的伪文化。法兰克福学派的这种批判姿态表达了对现代社会中的大众文化背后的极权主义体制的高度警惕。20世纪30到40年代德国与美国社会的大众状态足以证明霍克海默尔、阿多诺、马尔库塞等法兰克福学派成员们的敏锐与犀利。不过，这种批判理论也存在着局限性，即自上而下的精英立场，使其对大众文化只能进行外部批判，而无法深入其内部展开解析。与此同时，这种视角只是看到了大众无主体性存在的一面，而没有意识到大众的某种自发的革命性。

与法兰克福学派的代表阿多诺等人对大众文化持激烈否定态度不同的是，同为20世纪30年代西方马克思主义者的本雅明则认为，资本主义社会中，大众不是被文化工业整合的对象，而是需要被大众文

---

① 参见［西班牙］奥尔特加·加塞特：《大众的反叛》，刘训练、佟德志译，吉林人民出版社2004年版。

化武装起来的革命主体。技术复制固然使艺术品失去了"灵晕",却同时消解了传统精英文化的礼仪性。大众通过电影、摇滚乐等大众文化载体,以心神涣散、语言暴动、身体狂欢等途径表达对意识形态控制的反叛。显然,本雅明的大众文化概念中已经抹去了大众文化常见的商业性、肤浅性和媚俗性等色彩,而增加了其革命的能动性。本雅明试图用大众文化来对抗上层文化的懦弱与保守。这种浓厚的乌托邦情怀,恰恰暴露了本雅明与他的反对者阿多诺一样有着共同的救赎意识、解放意识等宏大的叙事目标。

20世纪60年代开始崛起的英国伯明翰学派试图寻找进入大众文化内部进行剖析和批判的路径,从而开辟出"穿越学科边界"的文化研究之路。在伯明翰学派近半个世纪的发展中,阶级、亚文化、电视、种族、性别等相继成为被关注的焦点,这种从社会学而非哲学出发的策略明显扩大了大众文化研究的领域。与此同时,伯明翰学派吸收了葛兰西的意识形态理论、罗兰·巴特的符号学理论等多种思想资源,从而能够更精细、更透彻地解读大众文化。但是,伯明翰学派也有自身难以克服的局限:首先,其平民主义的立场代表的是精英主义的镜像,因此很难开辟出一个全新的视野;其次,伯明翰学派依旧缺乏对受众的社会和文化性质进行有效鉴别的方法。这意味着,虽然伯明翰学派规避了法兰克福学派过于强烈的精英立场,但同时也消退了一种犀利的批判锋芒。

同样发端于20世纪60年代的多伦多学派则以媒介理论著称。这个学派延续并扩展了本雅明对于"技术"的问题意识,开辟了通过媒介来考察大众文化的新思路。多伦多学派的核心人物麦克卢汉把电灯、汽车、电视、广播等技术发明都纳入他的"媒介"概念,并指出,媒介并不仅仅是强化其他机构的工具,而是人类感官的一种延伸。这种延伸深刻改变了人的感知与行为方式,使得新的时代文化景观不断出现。与伯明翰学派相比,多伦多学派的研究更加注意规避精英立场,这使得他们在对大众文化的解释性方面取得了更多进展。而这种中性立场所带来的弊端也是显而易见的,那就是理论对现实的批判力度进一步减弱。

虽然从法兰克福学派到多伦多学派,知识阶层对大众文化的批判锋芒一直呈现减弱的态势,但是,这并不意味着批判的彻底缺席。即使在以乐观的"抵抗说"而著称的约翰·费斯克的大众文化研究中,我们也不时能看到他对大众文化的警惕。如,他说:"大众文化属于被支配者与弱势者的文化,因为始终带有权力关系的踪迹,以及宰制力量与臣服力量的印痕,而这些力量对我们的社会体制和社会体验是举足轻重的。同样,它也暴露了对这些力量进行抵抗或逃避的踪迹:大众文化自相矛盾。""大众文化文本充满了裂缝、矛盾与不足。"[①] 而麦克卢汉也同样对大众文化保持了一种疏离与警惕,如,他曾这样写道:"《超人》对当前社会问题的态度,同样反映了强人的极权主义手腕,幼稚而野蛮的头脑加上幻想的铁腕。"[②] 也就是说,20世纪以来的西方大众文化理论在随着时代语境的变化而不断调整自身策略的同时也保持了一种内在的延续性,而正是这种延续性使无论是法兰克福学派理论,还是伯明翰学派理论,都能够让今天的我们得以更加全面、精细地来剖析大众文化的种种表现。

---

① [美] 约翰·费斯克:《理解大众文化》,杨全强译,南京大学出版社2006年版,第5页、134页。
② [加] 马歇尔·麦克卢汉:《机器新娘——工业人的民俗》,何道宽译,中国人民大学出版社2004年版,第197页。

2. 工业化、城市化和大众文化

大众文化从一开始就与两个关键因素紧密相连：工业化与城市化。约翰·斯道雷认为：工业化使雇员与雇主原先建立在相互承担义务基础的关系转变为纯粹的现金交易关系，而城市化则造成了各阶级在居住地上的分离。于是，在统治阶级的控制和影响范围之外，一片新的文化空间被开辟出来，从而催生了大众文化。与此同时，我们也必须意识到这一事实，工厂的出现使非个人的劳动分工和大规模生产成为核心的生产体制，当这种体制与金钱相联合，从而推动城市的不断扩张和发展，最终人与人之间的关系由前工业化时期以联结为基础的个人关系转化为以服务和物的交换为基础的金钱关系。从这种角度而言，城市化意味着种类取代了个性，城市中的设施和机构满足的是大众，而不是某些独特个体的需要。也就是说，大众文化所处的语境是一个由工业资本主义和不断商业化的文化生产、分配及消费体系所塑形的阶级结构，是对个体生活的大规模制度化。

另外，现代城市物质空间的变化也对生活于其间的居民文化产生微妙而重要的影响，并且促进了新形式的人际交往模式和新型的社会关系的出现，从而形成了各种新形式的城市文化。比如，在20世纪前期中国在城市改造大潮中的一个重要特征就是拆除城墙。这种对城市空间的构建行动本身其实体现了一种新的社会价值观，即，没有了城墙的城市将大大提高其物流的速度，商业利益的重要性要比传统城墙所带来的安全感和威严感更为重要。与此同时，拆除了城墙的中国城市进一步扩大了其与中国乡村之间在教育、生活设施、娱乐、建筑等方面的差距，前者被视作"进步"，而后者则日益被定性为"落后"。

而当大量的农村移民从"落后"的乡村移民进入"进步"的城市中，他们又以自己的存在影响了城市文化，并同时被城市文化所影响着，如此，城市文化本身又呈现出新的样态。

随着现代城市内部空间功能的不断分层，新的娱乐文化和消费文化也不断出现。如，商业中心、公园的出现和发展，无形中促进了一种城市文化认同感的产生；公共交通的出现使城市的某些特定场所，如城隍庙、天桥等成为受到大众欢迎的小商品集结地和娱乐场所；博物馆、图书馆以及电影院等城市文化娱乐设施则在无形中对城市居民进行着纪律训练。现代城市内部空间的分层同时也以等级结构的形式表现出来，比如，考察1934年左右的中国城市上海，我们发现，代表现代生活方式的绿地、苗圃、公园、行道树等大都在平凉路一线，有轨电车线路也大体以长阳路一带。也是在这一区域中，出现了汇山公园、周家嘴公园、广信路儿童游戏场等城市公共空间。而高郎桥一带则聚居着数量可观的苏北移民，这些移民的孩子们虽然生在这座大都市中，但并不能分享这座城市的很多公共空间，如电影院、博物馆、儿童游戏场等。与前工业时代的有机社会相比，城市中的等级结构分化得到了前所未有的强化，阶层之间充满了差异性。个体生活不断处于其他个体的持续影响中，个体的外部环境和内心世界都呈现一种不稳定的状态。

城市空间的分层不但带来社会结构的分层，而且使产生于城市的大众文化也具有分层、多元和混杂等症候。依旧以20世纪30年代的上海为例，那时正值上海大众文化兴盛时期，我们可以看到各种形形色色的文化产品争相面世：有知识精英试图通过创办《西风》《家》等杂志向大众传递现代都市文明的知识与话语；也有像丰子恺那样借鉴日本北泽乐天及先锋漫画家冈本一平的漫画作品创造出一种中国文人画和民间画相结合的"子恺漫画";更有张恨水等通俗作家所书写的鸳鸯蝴蝶派文学的盛行。有趣的是,在这些多元混杂的大众文化产品中,精英知识分子"为大众"的杂志往往很难得到社会下层大众的回应,倒是被鲁迅等"五四"启蒙者蔑视的鸳鸯蝴蝶派文学在上海市民阶层中创造出了阅读的狂潮。从今天城市社会学、大众文化研究的视角来看,鸳鸯蝴蝶派的文学也许在某个层面说出了上海这座城市的隐秘欲望和悸动,它也试图用一种便于本土读者接受的传统"套式"故事来消磨外来文化的棱角。也是从这个意义上说,鸳鸯蝴蝶派文学蕴含了某种文化抵抗的意味,尽管我们很难判断这种抵抗是一种"落后"还是"进步"。

工业化所带来的技术革命对大众文化的推动也从印刷资本的扩张中得到进一步彰显。安德森在其《想象的共同体》中认为,18世纪初兴起的小说和报纸及其背后的"印刷资本主义"为"重现"民族想象共同体提供了"技术手段";同样,19世纪30年代蒸汽印刷机的发明、铁路邮递系统和城市工人读者群的出现使得低廉纸浆印刷出版的美国廉价通俗小说在美国大众中流行。就中国而言,在20世纪20年代上海的印刷资本主义系统中,商务印书馆最具民族"想象的共同体"的视野和功效,它在文化上可以说是中西、新旧包容,而且体现资本的逐利与民族主义的意识形态相携手。此后随着印刷资本的扩张,中华书局与商务印书馆在教科书的出版与发行中展开了激烈的竞争。曾为商务编译所出版部长和《教育杂志》主编的陆费逵后成为中华书局创办的关键人,他在其推出"中华书局教科书"时就宣称"国立根本,在乎教育;教育根本,实在教科书。教育不革命,国基终无由巩固;教科书不革命，教育目的终无由达到也。"① 在这里，印刷资本所构建的关于民族、国家的想象共同体具有强大的话语力量呈现出来。除商务、中华外，当时的上海还云集了世界书局、大东书局等各种大小规模不一的印刷机构，他们开辟出"消闲""拥旧"的路线，虽然所获得的"大众"读者数目没有前者之巨大，但都在不同程度上推进了都市的文化空间。

当印刷术的革命促使出版资本成为大众文化的重要构建者和推动者后，紧接着出现的新技术和新媒介便是电影。出现在19世纪末的电影是一种与出版物不同的视听媒介，它所拥有的受众范围比出版物还要广泛许多。也就是说，电影所具有的大众性比当时业已出现的任何一种大众传媒更为强大，它不但作用于精英知识分子、拥有识字能力的普通人，还对不识字的大众也产生影响。它的跨界性和图像性进一步影响着城市中大众文化的塑造，也成为城市大众文化的一个重要组成部分。

总之，城市化和工业化是大众文化之所以产生与变化的关键因素。在城市这个构成无数问题的松散场域中，大众文化演绎着自己繁盛、多样、混杂而又同质的面貌。

3. 儿童与大众文化

儿童注定属于大众的行列，而且还站在这行列的末尾。《乌合之众：大众心理研究》的作者勒庞就一再把群体所特有的冲动，缺乏理性、没有判断力和批判精神、夸大感情比作低级进化形态的生命——

---

① 姜进、李德英主编：《近代中国城市与大众文化》，新星出版社2008年版，第279页。

例如妇女、野蛮人和儿童——中的倾向。① 彼得·伯克也指出，非精英的群体包含了妇女、儿童、牧人、水手、乞丐以及其他的人等。因此，儿童是大众文化的天然参与者、享用者和传播者。可以说，在大众文化研究的范畴中，儿童始终是一个不能被忽视的存在，尽管不同的研究者持有各自的角度和观点。而对这些观点的初步梳理将使儿童与大众文化之间的关系更为清晰地呈现出来。

"孩子们仍是口述传统忠实的捍卫者。在他们那个自成一体的社区中，基本的知识和语言似乎并没有因一代又一代人而发生变化。孩子们……让人猜的谜语依然是亨利八世孩提时打的谜语。"② 确实，在英语地区，儿童所传唱的童谣已成为英语文化的象征符号和集体无意识。很多作家、作曲家经常会把《鹅妈妈歌谣》中的童谣作为他们作品的核心意象。也正因为如此，《鹅妈妈歌谣》不但是孩子们最初接触的文学作品，而且还成为当代文化研究的重要对象之一。比如：

Humpty Dumpty sat on a wall（汉普蒂·邓普蒂坐在墙头上）

Humpty Dumpty had a great fall（汉普蒂·邓普蒂摔下了地）

All the king's horses（所有国王的马）

And all the king's men（和所有国王的人）

Couldn't put humpty together again（都没法把汉普蒂再粘一起）

这首谜语般的童谣可以追溯到很久以前，关于它的起源有着多种

---

① [法]吉斯塔夫·勒庞:《乌合之众：大众心理研究》，冯克利译，中央编译出版社2005年版，第6页。

② [英]彼得·伯克:《欧洲近代早期的大众文化》，杨豫、王海良等译，上海人民出版社2005年版，第101页。

说法。有人说,"汉普蒂·邓普蒂"和17世纪一种白兰地酒有关;有人说它是18世纪一个俚语的讹传;也有人说童谣描述了17世纪的英国内战的一个场面,"汉普蒂·邓普蒂"是大炮的名字;还有人认为,"汉普蒂·邓普蒂"其实是隐喻英王里查三世。这位驼背的国王非常好战,是英国历史上最后一位战死沙场的国王。尽管对这首童谣的历史起源没有定论,但是并没有妨碍它成为文学艺术创作的一个灵感之泉。除了刘易斯·卡罗尔以外,弗兰克·鲍姆、詹姆斯·乔伊斯等作家都在自己的作品中借用过这首童谣。与此同时,这首童谣还成为当代流行音乐创作的一个母题。

延续这种对儿童所参与的大众文化发出乐观声音的还有约翰·费斯克。这位著名的文化研究者在其《理解大众文化》一书中用大量的篇幅肯定了儿童在大众文化之中的抵抗行为。如:"1982年间,澳洲悉尼的一群小孩,将一则啤酒广告词改编成他们在操场上玩耍时的黄色顺口溜。这群顽童既不是没有代表性,也未被商品化……这些调皮孩子正在把那则广告用于他们黄色的、对抗性的亚文化意图……他们远远不是任何潜意识的消费主义的无可救药的牺牲品,相反他们有能力将广告文本转化成他们自己的大众文化。"①又如:"怪诞的身体正好与完美、圆满的人的古典意象正好相反。它从身体的社会建构与评价当中被清洗出去,或者说从中解放出来,它只存在于它的物质之内。如果说美的身体是完成的、定型的社会身体,那么怪诞的身体就是未完成的、不定型的身体。怪诞的身体对孩子们有吸引力(他们心目中的英雄,常常有一副怪诞的身体),恰恰是因为,孩子们在怪诞的身体

---

① [美]约翰·费斯克:《理解大众文化》,杨全强译,中央编译出版社2001年版,第30页。

与他们自己幼稚而未完成的、不定型的身体之间，看出了某种关联。怪诞将孩子本身的未完成性与成人的力量联系起来。还有一种感觉是，成长与变化的原则恰恰体现在这种怪诞之上。因为它与美本身的停滞状态完全相反。实际上，怪诞是被压迫者的方言的一部分。"①

而对儿童所参与的大众文化发出的批判声音也持续不断地传来，如霍克海默尔曾以讽刺的笔调写道："允许希特勒成为伟人的那一代，在卡通片中的无助的人物所引发的狂笑中获得充分的快感，而不是在毕加索的绘画中获得快感，因为他的绘画没有提供娱乐，无论如何也不能为人们所'欣赏'……莫蒂默·阿德勒界定了伟大艺术品的外部特征：在任何时代或某一时代的任何时期都具有明显的大众性，具有满足最广泛的不同审美趣味的能力。与此相呼应，阿德勒称赞沃尔特·迪士尼是一位杰出的艺术大师，因为他在自己的领域内达到了一种完美，这种完美超出了我们最好的分析批判能力，并给孩子和普通人带来了极大的快乐。如极少数其他批评家那样，阿德勒极力寻求独立于时代的艺术观点。但是，他的非历史方法使他更加成为时代的牺牲品。他在使艺术超越历史和保持艺术的纯洁时，又背离了艺术，使之成为时代的垃圾。与历史过程相独立、相分离的那些因素就如雨滴似的，几无类似之处；却如天堂和地狱那样有着天壤之别。长期以来，拉斐尔画的蓝色地平线一直是迪士尼乐园风景的组成部分，在那里，小爱神愉快欢乐，比他们在西斯廷教堂圣母脚下显得更加无拘无束。阳光几乎都祈求有一个肥皂或牙膏的名字来装饰自己；除了这种广告的背景外，阳光毫无意义。迪士尼乐园及其观众、阿德勒都坚定地代

---

① [美]约翰·费斯克：《理解大众文化》，杨全强译，中央编译出版社2001年版，第93页。

表着蓝色的地平线的纯洁性，但他们又绝对忠实于与具体情景相分离的原则，因而他们走向自己的反面，最终导致了彻底的相对主义。"①

不过，令人深思的是，不管霍克海默尔等精英知识分子如何发出警告，大众对迪士尼乐园的喜爱依旧热烈。在今天，迪士尼乐园早已从它的祖国漂洋过海在更多的国家落地生根，其中当然也包括中国。事实上，迪士尼现象已经成为一种文化符号，它代表了现代城市文化的某种意识形态。就像沙伦·祖金在《权力的景观：从底特律到迪斯尼世界》②一文中所分析的那样："沃尔特·迪士尼的真正天才在于把一种旧的集体娱乐形式——娱乐公园——改造为一种权力景观。迪士尼的幻象既恢复又发明了集体记忆。我们创造的是一种迪士尼的'现实世界'，在本质上是一个乌托邦，我们把所有负面的不想要的东西都从这里剔除出来，只展现积极的因素。迪士尼乐园就建立在这种极权主义想象的基础之上，它把无权无势者的集体欲望投射到权力的联合景观之上，因而与消费社会的建立相比肩。迪士尼的设计方案也包含着好莱坞建筑的游戏因素，因为迪士尼乐园有五个不同的舞台式娱乐公园，围绕不同的主题组织起来，即冒险园、小人园、幻想园、前锋地和假日园。这种独特的组合从狂欢节、儿童文学和美国历史中借取主题。这种娱乐让人们逃避现实世界，但同时它也依赖于现代社会典型的经济权力的集中。迪士尼乐园的消费是汽车、飞机、高速公路、标准化酒店、电影、电视等组成的整套服务业的一部分。而且，迪士尼的社会生产把迪士尼公司这一重要的娱乐企业与房地产开展和建设

---

① [德]霍克海默：《霍克海默集》，渠东、付德根等译，上海远东出版社2004年版，第219页。（编辑注：霍克海默现中译名为霍克海默尔）
② 编辑注：迪斯尼现译为迪士尼。

以及产品的特权化联系起来。总而言之,迪士尼乐园表明阈限在当代美国市场中的社会和经济潜力。"①

从精英文化的角度来看,儿童是个需要被引导和规训的群体。当我们回望20世纪30年代国民政府的"新生活运动"时,会发现其中很多措施都是针对儿童而设立。比如,国民政府就通令全国通俗教育馆一律改为民众教育馆,建立儿童图书馆、儿童教育馆、儿童乐园等;社会改革家们强调公民的道德与文化教育,主张继续实行电影内容的检查制度,因为电影对儿童和妇女最具有吸引力,所以电影应该用来宣传道德与爱国主义;各地政府建立"幼孩教养工厂",容纳无家可归的流浪儿童;警察尽力驱散在街头或公共场所聚集的小孩儿,避免他们捣乱;禁止小孩儿晚上去茶铺、酒楼等休闲娱乐场所,并发布公告,要求父母必须严格管教自己的小孩儿,远离那些"街市恶习"。

当然,从商业文化的角度来看,儿童更是个需要被争取的群体。20世纪初,商务印书馆就是发现了学校和儿童市场这个巨大的新兴图书行业缺口,并且牢牢把握住了这个举足轻重的市场份额,才使它取得领先于同行的发展机遇和优势。到了21世纪,经济学家统计出仅北美就有1150亿美元的儿童消费市场,而在亚洲,这个市场也在迅速扩张,远远超过成人消费品市场的增长速度。

不管儿童在精英文化眼中是个需要被规训的未合格品,还是在商业文化眼中是个潜力无限的市场,儿童自身对大众文化的喜爱与认同则是不言而喻的。王笛在《街头文化——成都公共空间、下层民众与地方政治,1870—1930》一书中就对儿童这一群体给予了特别的关注:

---

① 汪民安、陈永国、马海良主编:《城市文化读本》,北京大学出版社2008年版,第323页。

"斗鸡、斗蟋蟀及各种儿童游戏等活动经常在街头或其他公共空地上进行。斗蟋蟀在农历八月最流行，小贩们把蟋蟀和南瓜花装在一个稻草编的小笼子里出售，它们总是吸引不少小孩儿争相购买……春天，孩子们聚集在东郊场比赛放风筝，经常在风筝上画些美人或马羊等动物的图案，外人认为'最有意思的是风筝相斗'。孩子们对手工工匠、小贩和民间艺人等在街头的活动非常感兴趣。木偶或猴子在街头的表演吸引许多小孩儿围观……春戏不仅吸引了众多成年人，也吸引了小孩儿，以至于有人抱怨孩子们看戏太多，而耽误了学业……春节给孩子们带来了无限的欢乐，他们也使这个这个城市增添了热闹的气氛。'儿童行乐及新正，击鼓敲锣喜气盈。风日不寒天向午，满城都是太平声。'"①

可以这么说，儿童虽然属于大众的行列，其文化也在很多层面上表现出大众文化的症候，但是，因为其本身的沉默，使我们今天如何解释和重构儿童文化依旧充满了太多的困难。

第二节 理解童年

在日常语境中，童年是一个没有歧义的普通词汇，指称一个人的儿童时代。但如果我们把童年一词置于现代文明的各种学科体系中加以考察，就会发现，这一词汇所蕴涵的意义和携带的信息是如此丰富而庞杂，以至于需要我们从各种角度加以解读。

---

① 王笛:《街头文化——成都公共空间、下层民众与地方政治，1870—1930》，中国人民大学出版社2006年版，第41页。

痛苦的女儿，和谐，和谐！……/ 谁知道儿童能听见什么，会说出什么，/ 在他绝妙的叹息中，这叹息来自他呼吸的气息，/ 像他的心那样悲伤，像他的声音那样甜美？/ 人们与一个目光相遇，流着眼泪，/ 其他的是人群所不知的奥秘，/ 如同海浪、黑夜和森林的奥秘。①

让-皮埃尔·内罗杜用这样的诗句来感叹童年作为研究课题的扑朔迷离。确实，所有的成人都曾经是孩子，所有的孩子都是成人所生，但两者之间总是面临着太多的难解之谜。

1. 对"童年"概念的历史考察

1962年，法国历史学家菲利普·阿里耶的《童年的世纪》出版。在这部具有高度论争性的著作中，阿里耶提出了如下观点：中古世界的人们完全不知道有童年这个东西，没有婴孩的情怀，也不知道童年的特殊性质，这项特殊性质将儿童与成人分开，甚至也将年轻人与成年人分开。童年作为一种概念是在15世纪左右才开始出现的，在此之前的人类社会根本不知道：孩子在过了需要母亲或奶妈照顾后（大约五至七岁），还有一个进入成人社会的转折期，也不知道儿童需要特别的照顾。

继阿里耶宣告"童年诞生于15世纪"这一发现后，1982年，美国媒体文化研究者尼尔·波兹曼在《童年的消逝》中则发出了"童年正在消逝"的警告。波兹曼的核心论点如下：没有高度发展的羞耻心，童

---

① ［法］让-皮埃尔·内罗杜：《古罗马的儿童》，张鸿、向征译，广西师范大学出版社2005年版，第360页。

年便不可能存在。成人社会自印刷术发明后便持有许多童年需要回避的秘密,尤其是性秘密。但电子技术的发明和电子媒体的发展使成人的这些秘密一览无余,儿童与成人对这些秘密的共享意味着儿童与成人不再处于阿里耶所称的"隔离的状态。"这个过程使童年作为一种社会结构已经难以为继,并且实际上也使童年作为社会结构失去了意义。

短短20年,童年研究所演绎的童年概念就这样以某种极端、富有革命性的方式颠覆了我们习以为常的关于童年永恒的理想主义情怀。童年,作为一种社会文化现象只有短短400余年的生命,这不能不让人感到一种怅然。当然,无论是阿里耶的"发现报告"还是波兹曼的"死亡宣判",它们最大的意义并不是以缜密、无可辩驳的论证判断或定义了关于童年的概念,① 而是以强有力的表达激起了人们把童年作为"一种文化建构物"加以审视和探究的热情。我们已经看到,阿里耶对"童年"的发现开辟了20世纪人文学科新的研究领域,引发了研究童年历史的热潮,并且深刻影响了心理学和社会学领域中的儿童研究;而波兹曼的研究则以对后工业社会的一种深刻预见和尖锐批评引起了西方学术界的积极回应。

随着研究的不断深入与拓展,人们把童年作为一种概念的描述呈现出两重倾向。一方面,研究者们以"童年是一种文化建构物"为基

---

① 从历史学的专业角度而言,阿里耶的论证存在着"处理历史资料上过于天真""过于以现在为中心寻找中古欧洲的童年证据""所下结论过于夸张"等局限。而且,童年历史研究已经显示出古希腊、罗马时期即已存在一种强烈的童年意识。参见《孩子的历史——从中世纪到现代的儿童与童年》柯林·黑伍德著,台湾麦田出版社2004年1月出版;《古罗马的儿童》让-皮埃尔·内罗杜著,广西师范大学出版社2005年出版。波兹曼的局限则在于把童年的含义过于狭窄地与印刷作品联系在一起,尽管成年人在一定程度上可能无法控制孩子接触成人文化,那并不意味着孩子们本身不再拥有童年以及童年文化。参见《儿童的秘密——秘密、隐私和自我的重新认识》[加]马克斯·范梅南、[荷]巴斯·莱维林著,教育科学出版社2004年出版。

本观点，试图透过历史和现实交织的帷幕在童年中产生通则性的洞察。如波兹曼在《童年的消逝》中就清晰地描绘了一幅童年概念变迁的线性历史图景：古希腊的教育思想预示出"童年"这一概念的萌生；古罗马从古希腊的教育思想中发展出超越希腊思想的童年意识；罗马帝国的灭亡使得童年意识消失长达近两千年；文艺复兴再现了童年意识；印刷术的问世催生了童年概念；1850年—1950年代表了童年概念发展的最高峰，童年被看作每个人与生俱来的权利，成为一个超越社会和经济、阶级的理想；20世纪后半期电子技术的兴起和扩张使童年这一概念得到瓦解。[①] 当然，也有研究者指出，童年观的演变是伴随着西方社会基督教与启蒙运动一连串的论辩而形成的，它构成的是一种螺旋而非线型的形式。[②]

另一方面，越来越多的研究者已经意识到：从长期来看，对儿童与青少年的兴趣本来就如潮水般有起有落，任何一个社会中都存在着许多彼此竞争的童年概念和童年观念。儿童是堕落的还是纯真的？在儿童成长中，本性的力量与教养的力量孰轻孰重？童年应被鼓励尽早独立还是必须被持续地监督、远离世界的诱惑并接受严谨的规训？童年是脆弱的，还是强大的？……对这些问题截然不同的回答既存在于不同时空、不同的文化体系中，也存在于相同的时空、相同的文化体系中。如，启蒙主义把儿童视作"自然疾病下的微弱人类"，浪漫主义认为童年象征着纯真，机械时代则把童年视作感性和想象力的代表……这些伴随人类历史文化变迁而出现的童年观已经被我们较多地

---

① [美] 尼尔·波兹曼：《童年的消逝》，吴燕莛译，广西师范大学出版社2004年5月出版。
② [英] 柯林·黑伍德：《孩子的历史——从中世纪到现代的儿童与童年》，黄煜文译，台湾麦田出版社2004年版，第48页。

关注与研究。而需要我们更深入探究的是，在同一种时空、同一种文化体系中，往往也存在着相异的童年观，如，基督教文化既先验地确定人的原罪，"我是在罪孽里生的，在我母亲怀胎的时候就有了罪。"又最大限度地肯定儿童的纯真，"我实在告诉你们，你们若不回转，变成小孩子的样式，断不得进天国。"而对生活于 21 世纪的人们来说，这些人类历史上出现过的所有关于童年的观念如同一首多声部的合唱，它的每一个音符都依旧回荡在我们生活的现实中，影响着我们对于童年的认知。

可以说，童年如同一个飘忽不定的函数，在与成人相异的文化体系中不断变幻着它的价值，也在成人复杂的欲望和期待中呈现着自己的象征意义。由此我们进一步确认，虽然儿童时代作为人类生理方面的事实，对不同时代和文化背景的所有儿童来说都是适用和真实的，但作为社会文化的现象，它是暂时和主观的。"儿童时代的生理事实——描述自然的成长过程，与社会事实——描述孩子的社会化，其区别也是人为的。孩子身体和心灵的自然成长不能与其社会心理成长及其各种观念、扮演的角色和行为习惯的社会化相分离。"[①]因此，矛盾性和不确定性可以说构成了童年概念的本质特征，而对这种本质特征的认识使我们意识到，我们在研究关于儿童的一切学科也许都存在着一种内在的模糊和不确定性。

2. 童年的被塑造性

"在一个人的幼小柔嫩的阶段，最容易接受陶冶，你要把他塑造

[①] ［加］马克斯·范梅南、［荷］巴斯·莱维林:《儿童的秘密——秘密、隐私和自我的重新认识》，陈慧黠、曾赛先译，教育科学出版社 2004 年版，第 172 页。

成什么形式,就能塑造成什么形式。先入为主,早年接受的见解总是根深蒂固,不容易更改的。因此人们要特别注意,为了培养美德,儿童最初听到的应该是最优美高尚的故事。要鼓励母亲和保姆给孩子们讲那些已经审定的故事,用这些故事铸造他们的心灵,比用手去塑造他们的身体还要仔细。"[1]这是公元前370年左右柏拉图在《理想国》中提出的建议,这部人类文明史上最早的集哲学、政治、伦理和教育于一体的著作提醒着我们这样一个事实:虽然儿童的社会文化概念一直要到欧洲中世纪没落时才出现,但却并不意味着在此之前的儿童生活处于一种自在与自足的状态。教育或养育,早在我们所谓的儿童概念出现之前、人类的历史之翼开始之时就已经存在了。

当代德国教育学家布雷岑卡曾这样定义教育:"教育是人试图在某种目的之下不断促使改善他人的心理素质结构,或者使其获得该结构中的正面价值部分,或者防止出现负面素质的行为。"[2]虽然我们说现代教育的对象也包括了成人,但儿童的生理特征以及成人对于孩子的期望总是先验地激荡起成人试图通过教育使孩子趋向完美的冲动。从某种意义上说,人类教育史就是成人试图塑造、改变儿童的历史,而这段历史又充满了太多的自相矛盾与摇摆不定。

我们知道,自19、20世纪开始儿童的教育问题便由两股相反的知识旋律纠缠而成:洛克派(新教派)和卢梭派(浪漫主义派)。洛克派理论认为:儿童是未成形的人。唯有通过识字、教育、理性、自我控制、羞耻感的培养,儿童才能被改造成一个文明的成人。这个进程没有生物性可言,是个符号发展的过程。卢梭派的核心观点则为:未

---

[1] 单中惠、杨汉麟主编:《西方教育学名著提要》,江西人民出版社2000年版,第13页。
[2] 单中惠、杨汉麟主编:《西方教育学名著提要》,江西人民出版社2000年版,第665页。

成形不是儿童的问题，问题完全出自畸形的成人。儿童拥有与生俱来的坦率、理解、好奇、自发的能力，但这些能力被识字、教育、理性、自我控制和羞耻感淹没了。基于卢梭观点来看，教育主要是个减少的过程，而基于洛克观点来看，这是个增加的过程。[①] 而进入20世纪以后，弗洛伊德、杜威等人的研究又使成人对孩子未来的关注转移到对孩子当下生活的关注，进一步加强了儿童生活被置于成人控制与保护之下的认识。

纵观教育理论的发展，我们发现，个人与社会、自由和纪律、兴趣与努力、游戏与工作、目前需要与长远目标、个人经验与种族经验、心理组织与逻辑组织、学生主动性与教师主动性……它们构成了教育理论众多的矛盾。于是，教育理论和思想的历史就在这所有的矛盾中左摇右摆地前行。随着环境和需求的变化，人们对矛盾的侧重也不断发生变化。也许，我们可以认为，真理将在人们一次次的矫枉过正和一次次的回归中显现。但到目前为止，这一前景依旧充满了未知数。

以认知发展心理学为例，虽然我们已经意识到，发展理论假定科学化的思考能力才是心智成就的极致这一理论前提存在着显而易见的意识形态偏见，但正如布瑞纳德所指出的那样："皮亚杰的想法一直到20世纪70年代中期都还领导着大局，就像弗洛伊德的思想曾经一度统治过变态心理学。不过自那时开始，局面就呈现戏剧性的改变，对于该理论在实证上和概念上的反对多到不再视为主流认知发展研究当中的一种正向势力，不过其影响力在邻近领域像教育与社会学等依

[①] [美] 尼尔·波兹曼：《童年的消逝》，吴燕莛译，广西师范大学出版社2004年版，第86~87页。

透过文化之镜
从另一种维度重新审视中国儿童文学

然深远。"①一个有着显而易见意识形态偏见的观点在儿童教育学领域中依然起着重要的影响作用这一事实说明了什么呢?

而美国拉特格斯大学生物系教授戴维·埃伦费尔德则在他对人道主义基本假设质疑的基础上②直言不讳地指出了教育的僭妄:

> 在美国和英国,1万人里顶多有一人听到过"计量历史学"这个词,但几乎每个家庭都至少有一人受到过某种形式的心理测验(通常是在学校里)。为了维持这种测验,发展出了一门工业。为了延续这行营生,教育磨坊快速旋转,磨出大量年轻心理学家。这种测验有双重目的:发现早期还能"治疗"的"无能"、弄清楚儿童在高于或低于他们测验成绩的体系中会不会取得进步。
>
> 这些邪恶的字谜游戏中最有害的部分是无能甄别。彼得·施拉格和戴安娜·迪沃克的著作《儿童多动症的神话》揭露了这一点。他们开出的各种症状大杂烩很值得一读。这些症状据说出现于实际上并不存在的状况——小脑机能失调和多动综合征中。似乎任何想得到的事情都可归入小脑机能失调:运动过度和运动不足、睡眠不实或过分嗜睡、对他人或反社会行为极其敏感、在有些方面成绩偏低而在另一些方面成绩偏高。当然,这种单子里还包括那些一直使学校管理人员挠头的性格特征。要是你不受影响的话,这一切都滑稽可笑。这种无意

---

① 转引自[加]培利·诺德曼:《阅读儿童文学的乐趣》,刘凤芯译,台湾天卫文化图书有限公司2000年版,第99页。

② 戴维·埃伦费尔德指出,人道主义是现代世界的宗教,它与以往的宗教极其类似。它的基本思想是相信人的力量,相信人的至高无上性。人道主义有个基本假设,即"力量假设",它假设认为人无所不能,人能控制自己的心灵,能控制自己的身体,能控制周围的环境。

识的自我嘲弄不过是最新心理学做出的毫不幽默的努力。

发明这些缩小了正常性范围的失调的原因，是不难测度的。面对"教育"一个在难以理解和分崩离析社会中的子女的任务，主管之人决定只处理那些沿着特定方向、以特定速度飞起的碎片。正如施拉格和迪沃克指出的，"这些甄别方法的主要作用都是故弄玄虚，是给既定决策以合法性的仪式。"

一旦诊断出了一种"症状"，专家们就开始指导病人回到狭窄的正常行为上去，这个过程费时费力。"田纳西诺克斯维尔东南生命反馈研究所"就是一处这种工作的地方。由于电子计算机可以把脑电图转变成听得见的声音或看得见的信号，人们就能够教儿童抑制那些引起不合需要的脑电波和不合需要的（即过度的）行为的思想模式。对这项工作的新闻报道要是正确的话，儿童就可以在去掉行为方面的毛病后回到学校，照常升级。我相信真有其事。在心理学家看来，回到学校就是故事的结尾。

…………

这种假设常常是错误的，它隐含着一种有关未来的危险假设：矫正症状有利于儿童和社会。

这里十分需要一种最终结果分析，但由于它的问题超出了我们的解答能力，因而无法进行这种分析。然而，我们至少能够提出这些问题。这些问题正在自我展示出来。就常规测验来说，最简单的问题是：把在一套测验中得分相近的儿童编为一班，对儿童和社会的长远影响是什么？在这个分析里，我们也要问：如果"活动过度"儿童和"小脑机能失调"儿童在不受污蔑或特殊治疗的情况下成长——不只是20年，而是一生，那么，他们会怎样呢？他们会有特殊的人格特征吗？

他们会有同样的失败和成就吗？他们与别人会有不同吗？他们成年后对社会的主要影响是什么？例如，他们会促进战争或和平吗？治疗除了使儿童马上升级以外，还有什么用处？儿童的创造性受到影响了吗？他们的雄心、爱的能力、自信心、幸福和反抗暴政的能力受到影响了吗？他们后来对社会的影响是什么？我们要是不能回答这些问题——实际上不能回答，那么，什么样的僭妄、什么样的盲目才使我们把这种斯威夫特式的测验大厦压在了儿童身上呢？最终结果即使给不出答案，它至少能使我们看到，心理学家们如何在一个无穷尽的圆圈里互相追逐，以致谁也不能说他们正在往哪儿走。①

同样的质疑我们可以在各种不同文体的文本中看到，如，英国作家伊恩·麦克尤恩在小说《时间中的孩子》中这样写道：

就各种各样的推测被武断地装扮成事实而言，再没有一个领域在这方面胜得过儿童教育了……三个世纪以来，一代代专家、教士、伦理学家、社会科学家、医生——大部分都是男人——为母亲们着想，源源不断地对她们加以指导、向她们指出变化万端的事实。每个人都坚信自己的论断是绝对的真理，每一代人都认为自己站在了常识和科学洞见的顶端。

他读到过各种严肃的观点：必须把新生婴儿四肢绑在床板上，以免他乱动，给自己造成伤害；母乳喂养的种种危害，换个地方谈的又是它的生理必要性和道德优越性；爱或鼓励如何腐蚀年幼的孩子；药泻

---

① [美]戴维·埃伦费尔德《人道主义的僭妄》，李云龙译：国际文化出版公司1988年版，第60页。

和灌肠、严厉的体罚和冷水浴的重要性;本世纪的早期,不管多么不方便,要求始终有新鲜空气;给婴儿喂食要按照科学的时间间隔,与之相反又有只要婴儿饿了就应该给他喂食的说法;婴儿一哭就把他抱起来是很危险的——这很容易滋长他骄傲自大的情绪,他哭的时候不把他抱起来也是危险的——这很容易使他自卑而无能;按时排泄和花三个月训练小孩使用便壶是很重要的,母亲应该整日整夜整年一刻不停地照顾孩子,其他地方宣扬的又是奶妈、保姆、国家全日制托儿所必不可少;张嘴呼吸、挖鼻孔、吮手指以及失去母爱的严重后果,不在明亮的灯光下经专家之手接生、没有勇气在家里浴缸里分娩、没有对婴儿施行割礼或去除他的扁桃体所可能带来的危害;后来,又对所有这些讲究轻蔑地加以摧毁;儿童如何应该为所欲为,这样他们神圣的天性才能舒展开来,怎样打消孩子的愿望都不为早;手淫引起痴呆和失明,它却给了成长中的孩子快乐和安慰;如何在提到蝌蚪、鹳鸟、花仙子和栎子时教他们性知识,或者根本就不提,要不就费点力,以惊人的直率跟他们明说;当孩子看到父母赤身裸体时心灵会受到伤害,如果小孩总是看到父母衣冠整齐,他又会产生奇怪的猜疑,并长期受此困扰;如何教你九个月的婴儿数学以便让他领先他人。

现在斯蒂芬——这支专家队伍里的步兵——站在这里,使出浑身解数,坚决主张儿童学习读写的适当时间是五岁到七岁。他为什么这样认为?因为长期以来都是这样实行的,而且他的生机全靠十岁的孩子读书。他像一名政客、一位政府部门的部长那样,激昂地申述着自己的观点,清白无辜得仿佛不掺杂一点私利。"①

---

① [英]伊恩·麦克尤恩:《时间中的孩子》,向楚译,译林出版社2003年版,第74页。

无论作为一种文化概念的童年从何时开始,也无论现代意义的教育概念从何时开始,儿童,作为一个生命的自然阶段,它始终承受着被塑造的命运,承受着来自成人和社会的意志压力,这是它不可逃避的宿命;尽管许多种塑造都出于成人的善意,但至今我们没有充足的证据来保证这些教育的绝对正面性和对全体或每个孩子的有益性。

3. 童年的资源性

无论作为一种文化概念的童年怎样在欧洲文化变迁的大潮中变幻它的内容,也无论作为一种教育对象的儿童如何被成人所塑造,有一种童年的特质却似乎始终能够在不同时代、文化中唤起或点燃成人不竭的激情与灵感。

"载营魄抱一,能无离乎?专气致柔,能如婴儿乎?""众人熙熙,如登春台。我独泊兮,其未兆,如婴儿之未孩。""为天下蹊,常德不离,复归于婴儿。"① 这是一个和现代童年概念的发源地——欧洲隔着遥远时空的中国古人对童年的最初状态至高赞叹。

"基督热爱童年,童年象征着谦恭、纯真与甜美。"② 这是一个来自被阿里耶认为没有童年的中世纪的最有名望的传道家发出的感叹。

"我告诉你们精神的三种变形:精神如何变成骆驼,骆驼如何变成狮子,最后狮子如何变成小孩。小孩是天真与遗忘,一个新的开始,一个游戏,一个自转的轮,一个原始的动作,一个神圣的肯定。"③ 这是大声疾呼"上帝死了!"的超人和世纪狂人的清晰告白。

---

① 陈鼓应注译:《老子今注今译》,商务印书馆2005年版,第108、150、183页。
② 转引自[德]柯林·黑伍德:《孩子的历史——从中世纪到现代的儿童与童年》,黄煜文译,台湾麦田出版社2004年版,第28页。
③ [德]尼采:《查拉斯图拉如是说》,尹溪译,文化艺术出版社1987年版,第23页。

"正如我曾经说过,那时我处于一种童年状态:在我必须说或写的时候,没有任何东西比我更为宏大,似乎我全部身心都充满上帝的英灵;同时,也没有任何东西比我渺小而软弱;因为我如同一个幼儿。我主不仅要我以吸引能为他效劳的人的方式拥有他的童年状态,而且更要求我开始以外在的崇拜仪式敬奉他神圣的童年。"① 这是 17 世纪一位叫居荣夫人的神秘主义者令人动容的玄想。

············

我们不知道,在人类留存下来的浩如烟海的各种资料中流淌和闪烁着多少这样的感动与智慧,但我们知道,童年在成长过程之中曾经照耀了无数个体成年的生命。从这个意义上说,童年就如同一脉蕴藏富裕的矿山,如果我们能够和愿意,便能从中开掘出宝贵的财富。而在这种向童年探宝的行程中,给今天的我们留下记忆和启发的大致有以下三种类型:

其一,由于自己的孩子的诞生和成长而萌发的种种人生感悟与情感变化。虽然这种情感或思想的起因具有私人性,但其结果却超越了个体而呈现出普遍意义和价值。如在周国平的《妞妞》、马克·帕伦特的《相信童真》、皮耶罗·费鲁奇的《孩子是个哲学家》等作品中,我们看到了一个成年的生命是如何被幼小生命所升华、启迪和圆满的一点一滴。

照片上的这个婴儿是我吗?母亲说是的。然而,在我的记忆中,没有蛛丝马迹可寻。我只能说,他和我完全是两个人,其间的联系仅

---

① 转引自[法]加斯东·巴什拉:《梦想的诗学》,刘自强译,三联书店 1996 年版,第 167 页。

仅存在于母亲的记忆中。我最早的记忆可以追溯到三岁,再往前便是一片空白。无论我怎样试图追忆我生命最初岁月的情景,结果总是徒劳。如果说每个人的一生是一册书,那么,它的最初几页保留着最多上帝的手迹,而那几页却是每个人自己永远无法读到的了。我一遍遍翻阅我的人生之书,绝望地发现它始终是一册缺损的书。可是,现在,我做了父亲,守在摇篮旁抚育着自己的孩子时,我觉得自己在某种意义上好像是在重温那不留痕迹地永远失落了的我的摇篮岁月,从而填补了一个记忆中似乎无法填补的空白。我恍然悟到,原来大自然早已巧作安排,使我们在适当的时候终能读全这本可爱的人生之书。面对我的女儿,我收起了我幼年的照片。眼前这个活生生的小生命与我的联系犹如呼吸一样实在,我的生命因此而圆满了。①

周国平的这段话可以说代表了无数有着同样人生经历和情感体验的成人的心声。

其二,是在普遍性的童年中找到了寄托自己思想与情感的合适载体,并以童年为喻体使一种抽象的、混沌的思想得以彰显和具体化。上文所提到过的尼采、居荣夫人等皆为此种类型。在这种过程中,成人诗意的表达和善意的主观愿望常常会使童年闪烁出神性的光,并且成为一种强有力的启示。在这种类型中,给这个世界留下深刻印象的还有泰戈尔在《新月集·孩子天使》中的倾诉:

"他们喧哗争斗,他们怀疑失望,他们辩论而没有结果。我的孩子,让你的生命到他们当中去,如一线镇定而纯洁的光,使他们愉悦而沉默。他们的贪心和妒忌是残忍的;他们的话,好像暗藏的刀,渴

---

① 周国平:《妞妞——一个父亲的札记》,上海人民出版社1996年版,第43~44页。

欲饮血。我的孩子,去,去站在他们愤懑的心中,把你的和善的眼光落在他们上面,好像那傍晚的宽宏大量的和平,覆盖着日间的骚扰一样。我的孩子,让他们望着你的脸,因此能够知道一切事物的意义;让他们爱你,因此使他们也能相爱。来,坐在无垠的胸膛上,我的孩子。在朝阳出来时,开放而且抬起你的心,像一朵盛开的花;在夕阳落下时,低下你的头,默默地做完这一天的礼拜。"① 显然,在泰戈尔的诗歌话语系统中,儿童、耶稣、天使这三者已经融为一体,具有强烈的象征意义。

其三,以敏锐的直觉和细致入微的分析为前导,在童年的各种生命现象中衍生出各种具有独特价值的理论思想。虽然说在这种理论创造和表达的过程中,成人已经成形的文化结构依旧在不知不觉中发挥作用,但试图从童年的思考角度来重新审视或批判成人文化的努力使这样的研究呈现出值得我们珍视的别样的意义。如,美国学者加雷斯·皮·马修斯所开创的儿童哲学揭示出儿童的思考所蕴涵的超过成人的开放性和反省性;法国新认识论奠基人加斯东·巴什拉以童年为原型构建出一个充满激情和想象的"梦想"的诗学,它"促使人们重新认识在人类心灵的永久的童年核心,一个静止不移、但充满活力,处于历史以外并且不为他人所见的童年,在它被讲述时,伪装成历史,但它只在光明启示的时刻,换言之,在诗的生存的时刻中才有真实的存在。"② 德国心理学家戈尔德施泰因通过对婴儿微笑的分析所得出的关于人的本质的认识,"关切他人的存在,是人的本质的、固有的特征,人不考虑与'他人'的共同存在,在所有其他的有生命的事

---

① [印度]泰戈尔:《泰戈尔诗选》,郑振铎译,湖南人民出版社1981年版。
② [法]加斯东·巴什拉:《梦想的诗学》,刘自强译,三联书店1996年版,第125页。

物中，以自己的特性，是不会被理解的。这种关系不仅仅是艰苦努力生活在世界上的一种相互支持的方式，正是这种相互的个性，人才成其为人……这种认识以极为高兴的神情表现出来。这表情像婴儿用简单的形式微笑一样，很早地表现为人类存在的特殊感受，以后，在成年人遇到另一个人的时候，显得尤为突出。"① 施皮特勒则在孩子的梦中领悟到："在人的内部存在着某种东西，有人称之为灵魂，或称之为自我或是其他什么的，我叫它力。它在身躯的变迁中是独立的，它与大脑的状况和精神的概括力没有关系，它不生长不发展，因为它一开始就是完成的，它是某种在婴儿期就已居住下来的东西并终生保持不变。"②

从以上的例子中我们可以看到，尽管成人在走向孩子和童年的路途各有不同，但童年似乎总能够以一种全新的方式照亮成人的精神世界；尽管这种寻找的过程都是以个体探索的方式进行的，但所发现的矿藏却属于整个世界。我们相信，成人世界因为发觉了童年的这种存在状态而能够始终对自己的文化和价值标准持有一种智慧的警醒。而值得进一步探寻的是，这种从童年出发的视点不但提供给成人丰富的思想和精神资源，而且还在文学、艺术领域中以更为多姿的面貌引领我们体验人类生命情感的多变与微妙。

现代心理美学的研究显示，艺术家的体验生成多是处于两种联系中，一是与艺术家在特定时期所处的外部社会环境的联系；一是与艺术家个人经历中早期经历、由教育和各种社会活动所形成的心理反应

---

① 刘小枫主编：《人类困境中的审美精神——哲人、诗人论美文选》，东方出版中心1994年版，第398页。
② 刘小枫主编：《人类困境中的审美精神——哲人、诗人论美文选》，东方出版中心1994年版，第171页。

图式的联系。而后一种联系正显示了童年经验对艺术家体验生成的重要作用，它生成并建构了艺术家一生体验的意向结构。所谓童年经验，就是指一个人在童年的生活经历中所获得的心理体验的总和，包括童年时的各种感受、印象、记忆、情感、知识、意志等。① 追溯古今中外艺术家的生活经历时我们经常发现，童年经验或隐或显地对他们成年以后的生活和艺术创作产生了重要的影响。

如，英国作家狄更斯曾经这样回忆他童年的生活："我那年轻的心灵所受到的悲痛，关于以上这一切的深刻记忆是无法写出来的，我的整个身心所忍受的悲痛和屈辱是如此巨大，即使到了现在，我已经出了名，受到了别人的爱抚，生活愉快，在睡梦中我还常常忘掉自己有着爱妻和孩子，甚至忘掉自己已经长大成人，好像又孤苦伶仃地回到那一段岁月里去了。"② 正是这种难以释怀和排遣的情感促使了狄更斯在他的小说创作中塑造出那么多的儿童形象。再比如，博尔赫斯文本的象征系统中那著名的老虎、镜子、迷宫的意象都源自他童年生活的细节。③ 可以说，个体童年经验对艺术家体验生成的重要作用提醒着我们童年的另一层存在状态，即它对艺术的创作来说是一股不可忽视的力量。本文仅以文学创作为例，来探讨童年经验的这种介入力量是如何转化成有效的艺术表现的。

"严冬一封锁了大地的时候，则大地满地裂着口。从南到北，从东到西，几尺长的，一丈长的，还有好几丈长的，它们毫无方向地，

---

① 童庆炳主编：《现代心理美学》，中国社会科学出版社1993年版，第97页。
② 转引自罗经国编选：《狄更斯评论集》，上海译文出版社1981年版，第316页。
③ 陈众议：《童心剖诗——论博尔赫斯的老虎、镜子和迷宫》，《文艺研究》2002年第4期。

更随时随地，只要严冬一到，大地就裂开口了。"[1]这是萧红长篇小说《呼兰河传》中的开篇第一段，尽管并不曾明确出现叙述者的定位，但形象、复沓的叙述流溢着儿童般的感性与好奇。接着，从第三章开始出现的第一人称叙述则使小说的儿童视角凸现无疑，在这种视角的透视中，"我"的爷爷和花园、西二道街上的大泥坑、小胡同里的买卖、火烧云、小团圆媳妇的死……，这些发生在呼兰河城里的人与事都在作者漫漫的童年回忆中牵动着读者的心灵。儿童视角成为《呼兰河传》这部散文化的小说最值得我们关注的焦点，它有意识而又合理地遮蔽了作品中其他人物的内心世界，突显了人物灵魂的麻木；也巧妙地实现了对成人世界荒谬性的拷问；帮助作者完成了一个寂寞的边缘审视者的批判使命。

我们知道，《呼兰河传》的儿童视角叙事策略在中国现代文学中并不是一个个例。鲁迅、张爱玲、郁达夫、废名、老舍、沈从文、冰心、张天翼等众多现代文学作家都曾经尝试和探索过儿童视角的写作。也正是这种探索构成了20世纪前半期中国小说艺术体现独立品质的一种现代化诉求。同样，这种小说叙事艺术的探索也在中国当代文学的写作实践中延续和发展着。如，余华小说的一个重要叙事策略就是儿童视角，从前些年的《许三观卖血记》《活着》到后来的《兄弟》，余华借助于儿童视角，对成人世界、乡村记忆和人类生存境遇作了原生态的还原和真实的敞开。此外，迟子建、叶兆言等作家的创作也展现了儿童视角的别样风采。

当然，儿童视角作为一种小说叙事策略，在欧洲文学的实践有着更为长久的历史和更为出色与丰富的表现。如，奥地利作家斯蒂

---

[1] 萧红:《呼兰河传·小城三月》，复旦大学出版社2005年版，第1页。

芬·茨威格的《家庭女教师》《灼人的秘密》、波兰作家亨利克·格林贝格的中篇小说《反犹战争》、法国作家罗贝尔·萨巴蒂埃的《瑞典火柴》《薄荷棒糖》、高尔基的《童年》等等。从小说叙事艺术的角度来说，儿童视角是近代作家们所经常采用的一种叙事策略，它所构成的叙事学意义是多重的：它直接参与了对传统的全知叙事视角的变革；形成了活泼天真的叙述者及独特的文本内容、单纯稚嫩清新的叙事口吻、冷静客观的叙事态度以及多层复调的诗学意识、结构特征等等。而且，儿童视角在拓展小说叙事美学疆域的同时，也在叙述中完成了每个小说文本独一无二的意义寻求，就像匈牙利作家凯尔泰斯·伊姆雷在《无命运的人生》中最后的独白："是的，下次，如果人家再来问我的话，我应当给他们讲讲这一点，即集中营里的幸福。"①

出生后，我们只是在睡眠和遗忘；/与我们俱来的灵魂，这生之星辰，/本安歇在别的地方，/这时候从远处降临；我们并不曾完全地忘却，/并不曾抛却所有的一切，/而是驾着光辉的云彩，从上帝，/从我们那家园来到这里；/婴幼时，天堂展开在我们身旁！/在成长中的少年眼前，这监房的/阴影开始在他周围闭合，/而他却是/看到了灵光和发出灵光的地方，/他见了就满心欢乐；/青年的旅程得日渐远离东方，/可仍把大自然崇拜、颂扬，/在他的旅途上陪伴他的，/仍有那种瑰丽的想象力；/这灵光在成人眼前渐渐黯淡，/终于消失在寻常的日光中间。

---

① [匈] 凯尔泰斯·伊姆雷：《无命运的人生》，许衍艺译，上海译文出版社2003年版，第218页。

透过文化之镜
从另一种维度重新审视中国儿童文学

在众多和儿童、童年发生联系的文学作品中，华兹华斯的这首题名为《颂诗：忆幼年而悟永生》的诗享有极高的知名度。历史学家把它作为欧洲儿童观念发生改变的有力佐证；儿童教育家、儿童文学作家、理论家则反复引用这首诗来为自己的观点助阵。不过，对于诗歌本身来说，与其把这首诗看作是成人儿童观改变的宣言，还不如把它视为华兹华斯运用童年意象来构筑他浪漫主义诗歌世界的一个范例。而从这个角度出发，我们再次发现了童年介入文学创作的另一种途径。

如果说，华兹华斯的《颂诗：忆幼年而悟永生》是诗人以童年为意象所展开的对自然主义的歌颂和对大机器文明下人性不可避免地趋向物化、实用主义和功利主义化的批判，那么，布莱克的《天真与经验之歌》则以童年的私人象征系统来预言人类精神世界的未来，并以叛逆的姿态表达了纯真的、深刻的虔诚；而爱尔兰诗人叶芝的《被拐走的孩子》则在混合着凯尔特神话的象征系统中与爱尔兰紧密地联系在一起。而当我们把探究的目光从诗歌领域扩展到其他非韵文类作品时，童年意象则呈现出更为丰富的表现。如，日本作家大江健三郎的长篇小说《被偷换的孩子》《愁容童子》《二百年的孩子》从神话、民间传说的特定童年形象中衍生出与神话意境相连接的森林地形学象征系统；美国作家托妮·莫瑞森在《柏油孩子》中书写了黑人所遭遇的精神奴役；伊恩·麦克尤恩的《时间中的孩子》以反复出现的孩子和时间意象凸显了童年与成年之间的微妙关系，以及找寻每个人心中的"孩子"的必要性。

从这些例子中我们得出这样的结论：童年作为一种具有张力的文学意象，它提供了一个让艺术家能够投注进自己"理智与情感的复杂经验"和"一种各种不同的观念的联合"的"空筐"。①

在我们考察童年介入文学创作的各种方式和途径时,文学作品中的童年主题和儿童形象也是我们必须加以注意的。尽管,从严格意义上说,儿童视角在很多时候是与童年主题相重叠和交错的,但后者毕竟以自己的方式存在并影响着文学文本的生成。在这些作品中,查尔斯·狄更斯的小说便是一个典型的例子。《雾都孤儿》《大卫·科波菲尔》《荒凉山庄》……几乎狄更斯的所有小说都有着儿童的形象、童年的主题。弗拉基米尔·纳博科夫曾经就《荒凉山庄》中的童年主题做过精彩的分析:"《荒凉山庄》中不幸的孩子们的境况与其说反映了19世纪50年代的社会情况,不如说反映了更早的时期,或许许多多时期的。从文学技巧方面看,这本书中的孩子更像从前小说中的孩子,即18世纪后期、19世纪初期感伤小说中的孩子……从书中的情感来看,也很难说我们置身于19世纪50年代。不如说,我们随狄更斯回到了他的童年……这是真正的感情,强烈的、细腻的、具体的同情,它催人泪下,是深浅浓淡各种色调的混合,在话语中传出浑厚浓重的怜悯之音,那些精选的最易触发视觉、听觉、触觉的词语,饱含着艺术家的匠心。"②

如果说狄更斯的小说是以众多的儿童形象激荡起我们内心的情感,那么在那些以独特的个体儿童形象架构起一个小说世界的作品又给予了读者怎样的阅读体验和感受呢?马克·吐温笔下的汤姆·索亚和哈克贝里·费恩的历险既是对浪漫主义童年观的绝妙注解,也书

---

① [美]勒内·韦勒克、奥斯汀·沃伦:《文学理论》,刘象愚、邢培明等译,江苏教育出版社2005年版,第212页。
② [美]弗拉基米尔·纳博科夫:《文学讲稿》,申慧辉等译,上海三联书店2005年版,第55、76页。

写了一部伟大的美国神话;那个叫艾德里安的九岁男孩不幸夭折的遭遇向我们诉说着童年无比脆弱的一面①;卡森·麦卡勒斯的《婚礼的成员》中的弗兰淇在夏日四天的生活传达着贯注这位作家所有创作的"精神隔绝"的主题……这些作品尽管有着迥然相异的文本面貌和主题表达,但都在对个体儿童的内心世界的探索中都获得了令人难忘的成功。它们以文学虚构的存在给予了我们对人性更深入和全面的了解。

通过上述对文学作品中关于童年经验、儿童形象、童年主题、儿童视角、童年意象和象征等多种角度的观照,我们可以看到,童年对文学的影响是深广而复杂的。这种影响有的源于时代文化、有的源于宗教信仰、有的源于生命体验和无意识记忆……而与此同时,所有文学中的童年也反过来深深影响了现实的童年。历史与虚构,就这样在童年的书写与界定中交错缠绕、交相辉映。在这里,透过一部部印刻着作家那独一无二的生命情感的作品,我们也看到了童年另一种不可忽略的存在:一个个不可替代的、真实的、多样的、转瞬即逝的生命体。

4. 童年的变异性

加拿大学者马克斯·范梅南和荷兰学者巴斯·莱维林在《儿童的秘密——秘密、隐私和自我的重新认识》中曾指出:"虽然我们谈到孩子时比较泛泛,从更全球化的角度来看,孩子们在非常不同的情境中经历了儿童时代。不存在抽象的儿童。年轻人在城区和城郊度过的童年时代与在农村地区经历的儿童时代是截然不同的。而且,在遭受战争的国家里,童年时代是可怕的;在世界上干旱地区和贫困地区度

---

① [澳]索尼娅·哈特尼特:《童年的故事》,崔思淦译,人民文学出版社2004年版。

过的童年时代是痛苦的;而在经历被迫沦为雏妓、做苦力和遭受其他形式的儿童剥削中度过的童年时代是绝望的。成千上万的儿童没能享受西方社会中产阶级的孩子所经历的儿童时代。但是,尽管如此多的儿童被剥夺了联合国《儿童权利宣言》所规定的权利,人们还是把这些'儿童'称作孩子。甚至那些否认儿童这个概念的有效性的作家们还在继续使用儿童这个词,这就意味着人们在不断赋予儿童这个概念以一定的意义,使他们与成年人区分开来。"① 确实,尽管我们一直试图在寻找、发现和表达关于童年这一概念、生命现象、研究对象、艺术载体……的一些具有普适意义的规律和特征,但历史和现实中的儿童生活如同成人生活一样,走在一条无限多样的现实之路上。在这里,本文试图从有限的各种文本资料中截取若干具体的片段,用以填补我们在进行抽象思考时所遗留的诸多空隙和缺憾。

我家园地的旁边有株梨树,树上挂满着梨子。那些果子并不怎样美,怎样吊人口胃。一天,我们一群顽童,照我们的恶习,尽情胡闹之后,乘着更深夜静,跑去摇那株树,把树上的果子,摇落精光。我们满载而归,并不为了想嚼个痛快,却全拿去喂猪;就算我们也吃一些,我们的乐趣纯为了这是犯禁的。②

在圣·奥古斯丁的《忏悔录》中,这段童年的往事在各种语境中被反复提及。奥古斯丁,这位对自己的童年不怀一丝好感的伟大神学

---

① [加]马克斯·范梅南、[荷]巴斯·莱维林:《儿童的秘密——秘密、隐私和自我的重新认识》,陈慧黠、曾赛先译,教育科学出版社2004年版,第174页。
② [罗马]圣·奥古斯丁:《忏悔录》,应枫译,时代文艺出版社2000年版,第28页。

家通过自己的记忆揭示了人类本性中撒旦的因子,并认为天主之所以称许儿童,不过是为了他们弱小的躯体,是谦逊的象征。奥古斯丁的童年回忆尽管带有浓重的宗教色彩,但我们却不能否认他确实直面了部分的人性真相。

当我回首童年,我总奇怪自己竟然活了下来。当然,那是一个悲惨的童年,幸福的童年不值得在这儿浪费口水。比一般的悲惨童年更不幸的,是爱尔兰人的悲惨童年;比爱尔兰人的悲惨童年更不幸的,是爱尔兰天主教徒的童年。"[1]

在这部获得1996年普利策文学奖的自传体小说中,我们看到了另一种不可想象的童年生活。没有丝毫责任感的酒鬼父亲、沮丧软弱的母亲、粪水到处流淌的住所、猪狗不如的饮食……所有的一切都使我们产生与作者同样的疑问:为什么这个孩子居然能够活下来?是小店老板好心的接济?还是社区医生的偶然救治?是亲戚们无奈的帮助?还是政府发放的救济?……为什么在同样的环境中,双胞胎弟弟死了,唯一的妹妹也死了,而这个叫迈考特的男孩却活了下来?

作者把这本书取名为《安琪拉的灰烬》,安琪拉就是英文单词"天使"的意思。我们无法确切地知道"天使的灰烬"是什么,在哪里?但能想象得到天使即使变成灰烬也总会飘飘扬扬洒向不幸的人间的。那些延续迈考特生命的不经意间出现的所有人和事都不是无意义的偶然,它们和迈考特那顽强的生存本能、善良的天性一起正折射着

---

[1] [美]弗兰克·迈考特:《安琪拉的灰烬》,路文彬译,南海出版公司2006年版,第1页。

天使坠落人间的灰烬的微光。这微光有作家的描述为证:"我正想自己享受这粒葡萄干,可我忽然看见帕迪·克劳海西正光着脚站在角落里。屋里寒气逼人,他像条被踹的狗似的浑身打着哆嗦。对被踹的狗,我总是充满同情,所以,我走过去,给了帕迪那粒葡萄干,不知道除此之外还能为他做点什么。男孩们都叫了起来,说我是个傻瓜,一个他妈的小受气包,说我会为今天后悔的。我把葡萄干递给帕迪后,又非常想要回来。可是已经太迟了,他马上丢进嘴里,吞了下去。他看着我,一言不发。我却在心里说:你是个怎样的小糊涂虫啊,竟把到手的葡萄干给了别人。"① 作者这段没有什么文辞修饰的文字使我们想起利维斯在《伟大的传统》中所发出的感叹:"此乃人性,此乃事实,此乃无可更变的后果。"② 不知圣·奥古斯丁看到这段描述又会做怎样的感想呢? 也许,正如陀思妥耶夫斯基所说的那样:"上帝与魔鬼在那里搏斗,战场便在人们心中。"③ 每个活生生的童年生命也不例外,只是他们自己无从知晓。

迈考特活了下来、奥利弗·退斯特活了下来、《童年》中的阿廖沙活了下来、《一个被称作'它'的孩子》中的戴夫·佩尔泽也活了下来,这都是一种幸运。而他们还能在长大后用记忆之手把这些经历书写出来更是一种幸运。在这个世界上,又有多少的生命在童年时代便消失或者沉沦呢? 这些生命如同转瞬即逝的流星,悄无声息地滑过,不留痕迹。

---

① [美] 弗兰克·迈考特:《安琪拉的灰烬》,路文彬译,南海出版公司2006年版,第139页。
② [英] F. R. 利维斯:《伟大的传统》,袁伟译,三联书店2002年版,第22页。
③ [俄] 陀思妥耶夫斯基:《卡拉马佐夫兄弟》,荣如德译,上海译文出版社2004年版,第915页。

透过文化之镜
从另一种维度重新审视中国儿童文学

童年，如同一个不断变幻的万花筒，折射着历史和现实的影子，承受着不可知晓的命运考验的重负。在这考验中，生命也许不幸夭折，但希望依旧顽强地留存。正如同那个在集中营里死去的叫莫泰里的男孩所写的诗那样：

从明年开始，我将悲伤。／从明年开始。／今天我将快乐。／悲伤有什么用？／告诉我吧。／就因为开始吹起了这些邪恶的风？／我为什么要为明天悲痛，在今天？／明天也许还这么好，／这么阳光明媚。／明天太阳也许会再一次为我们照耀。／我们再不用悲伤。／从明天开始。不是今天。不是。／今天我将愉快。／而每一天，／无论它多么痛苦，／我都会说：从明天开始，／我将悲伤，／不是今天。[①]

通过上述对现实童年无限多样性的有限截取，我们试着作如下表述：作为无限多样的人生一部分的童年，它有着文学、社会学、教育学、哲学等诸类人类文明的触角无法掌控的辽阔领域，在这个领域中，每一个具体的孩子的面庞、每一段不可替代的生命过程组成了活生生、瞬息万变的、不可捉摸的童年。而这样的童年正是我们关于童年观念形成、变化、修正的最初源头。进一步说，如果我们绝对地把在特殊文化中形成的抽象的、普遍性的童年概念作为童年的现实地图，我们将陷入对童年的乌托邦幻想之中，并将不可避免地遭遇现实的无情颠覆。同时，我们还需要指出的是：真实的童年以其纯真、邪恶、脆弱、强韧等各种相矛盾的存在和特性为人性的复杂提供了有力的佐证。

---

① [美] 威塞尔：《一个犹太人在今天》，陈东飚译，作家出版社1998年版，第307-308页。

人类文化各种领域中的童年存在都在不可避免地对儿童文学的童年观产生着或隐或显的影响，这些影响是儿童文学得以发生的重要触媒。当我们从各种学科领域中获得对童年的多元认识时，也获得了儿童文学语境中的童年观：虽然童年作为一个文化建构物，它承载着处于不同时代语境和文化背景下的成人欲望与期待的重压，但始终具有某种冲破保守、僵化的文化壁垒的力量；虽然童年作为一段生命过程，始终承受着被塑造的压力，但其无法压抑的生命本相仍旧在刺激着教育不断反思和追问自身的合理性与合法性，童年有着成人的教育所无法触及的隐秘天地。儿童文学不仅仅是实践童年的教育，而且还是作为人性的童年的显现。

第三节　儿童文学的现代面貌

1.《鹅妈妈的故事》和纽伯瑞童书

在文字出现之前，人类的历史就已经展开了。在那些没有文字、没有书籍的漫长岁月里，在这个地球的每一块大陆似乎都有这样的情形发生着：每当夜幕降临的时候，一个家族或部落的成员围坐在营地的篝火旁边，开始讲述故事和聆听故事。年长者讲述部族的传奇、猎人讲述狩猎的冒险经历、智慧者讲述宇宙的奥秘、战士们讲述遭遇敌人的战斗……就这样，部族的历史、宇宙和人类的起源、自然的知识等种种内容都在故事一遍又一遍、一代又一代的讲述中成为一个种族的传统和信念。古代的人们在这样的讲述中创造了被今天的人们称之为民间传说和神话的口传文化。显而易见，这些传说和神话并不是特意为儿童而创造的，但当部族的人们围坐在一起的时候，孩子们也分享了这些故事，他们聆听、观看、学习并记忆，当他们长大后，这些故事就在再创造中被讲给他们的孩子们听。这些故事、英雄史诗和神话传说在文字出现后就渐渐地被人们记录下来，再经过不断地搜集和整理，就变成了一部又一部影响后世文学的书。《五卷书》《一千零一夜》《圣经》《古兰经》《佛经》《伊索寓言》《列那狐的故事》等都是这些书中的精华和代表。从这个角度说，这些口头传统文学就在无形中成为儿童文学最初的源头。而且，其中的一部分故事仍被今天的孩子们所阅读着。

随着文学个人创作时期的到来，出现了更多地被孩子所接受和喜爱的书。如《闵豪生奇游记》《巨人传》《格列佛游记》《鲁滨孙漂流记》《天路历程》等，虽然它们的作者并不是专门为儿童而写，但显然这些作品中奇特的形象和有趣的故事吸引了儿童。在一定程度上，它们可以说启示了此后的儿童文学的文学想象和故事表达。1698年，儿童文学史前期一个值得纪念的事件出现了，沙尔·贝洛的《鹅妈妈的故事》问世。第一版的《鹅妈妈的故事》包括8篇童话：《睡美人》《小红帽》《穿靴子的猫》《蓝胡子》《仙女》《灰姑娘》《小凤头里凯》《小拇指》。以后再版，又收入了三篇童话《驴皮》《可笑的愿望》和《格利赛里蒂侯爵》。后来，这11篇童话就成为流传至今的《贝洛童话集》。这些童话，都是贝洛根据民间口头流传的故事梗概，然后按照17世纪的文学口味和语言表达进行再加工而创造出来的。正如屠格涅夫所评论的那样，贝洛的童话"具有某种一丝不苟、古法兰西式的典雅外表"，同时还令读者"可以感受到一种往昔曾创造过这些童话的民间诗歌的风韵,有一种构成那个真正神话式虚构特征的那种混合物——即神奇莫解的事物和日常平凡事物的混合,无上崇高的事物和滑稽可笑的事物的混合。"①《鹅妈妈的故事》既显示了儿童文学与口头文学传统普遍而深刻的文化血缘关系,也预示了艺术童话的巨大发展可能。关于这部书,研究欧洲早期大众文化的历史学家彼得·伯克给予了格外的关注:"贝洛写作《鹅妈妈的故事》时吸收了法国的民间故事。他究竟是在干什么?难道是要把普通民众等同于儿童,还是为了在现代人与古人的搏斗中为现代人猛出一拳?在17世纪的法国,民间故事同大众歌谣一样,是以一些知识分子为听众的。在路易十四的宫廷里,童话故事风靡一时。看来,受过教育的人开始感觉到了他们需要从这个不再令他们着迷的世界,也就是从笛卡尔时代的知识世界逃逸出去。准确地说,正是民间故事中非科学的和不可思议的东西吸引了他们,就像这些东西吸引了研究"迷信"的历史学家一样。"②及至今天,贝洛童话中的"小红帽""穿靴子的猫""蓝胡子"和"小拇指"依然神采奕奕地伫立在法国的街头巷尾,成为现代法国人的日常生活一部分。

1693年,洛克出版了他的《教育漫话》。在这本书里,洛克提出了他著名的"白板说",认为人的头脑生来是一张空白的刻写板,一个人的发展完全取决于他所处的环境和所受到的教育。洛克的观点极大地促使了童年概念的发展。人们不再把儿童看作是"缩小的成人",也不再以成人的标准去衡量孩子,而是开始意识到成人社会(家长、

---

① 转引自方卫平:《法国儿童文学导论》,湖南少年儿童出版社1999年版,第58页。
② [英]彼得·伯克:《欧洲近代早期的大众文化》,杨豫、王海良译,上海人民文学出版社2005年版,第346页。

学校和政府）对养育孩子所负有的责任，意识到要以另外的方式去对待儿童。在洛克的教育理念中，温和的引导和积极的鼓励取代了惩罚教育。在儿童的阅读方面，他认为应该提供给孩子愉悦的、适合他们能力的书，这样能够激发孩子的阅读兴趣，从而提高他们的阅读水平。值得注意的是，洛克的教育思想源于他的整体哲学观。在《人类理智论》中，洛克把牛顿的万有引力概念挪用到人类的理智世界中，发现了精神世界恒定不变的理念秩序。《人类理智论》是认识论的里程碑，也是欧洲启蒙运动的重要思想资源，它同时还加速了小说文学的主体化进程。而洛克的另一本著作《政府论两篇》则直接为1688年的英国革命、1776年的美国革命和1789年的法国革命提供了法理依据。

正是洛克的思想极大地启蒙了那个时代人们，也直接孕育了纽伯瑞童书的出现和流传。1744年，英国出版商约翰·纽伯瑞出版了《小小袖珍书》。这是一本专门为儿童而写的书，它兼具教育和娱乐的双重目的与功能，随书一起出售的还有一颗球和一个针垫（它们是根据洛克提出的以球取代鞭子的教导方式而设计的）。纽伯瑞第一次出版这样的书。从这本书开始，他的出版事业进入了一个给他带来良好社会声誉和丰厚商业利润的阶段。在接下来的几年中，他连续出版了近30本童书，成为当时英国最为成功的童书出版商，一系列的此类童书的成功极大地推动了英国童书的写作以及出版。

有意思的是，纽伯瑞所出版的童书总是在很短的时间内被大洋彼岸的美国出版商模仿甚至盗版，从而也成为推动美国童书业发展的一股最初的重要力量。为了对这位被盗版的出版商表示感谢和敬意，美国图书馆协会在1921年设立了纽伯瑞儿童文学奖，用来促进富有个性及创造性的儿童文学书籍的发行。1922年获得首届大奖的作家便是亨德里克·威廉·房龙的《人类的故事》。以后每年的一月份,美国图书馆协会就会公布本年度的获奖作家和作品。现在,纽伯瑞奖是美国国内最著名的儿童文学大奖,也是世界上历史最悠久的儿童文学奖。

2. 教育儿童的文学和《格林童话》

1762年,卢梭出版了《爱弥儿》。"出自造物主之手的东西,都是好的,而一到了人的手里,就全变坏了。"①开篇第一句,我们就感受到了与洛克温文尔雅的"绅士教育"迥然不同的精神气质。在这部书中,卢梭通过一个叫爱弥儿的男孩的成长经历,提出了一种新的教育理念和方法——"自然的教育"。他让爱弥儿从小就在乡间自由地长大:奔跑、爬树、戏水,一位智慧的成人像朋友一样陪伴在他的身边。爱弥儿不读书,在十几岁的时候只被允许读一本书:《鲁滨孙漂流记》,因为这本书展示了人如何用自己的理念来对付自然的环境。如果把洛克和卢梭的教育思想加以比较,我们发现他们在注重童年教育、注重儿童的未来的共同基点上走向了似乎是完全相反的现代性之路。洛克的教育是一种加法,他认为,随着童年这块空白的纸板被知识和理性填满,儿童才能走向成熟;而卢梭的教育是一种减法,他要减去成人和社会制度给予儿童的种种造作和扭曲,成为"高贵的野蛮人"。

不过,就18世纪的儿童文学来说,卢梭在民众中所引起的教育热情产生了一个令人感到诡异的现象:一大批热衷于教育的中产阶级妇女创作了大量的教育故事来追随卢梭,并且构成了18世纪儿童文学驱逐童话和想象的"理性"时代。法国文学史家保罗·阿扎尔称这

---

① [法]卢梭:《爱弥儿》,李平沤译,商务印书馆1978年版,第13页。

段历史为"阴霾笼罩黎明的天空"。他这样评价德容利夫人、达皮奈夫人等作家:"这些作家自己所赞美的质朴、自发,都变成了空洞的口号……他们发表的作品,充斥着人为的造作,他们满口说要解放儿童的灵魂,但事实上却在压迫儿童的心灵……他们想尽办法要孩子们朝预定的方向成长。"①

其实,和 18 世纪的这批作家具有同样形塑儿童的巨大热情的还有许许多多跨越不同时代的清教徒作家们。他们曾经成立了历史上第一个以孩子为中心的团体。因为相信人是有原罪的,孩子和大人一样容易犯罪,需要救赎,所以他们所创作的文本就特别注重灵魂拯救的重要性。比如,"亲爱的羔羊们,你们现在将会听到其他的好孩子做过的事,要记住他们如何暗自哭泣和祷告,他们如何真切地呼唤主耶稣基督;你们将会读到他们如何孝敬父母、任何认真念书。如何努力学习圣经和教义问答……他们度过多么圣洁的一生;他们多么受到珍爱,又多么欣然就死。"② 这是当时重要的清教徒作家詹姆斯·简威在 1671 年出版的《儿童的标记:皈依天主、神圣之模范人物及数名孩童欣然就死的事迹》一书中对小读者说的序言。这本有着冗长标题的儿童书流行了很多年,一直到 19 世纪还在继续再版。

约翰·洛威·汤森这样总结了启蒙时代的童书出版,"纽伯瑞过世后的一百年里,儿童文学大致分为两股:教导性的和商业性的,如同纽伯瑞的书一般,这两种出版品也并不完全分离……从这些书名可

---

① [法] 保罗·阿扎尔:《书·儿童·成人》,傅林统译,富春文化事业股份有限公司 1999 年版,第 48 页。
② 转引自 [英] 约翰·洛威·汤森:《英语儿童文学史纲》,谢瑶玲译,天卫文化图书有限公司 2003 年版,第 13 页。

以看出，这些书是写给新兴且可敬的中产阶级和他们的小孩的。"①

而在进入19世纪后，来自德语世界的《格林童话》再次书写了儿童文学与大众文化的亲密关系。雅各布·格林和威廉·格林是19世纪初德国的语言学家。他们在研究日耳曼语言的过程中发现了德国民间蕴藏丰富的童话，于是经过6年的细心收集、整理和再加工，在1812年出版了第一卷童话集。三年后，他们出版了第二卷童话集。大众对于这个宝藏的真正价值理解得非常缓慢，第一卷出版后的7年间，《格林童话集》总共只销售了几百册。也就是说，格林兄弟的《童话集》不是在出版之初就立刻不胫而走受到普遍欢迎的，相反，在它征服读者的心并且成为一个最普及的德文书之前，经过了一个并不短暂的时期。在这期间，格林兄弟并没有放弃对这些童话的进一步修订，并且同时开始了童话理论的研究。在1819年再版的童话集中，他们附上了一篇《论童话的实质》的文章，它这样写道："给孩子们讲故事，是为了使最初的信念和心灵的力量在他们纯洁而又温柔的世界里萌芽和成长；因此，每一个人对于童话那富有诗意的纯朴感到高兴，而它们的真实性又使每个人受到教益，由于用于家庭，并且产生了影响，所以又称之为《家庭童话集》。童话好像是与世隔绝的，它舒服地处于优美、安逸而又平静的环境之中，对于外部的世界不想一望。因此它不知道外部世界，不知道任何人和任何地方，它也没有固定的故乡；对于整个祖国来说，它是某种共同的东西。"② 从此，格林兄弟（主要是威廉）终其一生都在致力于编辑适合儿童和家长阅读的故事书，为

---

① [英] 约翰·洛威·汤森:《英语儿童文学史纲》，谢瑶玲译，天卫文化图书有限公司2003年版，第30页。
② [德] 盖斯特涅尔:《不轻蔑自己——格林兄弟传》，刘逢祺译，湖南文艺出版社1995年版，第125页。

新兴的维多利亚式家庭（即核心家庭）提高德国中产阶级的价值：纪律、孝顺和顺服。

1822年，第三卷出版，这一卷主要是格林兄弟对某些童话的注释以及文学简评，它们的阅读对象主要是学者而不是儿童了。在注释里，格林兄弟不但指出了他们的童话和法国童话、意大利童话的同源关系，并指出了这些童话与动物童话情节上的相似情况以及古代神话的影响。格林兄弟的这种研究在以后的时代里逐渐发展成了一个广泛而又重要的学术活动领域。

总而言之，经过格林兄弟不断修订的《格林童话》在很大程度上实现了雅俗共赏的传播效果，并且在多个层面上收获了自己的意义：首先，这部童话为当时的德国人提供了一种关于民族文化的"想象共同体"，为德国的浪漫主义添加了令人骄傲的注脚；其次，它是以后世代中来自不同领域的研究者共同的关注对象，成为一个令人肃然起敬的国际性课题；第三，它是一直到今天都为全世界父母所熟知的经典的儿童读物。"格林童话之所以会一版再版，而且版版售罄，就是因为中产阶级家庭的儿童房间对它张开了热情的怀抱。19世纪，中产阶级具有强烈的家庭志向，在这种情形下，格林童话作为一本母亲和祖母读给孩子听的书，或是孩子们自己读的书，就特别容易被接受。"[①]

3. 副文学时代的儿童文学

从严格意义上来说，儿童文学在现代文学的等级秩序中常常被归入副文学的范畴。C. 波尔蒂克这样定义副文学：位于文学秩序的边缘

---

① 转引自彭懿：《走近魔法森林——格林童话研究》，外语教学与研究出版社2010年版，第17页。

地带，尽管具有和令人尊敬的"正典"相似的地方，它们还是被贬为次等的文学。① 不过，从另一个方面来看，进入副文学时代的儿童文学似乎与大众文化有了更深层的联系。在这个竞争日渐激烈的社会里，童年渐渐被看作是一种冒险历程，而不是成年生活的训练基地。出版业本身受到空前的敬重，具有现代技术和规模的出版社如雨后春笋般地出现。所有这些文化的变迁对儿童文学的影响是巨大的。到了19世纪中叶，也就是英国维多利亚女王统治时期，儿童文学在经过大致一百年的平淡历程后出现了整体性的突破：探险故事、家庭故事、幻想小说、校园小说、动物小说等多种门类开始形成。

罗伯特·路易斯·斯蒂文森为了给度假中的儿子解闷，随手写了一个又好玩又惊险的海盗故事——《金银岛》。在这部作品里，我们可以看到斯蒂文森从丹尼尔·笛福、华盛顿·欧文、埃德加·爱伦·坡、金斯莱等前辈英美作家的影子，也可以发现斯蒂文森那不可复制的创造力。《金银岛》的叙述速度以及刻画人物的力度和深度极大地拓展了探险小说的艺术可能。正如后人所评论的那样："这是第一流的作家在写作力达到巅峰时，带着孩子气的热情令他全神贯注的工作中所得到的结果，而这结果也令此后几乎所有的读者都为之废寝忘食。"②

如果说斯蒂文森的探险故事代表了生活在大不列颠岛屿上的人们对于未知海域以及东方的想象，那么美国的探险故事则是那些移民对这块美洲大陆的拓荒和西进。在这个行列中，马克·吐温的两

---

① [英] C. 波尔蒂克：《牛津简明词典——文学术语》，上海外语教育出版社2000年版，第160页。
② [英] 约翰·洛威·汤森：《英语儿童文学史纲》，谢瑶玲译，天卫文化图书有限公司2003年版，第54页。

部历险:《汤姆·索亚历险记》和《哈克贝利·费恩历险记》成为了标杆式的杰作。

马克·吐温的这两部作品在世界的文学史上有着异乎寻常的地位。它们既为知识分子所接受,是一个饱含诸多象征和深意的文本;也受到普通读者的欢迎,那辽阔的密西西比河成为美国精神的化身;同时它们也是儿童们所心爱的作品,故事中的顽童似乎代言了所有童年的不羁与叛逆。所以,有评论者对《哈克贝利·费恩历险记》做出如下的评价:"即便这部小说的语言有一天全然废弃,或者更糟糕,但哈克的形象则会永远铭刻在我们心里,宛如一位古老而又不可摧毁的神明一般。"①

虽说斯蒂文森和马克·吐温的作品反映了某种他们所处国家的不同文化氛围,但从一个比较单纯的角度来说,马克·吐温的这两部杰作也同样是这位作家以孩子气的热情对自己的童年一种独特的缅怀,而且这种缅怀充溢了一种"反智"幽默。如,在《哈克贝利·费恩历险记》的开篇,豁然写着作者的通令,"本书作者奉兵工署长G.G的指示,特发布命令如下:任何人如企图从本书的记叙中寻找写作动机,就将对之实行公诉;任何人如企图从中寻找道德寓意,就将把他放逐;任何人如企图从中寻找一个情节结构,就将予以枪决。"②极具喜剧效果的是,从马克·吐温出版这部作品的1885年至今,世界上关于这部作品的研究论文完全可以用"汗牛充栋"一词来形容了。学者们不但研究了这本书的写作动机、道德寓意和情节结构,而且还研究了政

---

① [美]约翰·维克雷:《神话与文学》,潘国庆、杨小洪等译,上海文艺出版社1995年版,第175页。
② [美]马克·吐温:《哈克贝利·费恩历险记》,王珏译,译林出版社1995年版,第1页。

治倾向、神话母题、成年仪式等诸多课题。

在斯蒂文森和马克·吐温创造了维多利亚时代冒险生活的范本时，女性作家则在这种维多利亚的文化氛围中书写着一种被称为家庭故事的文学模式。夏洛特·杨格的《雏菊项链》和路易莎·阿尔科特的《小妇人》是这个时期的代表作。这些家庭故事所塑造的女孩子都具有这个时代的典型特征：具有美好的品德、诚实周到、努力奉献、谨守分寸，也深知女人的次等地位。虽然从现代观点来看，这些关于女孩子的典型不免保守，但这些故事所呈现的温暖、单纯和亲密的家庭氛围正是中产阶级关于家的想象。

19世纪60年代年，伦敦麦克米林出版公司先后出版了两本书，它们分别是查尔斯·金斯莱的《水孩子》和刘易斯·卡罗尔的《爱丽斯漫游奇境》。这两部作品都以罕见的想象力描述了一个超越现实逻辑可能的世界，也开启了幻想文学的发展之路。今天，幻想文学依旧在以多变的艺术面貌吸引着众多的读者，C. S. 刘易斯的《纳尼亚王国传奇》、T. R. R. 托尔金的《霍比特人》、J. K. 罗琳的"哈利·波特"系列等作品的风靡世界便是一个明证。

副文学时代的儿童文学另一个不可忽略的发展便是图画书的兴起，这是一种与印刷术的进步、大众阅读与娱乐息息相关的图书种类。从1658年英国出版了捷克教育家约翰·阿莫斯·夸美纽斯的《世界图解》开始，经过一百多年的缓慢发展，儿童图画书有了一个新的飞跃。1771年，木刻画大师汤姆斯·比维克和兄弟约翰·比维克出版了《鸟兽新彩券书》。它的出现意味着各种艺术形式在儿童图书的领域内加强了相互的合作与融合。

到了19世纪，儿童图书的插画越来越受到关注，那时的主要插画家都为儿童图书画过插图。在这些图书中，1823年的《格林童话》无疑是最为出色的。这部童话的插画者叫乔治·克鲁尚克，他同时也是狄更斯作品的插画者。这部《格林童话》的插图在许多方面都做出了典范性的创造，每一个细部都充满了生命力，极为传神地传达出《格林童话》的内在精神。在以后的几十年间，类似于这部《格林童话》那样插画家和文字作者珠联璧合式的经典之作还有《爱丽斯漫游奇境》，它的插图作者是约翰·泰尼尔。

在《爱丽斯漫游奇境》受到普遍赞誉的同时期，英国版画家兼印刷商埃德蒙·伊凡斯的工作开启了现代意义上的图画书旅程。首先他极大地提高了彩色印刷的品质，使其具有较高的艺术水准。其次，他成功地把三位极为出色的艺术家引进图画书的领域中。这三位艺术家的名字分别是：华特·克伦、伦道夫·凯尔科特现在美国著名的图画书奖——凯尔科特奖就是以他的名字命名的）和凯特·格林那威；他们的代表作品分别为：《杰克造的房子》、《约翰·吉儿朋》和《窗下》。这三位画家的创作虽然风格迥异，但都对后世的儿童图画书产生了深远影响。

1865年，伊凡斯出版了克伦一个很长系列的玩具书，这可以说是世界上第一套玩具书。在现代图画书领域中，玩具书的发展是异常活跃的，洗澡书、触摸书、翻翻书、转转书、拉拉书、地板书、布书……这些书的共同特点就是既可供幼童玩耍也可供幼童阅读。19世纪的儿童图画书在经过了上述这三位先驱者的出色工作后进入了20世纪。在两个世纪的过渡之间为后人留下不朽图画书的就是比阿特丽克斯·波特的《彼得兔》。波特的第一本《彼得兔》故事出版于1902年，书的开本为 14.5cm×11cm，是专为符合孩子的手而设计的，它是世界上最早的小开本图画书。在波特七十七年的生命中一共创作了 23 本《彼得兔》系列图画书。

1926 年,《小熊维尼》诞生,作者是 A. A. 米尔恩。这部作品中的人物都是拟人化的玩具,而不是拟人化的动物。这是一部给孩子和他们的中产阶级父母都带来乐趣的书。同时,在这部童书中,插图画家 E. H. 薛普的创造也是使故事中的角色成为 20 世纪家喻户晓的动物形象的一个重要因素。正如齐普斯所说的那样:"这些同时印有图像和文字的纸页,预告了 20 世纪初第一批动画卡通的诞生。"[①]《小熊维尼》就是一个典型的例子,1929 年,米尔恩把《小熊维尼》所有派生产品的权利卖给美国人斯蒂芬·施莱辛格的,后者的妻子于 1961 年与迪士尼签约,允许其制作小熊维尼的动画片、连环画和其他商品。于是,迪士尼制作的小熊维尼系列产品滚滚而来:连续不断的以小熊维尼为主角的动画片、无穷无尽的小熊维尼故事书、各种小熊维尼学习用品、小熊维尼玩具、小熊维尼学习及游戏软件,小熊维尼儿童服装……到 1996 年,小熊维尼成为迪士尼最赚钱的卡通形象,它所创造的经济价值高达十亿美元。

从以上概述中我们可以看到,儿童文学现代面貌的形成与启蒙以后的儿童教育理念、欧洲机械印书术的普及与改进、中产阶级的壮大等一系列人类社会文化生活的各种变化紧密相连。从这个意义上说,儿童文学的独立与兴起是近代欧洲大众文化发展的一个产物。

[①] [美] 杰克·齐普斯:《作为神话的童话/作为童话的神话》,赵霞译,少年儿童出版社 2008 年版,第 70 页。

第一章

中国儿童文学现代发生再考察

第一节　传统中国文化中的童年书写

1. 蒙学中的儿童

中国文化自古以来就对童蒙教育高度重视，其程度远远超过了古希腊和早期的欧洲文明。并且，在中国传统文化体系中，这种童蒙教育还包括了胎教。西汉刘向所编撰的《列女传》中就记载："大（太）任者，文王之母……及其有娠，目不视恶色，耳不听淫声，口不出敖言，能以胎教。溲于豕牢，而生文王。文王生而明圣，大任教之，以一而识百。卒为周宗。君子谓大任能胎教。古者妇人妊子，寝不侧，坐不边，立不跸，不食邪味，割不正不食，席不正不坐，目不视于邪色，耳不听于淫声。夜则令瞽诵诗，道正事。如此，则生子形容端正，才艺博通矣。故妊子之时，必慎所感，感于善则善，感于恶则恶。人生而肖万物者，皆其母感于物，故形音肖之。文王母可谓知肖化矣。"也同样在西汉时期，《礼记·曲礼内则》就以不容置疑的口吻规定了教化儿童的一系列步骤和内容："子能食食，教以右手。能言，男唯女俞。男鞶革，女鞶丝。六年，教之数与方名；七年，男女不同席，不共食；八年，出入门户及即席饮食，必后长者，始教之让；九年，教之数日。十年，出就外傅，居宿于外，学书计……十有三年，学乐、诵诗、舞勺。成童，舞象、学射御。"

《礼记》所表达的童蒙模式与方向一直对后世中国的童蒙教育产生重要影响。司马光的《涑水家仪》《家范》等著名的童蒙教育文章也基本沿着《礼记》所规定的儿童发展方向而扩展。考察两宋时期的童蒙教育，有研究者指出，理学程朱一派，影响中国社会及教育方向深远，其对幼教一向主张趁早严教也成为近世育儿及蒙学文化中重要的基石。[①]就教育内容而言，两宋仍以人格教育和道德培养为主，识字读书等智识教育居于次要地位。不过，到了明清时期，随着科举制度日渐成为社会文化的核心组成部分，童蒙教育的内容发生了重要变化。当时的士人家庭对其幼子子弟的教导方式，重点突出识字诵经等智育活动，这与中古时期童蒙重诗文教育、两宋时期重人格培养形成了鲜明对照。而这种对儿童智育的极端看重影响深远，及至今天，中国的教育仍以智力发展为核心考量标准。对于明清时期的童蒙教育风气，法国著名历史学家、汉学家谢和耐曾这样指出："原因之一似乎是科举制度的后果，再则与公众道德水平的下降也不无关系，只要能出人头地，就不惜一切代价，这种心理促使人们强制低龄学童专攻应试作文，

---

① 熊秉真：《童年忆往》，广西师范大学 2008 年版，第 88 页。

而且在明代的 16 世纪和 17 世纪愈演愈烈。"①

虽然李贽的《童心说》《焚书》和王阳明的幼教论代表了文化转化的某种契机，但就李贽而言，孩童和童心固有其哲理上意义，但此意义之考量，最后仍挣脱不了儒学框架与科考文化之参考坐标。16 世纪的中国，可寻得地对儿童与童心最强烈的主张，仅止于代之不平，并未包括对对象本身的仔细观察，更未意想到直接以儿童为发言立说，服务谋福的诉求目标，甚或以儿童为可能主体性声音、立场与代表性的类别或社群。②

纵观中国童蒙教育，我们发现，虽然它有着悠久的历史，但缺少某种革命性或转折性的变化。这种停滞性与中国文化的单一性和封闭性不无关系；其次，虽然随着时代的变迁，童蒙教育的侧重点有所偏移，但从本质上说，中国发达的童蒙教育并没有带来对儿童主体的认同。几乎所有的著作都不赞成给予儿童发展的自由，而是提倡必须尽早对儿童进行塑造。同时，它强调环境的绝对作用，比如著名的"孟母三迁"的故事。这种现象意味着中国文化完全否定童年自身所携带的力量，否定儿童具有自我发展的可能性；再次，中国的童蒙教育充满了成人文化自以为是的傲慢和惯性，从《礼记》开始就不断提及的对儿童使用右手的规定就是一个明证。总之，中国蒙学视儿童为可以被完全塑造的客体，这个客体并不代表儿童自身，而是代表它所属的家族的荣耀与未来。

---

① 谢和耐:《童蒙教育（11—17 世纪）》，《法国汉学》（第八辑），中华书局 2003 年版，第 133 页。
② 熊秉真:《童年忆往》，广西师范大学 2008 年版，第 214 页。

2. 图像中的儿童

在传统中国的图像谱系中，儿童首先以"抓髻娃娃"的剪纸形象在图腾崇拜和巫术活动中被广泛认同和传播。虽然不同地区的民间对抓髻娃娃有不同的称呼，如"招魂娃娃""送鬼娃娃""送病娃娃""辟邪娃娃""五道娃娃"或"纸人"等，但其功能均是辟邪招魂，其基本特征也均是圆头，两肩平张，两臂下垂或上举，两腿分开正面站立，手足皆向外撇。随着时间的推移，抓髻娃娃有了许多变体，如和动物结合在一起等，其功能也从单一的治病祛邪发展到祈求风调雨顺、多子多福等多种寓意，并且渐渐风俗化和世俗化。据明代《帝京景物略》载："雨久，以白纸剪妇人首，剪红绿纸衣之，以笤帚苗缚小帚，令携之，竿悬檐际，曰'妇晴娘'。"清《燕京岁时记》亦载："六月乃大雨时行之际，凡遇连阴不止者，则闺中儿女剪纸为之，悬于门左，谓之扫晴娘"。

佛教对中国图像中的儿童形象也有着重要影响。"磨喝乐"（梵语 mahoraga 的音译，亦作魔合罗）原是佛教众神之中的摩睺罗神。这个神伴随着"化生"概念一起进入中国，佛经有云："所有一切众生之类。若卵生。若胎生。若湿生。若化生。""彼威德王，于其园观。入于三昧。其王左右有二莲华。从地涌出。有二童子化生其中。与威德王俱诣佛所。头面礼足。听佛说法。时二童子即说偈云。"上述佛教理念与中国本土文化发生融合渐渐产生变异，于是，就出现了"化生童子""磨喝乐"泥塑娃娃玩偶等。比如，敦煌莫高窟第 220 窟的南壁上就描绘了一幅"化生童子"：三个童子凌波站立于荷叶之上，均作礼佛状，齐齐面向图画下方的菩萨。而在右上方，有飞天隐约可见。整幅画面以荷花、莲花台为背景，象征西方极乐世界。而"磨喝乐"泥塑玩偶更是在中国"七夕"节庆文化中扮演了重要角色："七月七夕，潘楼街东宋门外瓦子、州西梁门外瓦子、北门外、南朱雀门外街及马行街内，皆卖磨喝乐，乃小塑土偶耳。悉以雕木彩装栏座，或用红纱碧笼，或饰以金珠牙翠，有一对直数千者，禁中及贵家与士庶为时物追陪。"① 为了增加"七夕"节的娱乐性，人们还常常让孩童模仿"磨喝乐"的造型，"七夕前三五日，车马盈市，罗绮满街，旋折未开荷花，都人善假做双头莲，取玩一时，提携而归，路人往往嗟爱。又小儿须买新荷叶执之，盖效颦磨喝乐，儿童辈特地新妆、兢夸鲜丽。"②

外来佛教、本土生殖崇拜以及世俗文化的功利与娱乐需求等多种因素，就这样构筑了儿童在传统中国图像记忆中的初期形象。这些形象并不是为了记录现实生活中的儿童，而是为了表达成人对幸福生活的理解与期盼，它是一种象征的符号体系。尽管如此，它们依旧对后世的儿童形象描绘产生重要影响。

在中国绘画的传统题材中，"婴戏图"是一个专门的题材类别，它的创作可以追溯到南朝时期。据《贞观公私画史》记载，南朝刘宋时期顾景秀的《小儿戏鹅图》以及梁陈之际江僧宝的《小儿戏鸭图》均是"婴戏图"的早期代表作。综观历代"婴戏图"，从内容而言都大抵表现了儿童玩乐、嬉戏的场景。而正是通过这些场景，我们发现了一个与文字记载并不完全一致的童年文化。

首先，童年或儿童是传统中国文化表达宗教情绪的一种合适载体。在敦煌第323窟中，《迎佛图》生动表现了一家四口前去迎佛的

---

① [宋] 孟元老:《东京梦华录》，中州古籍出版社2010年版。
② [宋] 孟元老:《东京梦华录》，中州古籍出版社2010年版。

图景:祖母与小孙子一前一后合骑一头大牛,祖母手执莲花,孙子一手搂抱祖母的腰一手高高扬起。孩子的父亲在前面牵着牛,母亲则同样手执莲花紧跟在牛的后面;在敦煌第179窟的壁画上的《童子拜佛》则表现了这样一幅具有象征意味的图画:两个赤身裸体的小儿正在向前面的菩萨行礼,其中一个俯伏向前,另一个双手合十;而在敦煌第9窟中,我们则能发现一支庞大的童子乐队立于莲台上,正在表达对佛的崇拜……可以这么说,由于佛教在中国的广泛传播以及与本土生殖崇拜融合后所产生的世俗化理解,莲花与儿童就构成了一个不可分割的视觉图景,它既是宗教精神性的象征,也是世俗文化功利性的诉求。

  佛教对传统中国儿童图像构成所产生的另一个重要影响就是"牛"的象征存在。湘山宗慧禅师曾写有一首著名的《牧牛歌》,歌中所呈现的禅宗思想与后世的"牧牛图"可谓关系密切。① 从这首诗中可

---

① 《牧牛歌》全文如下:一、未牧。落日映山红,放荡西东,昂藏头角势争雄。奔走溪山无定止,冒雨冲风。涉水又登峰,似虎如龙,狂心劣性实难从。到处犯人苗与稼,鼻未穿通。二、初调。可意这头牲,永日山行,穿来蓦鼻细调停。珍重山童勤着力,紧紧拘拧。水草要夕平,照顾精明,狂机偶触莫容情。收放鞭绳知节候,久久功成。三、受制。渐渐息奔波,牵过前坡,从容随步性平和,度水穿云虽自在,且莫随他。又向那山窝,细看何如?低头缓步慢透迤。须用鞭绳常管顾,定不瞌跎。四、回首。久久用功深,自在泉林,芒绳轻系向清阴。任性回头不着力,息却狂心。又且看浮沉,细究幽寻。收来放去别无侵。还把绳头松又紧,一刻千金。五、驯伏。调伏性安然,任过前川,青山绿水去来还。虽有鞭绳无用处,狂劣都捐。这边又那边,泉穴云巅,悠游踏断白杨烟。日暮归来无挂碍,何用牢牵。六、无碍。任意去西东,到处从容,横身高卧柳阴中。笛声吹出无思算,快活阿童。浅绿间深红,景物融融,歇肩稳坐意忘工。忆昔劳心空费力,露地全供。七、任运。绿杨芳草边,任运天然,饥来大嚼渴吞泉。踏转溪山随处乐,在在逢源。横卧万峰前,景物幽闲,山童熟睡不知年。抛置鞭绳无挂碍,好个灵坚。八、相忘。物我两形忘,月印沧浪,白云影里白牛行。牛本无心云自静,彼此相当。交对露堂堂,何用商量,山童不复着提防。云月人牛都自在,端的家常。九、独照。忒怪这牛儿,不记吾谁,阿童霁晓独横吹。山北山南皆自得,工用俱离。拍手笑嘻嘻,乐以忘疲,逍遥物外且何之。若说无心即是道,犹欠毫厘。 十、双忘。无相大圆融,不立西东,人牛何处杳无踪。子夜赤轮浑不照,八面玲珑。魔佛总成空,凡圣消融,冰河发焰耀天红。枯木枝头花灿烂,绝没香通。

以看到，在禅宗观念中，"牧童与牛"并不是现实世界中真实的儿童与牛，而是一组深蕴禅味、不可言说的象征符号与悟境，"牧牛"即"牧心"也。所以，虽然宋代已降以牛和牧童为题材的绘画作品颇多，但这并不意味着文人画师开始关注现实中牧童的生活，而是折射出宋以后士大夫向内心转折的历史镜像。如，在《牧牛图·春牧》（宋·佚名）中，两三棵巨大的柳树占据了画面的主要位置，大片的留白展现出放牧地的空旷与辽阔，两头牛正低头吃草，一个牧童骑在高高的牛背上弯腰低头看着自己的牛，整幅画透露出的辽远与静谧令人印象深刻；而李迪的《风雨归牧图》则描绘出牧童与牛在风雨之中急急行进的场景：巨大的柳树与路旁的草都因风的裹挟而呈倾斜状，空寂的路上两头牛一前一后疾走而过。前者正回头张望，与后者形成呼应。前者的牧童头戴斗笠身披蓑衣，他深弯着腰似躲避风的侵袭，骑坐在后面一头牛上的牧童的斗笠已被风吹落，他正回身弯腰去捡拾。这幅画的一草一木、一动一静都突出了"风雨"的灵魂。也许是因为画家对细节的描摹极为精准，具有强烈的写实风格，突破了"牧牛图"所常见的冲淡、悠远的表现模式，所以作品的阐释空间大为增加，而不再单一地被认为是禅宗化境的具体呈现。理宗在这幅画上所题的七言便是一个印证："冒雨冲风两牧儿，笠蓑低绾绿杨枝，深宫玉食何从得，稼穑艰难岂不知？"

虽然传统中国历经无数朝代更迭，但士大夫以及普通民众对幸福的终极理解却保持了一贯的稳固性，那就是"五子登科""福禄双至""金榜题名"等。"婴戏图"则是表达这种传统中国社会世俗欲望的直接界面。所以，各个时代的"婴戏图"的作者均着力于表现儿童的游戏，以突出喜庆的寓意。而画中的背景环境大都是庭院幽静、曲栏回廊、湖石芭蕉，一派富贵人家气象，游戏中的儿童也是体态圆润、肤色鲜润、衣着华丽。比如，苏汉臣的名作《秋庭婴戏图》就以三分之二的空间细致描摹出一个冬季美丽的庭院环境：高大的太湖石旁芙蓉盛开、菊花争艳，整个画面空间洋溢着喜庆富贵之气象。就在庭院山石之侧嬉戏，姐弟俩正专心玩着游戏。弟弟红衣白裤，形象俊美可爱，姐姐身穿白袍腰际一条缎带。从人物的神色以及各自姿态来看，姐姐似乎正在悉心指点照顾弟弟。在他们一旁是散置于漆凳上的玩具，这些玩具玲珑精致，就连那两张漆凳也显现出精美的螺钿花纹。这幅图画可以说婉转而又强烈表达了当时人们对儿女双全幸福生活的展望。

虽然"婴戏图"在不同朝代其世俗层面诉求基本相似，但表现的形式还是呈现各朝代自身的特点。宋代的"婴戏图"，从其艺术性而言，要比其他时代丰富许多，其对儿童游戏场景的各个角度开掘使后世得以了解过去儿童生活的点滴状况。《蕉石婴戏图》（宋·佚名）表现了十几个儿童在巨型太湖石和芭蕉树丛旁游戏的场景。细观画面，这十几个孩子虽共处一画，但分成不同的游戏空间与内容。其中五个孩子正在玩捉迷藏的游戏，另外一群孩子正在进行傀儡戏的表演；《蕉阴击球图》（宋·佚名）描绘的是：在假山和芭蕉旁，一个母亲正观看孩子们玩击球游戏；《秋庭婴戏图》（宋·佚名）则是表现了儿童在游戏中发生冲突的情景：山石花树旁，两个孩子正在奋力争夺一杆红缨枪，在他们的脚下躺着一把折断了的大刀，旁边还有一个穿红肚兜的孩子拿着一杆红缨枪边走边回头观望；《小庭婴戏图》（宋·佚名）也表现了孩子发生争执的情景：湖石翠竹旁，四个男孩似乎在游戏中发生了一点儿小问题，其中一个正伸手去抓另一个的衣服，旁边的男孩试图阻止。虽然孩子们处于争执之中，不过他们仍然面带微笑，从而使这幅"婴戏图"依旧带有喜庆的气息。除此以外,流传于世的表现儿童游戏的代表性图像还有《婴孩斗蛩图》(宋·佚名)、《婴孩弄影戏图》(宋·佚名)、《荷庭婴戏图》(宋·佚名)、《婴戏图》(清·华嵒)等,这些图画所展示出的儿童生活充满了乐趣与自由,全然没有蒙学视野中的儿童所必须遵守的种种规约。

  与此同时,我们也发现儿童虽然游戏于庭院之中,但他们所进行的游戏或手中的玩具依旧与社会生活紧密相连,如小佛塔、红缨枪、傀儡戏等,从中也可看出,当时的民众并不刻意对儿童所接触的文化空间进行隔离或区别对待,也就是说,很少有"少儿不宜"的意识。最为突出的一个例子就是,宋代李嵩的名画《骷髅幻戏图》:在画的中心坐着一个戴幞头穿纱衣的大骷髅,手里用悬线在操纵一个小骷髅做游戏状。小骷髅对面是一个幼儿,手足着地,昂首伸右臂,似对小骷髅非常感兴趣。幼儿的身后是一个妇人,好像急急想赶上孩子。妇人身后不远有一曲折地平线,似为悬崖的边界。大骷髅背后另有一妇人,怀中抱一婴儿正在吮其乳汁,妇人注视着前方发生的事情,神态安详。他们背后是一个台状物,有点像墩子、阙之类,上书"五里"二字。他们身旁还有一货郎担,担上除了有三个包袱外,还可以看到瓶子、盒子、水葫芦、长柄雨伞和席子等物,整个货郎担并不像一个商人的物品箱,更像是一个风尘仆仆旅人的行囊。关于这幅画的含义,历来都有很多不同的解读。清人陈撰《玉几山房画外录》曰:"骷髅弄婴图。骷髅而衣冠者众见,粉黛而哺乳者已见,与儿弄摩候罗亦骷髅者,日暮途远,顿息五里墩下者,道见也。与君披图复阿谁,见一切肉眼作如是观。"郑振铎、张珩、徐邦达合编的《宋人画册》中认为:"此图生与死是那样强烈地对照着,我们的画家的寓意是十分深刻的。"①也有人认为此图表现了一个戏剧场景:一个生前表演傀儡戏的艺人放心不下家眷,以鬼魂的形象与家人相会。在家乡的关口,也是在生死的关口与亲人相见。尽管对这幅图画的解读众说纷纭,但可以确定的是,当时的儿童生活空间不但没有被刻意与成人的娱乐相隔离,而且还是各种社会风俗、公共娱乐活动的一个重要组成部分。

比表现儿童游戏场景更具"游戏性"的图像类型则是"村童闹学图"。在传统中国的"婴戏图"中,"村童闹学"可以说独立成题,且流传长久。早在宋代就有此题材的图画出现,一直到近代,我们都能够在天津杨柳青年画、武强年画中大量见到。不同时代的画家虽然在如何突出"闹"字上细节描绘上有差异,但都对私塾里的孩子们没有教师的管束后所出现的情状表示出极大的兴趣。比如,《村童闹学图》(宋·佚名 明仇英摹)描绘的是学堂里,老师正在伏案酣睡,学童们则正在上演一场热闹非凡的好戏:一个孩子悄悄来到老师的背后,摘掉了他的帽子;院子里一个孩子手执"圭板"、肩披书写的长条文卷,煞有介事地装扮成孔老夫子的样子;一旁的孩童则正在地上铺开大纸画老师睡觉的样子;屋子里面,一个孩子在玩顶板凳的杂技,另一个正对着院子里那个假"孔夫子"扮鬼脸。就在这"狂欢"气氛中,屋中一个红衣男孩正端坐于案板前写着"上大人孔夫子"……又如《村童闹学图》(清·华喦),这是一幅巨幅画轴,一米多宽的画面让画家有充足施展想象和描绘更多细节的空间:梧桐树掩映之下的一座书塾里老师正趴在桌上酣睡,一个孩子用竹竿挑起老师的帽子,旁边的合

---

① 转引自李福顺:《李嵩和他的〈骷髅幻戏图〉》,载于《朵云》1981年02集,上海书画出版社1981年版,第166页。

作者则乘机给老师头上插上鲜花，第三个孩子钻进桌子底下脱掉了老师的鞋子；院子里几个孩子正挥舞木棍上演一场热闹的"武戏"，旁边两个"观众"拍手叫好；另一侧的屋子里两个孩子正翻窗而斗；当一屋子的孩子闹得不亦乐乎之时，老槐树下，一个孩子正专心读书，丝毫不为环境所干扰。

这些"村童闹学"的图景与其说是对世俗民情的描摹，不如说是存在于童蒙教育异常受到重视的文化中的一种"想象的叛逆"。我们知道，传统中国的童蒙教育在历代都被士大夫和民众高度重视，城市与乡村遍布大大小小的私塾，其教学方式向来也以严厉、刻板为主流。如敦煌晚唐第12窟中的壁上就描绘了学童痛苦接受体罚的场面。也许，在很多中国父母内心深处并不喜欢这种严苛的教育，但出于对制度的妥协与适应，他们不得不继续强力维持这种最见成效的蒙学模式。"村童闹学"之所以成为历经各个朝代、雅俗共赏的绘画题材，其很大部分原因也许就在以曲折、喜庆的方式表达了服膺于制度性文化的民众内心隐约的叛逆冲动。

综上所述，传统中国图像谱系中的儿童形象有着不同层面的意义内涵。首先，在佛教信仰与巫术活动中，儿童形象以象征符号的方式获得某种超自然的能力，具有驱邪避灾的功利性作用；其次，在大众艺术消费领域中，儿童形象凝聚了传统中国对幸福生活的全部欲望。"五子夺魁""连年有余""冠带川流""金玉满堂""长命富贵"，这些程式化的儿童形象无关乎儿童，只关乎芸芸大众对美好生活的向往。虽然对创作主体以及欣赏、消费主体而言，对儿童的描摹与记录并不是源自对儿童的真正关注与研究，而是出于表达自身愿望与趣味的一个界面，但从其对儿童游戏、玩闹等生活场景的选择而言，我们还是看到了传统中国隐匿于世俗欲望下的另一种儿童文化和童年声音。

3.《世说新语》中的童年文化

《世说新语》是一部笔记小说，也是一部重要的历史文献。它记录了从后汉到刘宋，近三百年间中国社会在政治、经济、文学、思想、宗教等诸多领域的表现。对中国童年文化研究来说，这部书还有着更为特殊的意义：在这个有着数千年历史的文明中，儿童始终是个隐藏在"家训""蒙学"等文字后面若隐若现的影子，而《世说新语》却提供了一个例外。在这个文本世界里，一群天资不凡的儿童活跃在历史的聚光灯下，他们或张狂或稚朴的言行构成了魏晋时代一副标志性面孔。法国汉学家谢和耐曾指出："从汉朝帝国衰败到隋唐帝国的形成之间延续的四个世纪，是中国社会文化史上最复杂的时代之一。它令人惊奇的丰富，充满了新鲜事物。"① 那么，《世说新语》所呈现的神童群像是否意味着一种新的童年文化或童年观的萌芽呢？

《世说新语》中的神童现象在今天已引起不少研究者的关注，但其着力点均落在家庭教育上，且几乎所有的研究都以这样一个预设开始：那些神童事迹是真实可信的。于是，这部诞生于公元5世纪的笔记小说俨然成为一部隐藏着打造现代神童不二法门的教育学著作。② 显然，此种研究的逻辑前提与视域都需要被质疑与修正。

---

① [法] 谢和耐：《中国社会史》，耿昇译，江苏人民出版社1995年版，第162页。
② 据笔者不完全统计，对《世说新语》中的神童现象进行教育学研究的论文大致有：《论〈世说新语〉孩童早慧与魏晋家学教育之关系》（方坚伟）、《魏晋儿童早慧现象探析》（冀文秀）、《芝兰玉树生阶庭——〈世说新语〉中神童现象与魏晋家庭教育论略》（齐慧源）、《浅论〈世说新语〉中的少年儿童形象》（李程）、《"小时了了"：〈世说新语〉中的儿童形象》、《从〈世说新语〉看魏晋六朝的少年儿童形象》（褚冬雪）等。

《世说新语》卷二《言语》篇记载了两则情节相似度很高的故事：

孔文举有二子，大者六岁，小者五岁。昼日，父眠，小者床头盗酒饮之。大儿谓曰："何以不拜？"答曰："偷，哪得行礼！"

钟毓兄弟小时，值父昼寝，因共偷服药酒。其父时觉，且托寐以观之。毓拜而后饮，会引而不拜。既而问毓，"何以拜？"毓曰："酒以成礼，不敢不拜。"又问会："何以不拜？"会曰："偷本非礼，所以不拜。"

从叙事艺术的角度而言，钟氏兄弟故事无疑是对孔氏兄弟故事的扩展与延伸。今天我们似乎已无法考证孰为真伪，抑或此两者均为虚构。令我们困惑的是，为什么作者会如此漫不经心地记下两则显然是重复的故事？它仅仅是《世说新语》粗疏的症候，还是一种类似于《圣经》那样的强化手段呢？

《言语》篇中的孔氏兄弟还有更为传奇的表现：

孔融被收，中外惶怖。时融儿大者九岁，小者八岁，二儿故琢钉戏，了无遽容。融谓使者曰："冀罪止于身，二儿可得全不？"儿徐进曰："大人岂见覆巢之下，复有完卵乎？"寻亦收至。

看到父亲被抓，兄弟俩没有丝毫惊慌，如此从容已是罕见。尤令人叹为观止的是，他们居然比父亲孔融更加清醒地认识到情势的发展，不抱丝毫幻想地、坦然地接受自身必然死亡的命运。关于这则故事的可靠性，我们似乎依旧没有办法来证明或证伪，只能凭借常识对"道行"如此了得的神童的存在表示怀疑。

不过，钟毓、钟会兄弟的另一则故事倒是能够从某个角度得到考证：

> 钟毓、钟会少有令誉，年十三，魏文帝闻之，语其父钟繇曰："可令二子来。"于是敕见。毓面有汗，帝曰："卿面何以汗？"毓对曰："战战惶惶，汗出如浆。"复问会："卿何以不汗？"对曰："战战栗栗，汗不敢出。"

史载，钟繇（151—230），钟毓（？—265），钟会（225—264），魏文帝，即曹丕（187—226）。据此推算，魏文帝曹丕去世时，钟会才两岁；钟繇去世时，钟会才五岁。因此，十三岁的钟氏兄弟在父亲钟繇的带领下拜见魏文帝，这样的事情唯有在"另一世界"里才可能发生了。

综观整部《世说新语》，《言语》是涌现"神童"较多的章节之一。不同姓氏、年龄的神童们在语言的符号世界里纵横驰骋，令他们的父辈黯然失色。那么，语言本身所具有的虚构性是否隐喻了神童存在的虚构性呢？我们不妨以另一则神童故事为契机做进一步思考。

> 王夷甫父，为平北将军，有公事，使行人论，不得。时夷甫在京师，命驾见仆射羊祜、尚书山涛。夷甫时总角，姿才秀异，叙致既快，事加有理，涛甚奇之。既退，看之不辍，乃叹曰："生儿不当如王夷甫邪？"羊祜曰："乱天下者，必此子也！"

王夷甫即王衍,此人毫无气节,混迹官场,为天下人所不齿,于公元311年被石勒所杀。《世说新语》中的这则故事在《晋书》卷四三《王衍传》中也有记载,不过预言王衍以后将祸乱天下的人是山涛。从一个少年的言行看到他将来的发展以及对国家政局的影响,这故事的路数显然和中国众多帝王将相出生时的种种"神话"或"鬼话"如出一辙,其目的是展现特殊阶层或个人对大众的"魅惑性"。

王衍的故事强化了我们对"神童"真实性的怀疑。据此,本文认为,《世说新语》中的"神童"在很大程度上并不是现实的存在物,而是某种观念与心态的产物,它需要在一个更大的历史文化框架内被理解与分析。

首先,《世说新语》三十六门内容,无论是其"人伦鉴识"还是"玄远的清谈",都和思想史的研究有关。① 那么,在这些众多"神童"身上,凝聚了魏晋时代一种怎样的关于儿童的思想呢?鲁迅在《中国小说史略》曾如此评说《世说新语》:"乃纂辑旧文,非由自造;《宋书》言义庆才词不多,而招聚文学之士,远近必至,则诸书或成于众手,未可知也。"② 而这意味着我们将要探究的《世说新语》关于"儿童"的种种思想必定不具有系统性或完整性,相反,它很有可能充满了庞杂且对抗的声音。

其次,沈约《宋书》卷五一《刘义庆传》中写道:"少善骑乘。及长,以世路艰难,不复跨马。招聚文学之士,近远比至。"③ "世路艰

---

① 周一良:《魏晋南北朝十二讲》,中华书局2007年版,第58页。
② 鲁迅:《鲁迅全集》(第九册),人民文学出版社1982年版,第61页。
③ 转引自周一良:《魏晋南北朝十二讲》,中华书局2007年版,第63页。

难""不复跨马"透露了刘义庆邀约文人编辑《世说新语》的目的：为了避免宋文帝刘义隆的猜忌而投身"无用"的文学，以求自保性命。《世说新语》里记载的人物、事件以及议论都和刘义庆所生活的社会政治保持了绝对的疏离。故此，我们有理由认为，"神童"在《世说新语》中的大量出现只是刘义庆的一种安全的话语策略，并不意味着当时中国文化出现了一种自觉的童年意识。但是，这种话语策略必定会在无意识中留下一个时代、一个阶层的成人对儿童的态度。

孔文举年十岁，随父到洛。时李元礼有盛名，为司隶校尉。诣门者，皆俊才清称及中表亲戚乃通。文举至门，谓吏曰："我是李府君亲。"既通，前坐。元礼问曰："君与仆有何亲？"对曰："昔先君仲尼与君先人伯阳有师资之尊，是仆与君奕世为通好也。"元礼与客莫不奇之。太中大夫陈韪后至，人以其语语之，韪曰："小时了了，大未必佳。"文举曰："想君小时，必当了了。"韪大踧踖。

《世说新语》中的这则故事在《后汉书》卷七十《孔融传》亦有相似记载。

"孔融……年十岁，随父诣京师。时河南尹李膺以简重自居，不妄接士宾客，敕外自非当世名人及与通家，皆不得白。融欲观其人，故造膺门，语门者曰：'我是李君通家子弟。'门者言之。膺请融问曰：'高明祖父尝与仆有恩旧乎？'融曰：'然。先君孔子与君先人李老君同德比义而相师友，则融与君累世通家。'"

不难发现,《世说新语》虽然添加了许多戏剧性的成分,但它与《后汉书》共同表达了一个重要的社会现象:魏晋时期的士人对门第与血统的看重近乎偏执。这是一个陈腐的传统还是一种新兴的风尚?余英时认为这则"十岁孔融拜访名流的故事""或是关于上层士大夫以门第家世自矜而形成特殊社交圈子之最早而明确之记载。"①

一个十岁神童的轶事成为一个时代的某个社会阶层风尚形成的标志性记载,这其中的象征意义耐人寻味:处于社会文化神经末端的儿童,恰恰承担并表现了这个社会文化的本质特征。透过儿童的言行,层层伪饰起来的成人社会露出其真实的表情和欲望。

> 孙盛为庾公记室参军,从猎,将其二儿俱行。庾公不知,忽于猎场见齐庄,时年七八岁,庾谓曰:"君亦复来邪?"应声答曰:"所谓'无小无大,从公于迈'。"
>
> ——《世说新语》之《言语》篇

> 孙齐由、齐庄二人,小时诣庾公。公问齐由何字,答曰:"字齐由。"公曰:"欲何齐邪?"曰:"齐许由。"齐庄何字,答曰:"字齐庄。"公曰:"欲何齐?"曰:"齐庄周。"公曰:"何不慕仲尼而慕庄周?"对曰:"圣人生知,故难企慕。"庾公大喜小儿对。
>
> ——《世说新语》之《言语》篇

孙氏兄弟、钟氏兄弟、孔融……上述这些神童故事构成了一幅魏晋士族儿童生活的画面:他们从小跟随父辈出入上流社会,拜见君王、

---

① 余英时:《士与中国文化》,上海人民出版社2003年版,第266页。

参与各种社交活动,其圆熟、老练的言语均受到鼓励。从中我们可以看到,魏晋士族子弟的童年是在高度社会化的生活中度过的,他们从不曾被父辈视为一个需要特别隔离保护的群体。这个阶层的儿童既拥有明显超过平民子弟的上升机会,也时常置身于政治的血腥残杀中。除了上文提及的孔氏兄弟的故事外,关于王羲之童年的传说也颇为惊心动魄(本文之所以称之为"传说",是因为其他各种史籍均记载此事实为王允之的杰作。)。

> 王右军年减十岁时,大将军甚爱之,恒值帐中眠。大将军尝先出,右军犹未起,须臾钱凤入,屏人论事,都忘右军在帐中,便言逆节之谋。右军觉,既闻所论,知无活理,乃阳吐污头面被褥,诈孰眠。敦论事造半,方忆右军未起,相与大惊曰:"不得不除之!"及开帐,乃见吐唾从横,信其实孰眠,于是得全。于时称其有智。
> ——《假谲7》

更进一步推测,魏晋时代之所以涌现一批神童是因为正处于社会上下阶层分化时期的士族需要构造出一种优越于其他阶层的身份象征,而"神童后代"无疑是其最佳形象代言人。同时,《世说新语》中这些高度社会化的神童对今天理想主义童年观提出了一种挑战:童年不是一个具有普世含义的总体性概念,而是带着与生俱来的社会差异性。

> 王子敬数岁时,尝看诸门生樗蒲。见有胜负,因曰:"南风不竞。"门生辈轻其小儿,乃曰:"此郎亦管中窥豹,时见一斑。"子敬瞋目曰:

"远惭荀奉倩,近愧刘真长!"遂拂衣而去。

——《世说新语》之《方正》篇

王子敬即王献之,王羲之之子。这则故事生动演绎了士族儿童怎样在天然好奇心与后天社会身份之间做出选择的情形。小小年纪观看家里仆役的赌博游戏,并忍不住出谋划策,这是人之常情。但仆役不以为然的态度令王献之倍感羞辱,并深刻反省自己与仆役交谈这种不检点的行为是愧对先贤,这种"过激"反应显然带着深刻的文化烙印。魏晋士族儿童的社会化之早、之深可见一斑。那么,作为"形象大使"的神童究竟承担了魏晋士族怎样的文化特质呢?

汉末以后,作为国家意识形态的儒家名教或礼法渐渐蜕变成高度形式化、虚伪化的东西。随着曾经稳如磐石的君臣之伦的沦落,父子之伦被前所未有的质疑与颠覆,出现了传统中国文化脉络中罕见的激进思潮。如,嵇康在《难自然好学论》(《嵇康集》卷七)中认为:"六经以抑引为主,人性以从欲为欢;抑引则违其愿,从欲则得自然。然则自然之得,不由抑引之六经;全性之本,不须犯情之礼律。"《后汉书·孔融传》载路粹枉奏文举曰:"融前与白衣祢衡跌荡放言,云父之于子,当有何亲?论其本意,实为情欲发耳。子之于母,亦复系为?譬如寄物瓶中,出则离矣。"这种自然主义的思想萌芽大胆挑战了当时占据正统地位的儒家礼教。钱穆曾云:"魏晋南朝三百年学术思想,亦可以一言以蔽之,曰个人自我之觉醒。"① 故此,我们不妨把魏晋时代称为一个"祛魅"的时代。

这个时代的士族父子言行常常有惊人的表现。如,《晋书》卷四九

---

① 钱穆:《国学概论》(上册),上海商务印书馆1931年版,第150页。

第一章 中国儿童文学现代发生再考察

本传说。

"谦之字子光。才学不及父,而傲纵过之。至酣醉,常呼其父字,辅之亦不以介意,谈者以为狂。辅之正酣饮,谦之闻而厉声曰:彦国年老。不得而尔!将令我尻背东壁。辅之欢笑,呼入与共饮。"

父子之间直呼其字、称兄道弟,这种行为不但在"一千多年前的中国真足骇人听闻。"① 即使在今天国人的眼中也不失为一种"新型"的父子关系。

正是在这种文化语境下,《世说新语》中那些言辞犀利的神童便有了另一层存在的意义。

中朝有小儿,父病,行乞药。主人问病,曰:"患疟也。"主人曰:"尊侯明德君子,何以病疟?"答曰:"来病君子,所以疟耳。"
——《言语 27》

梁国杨氏子,九岁,甚聪惠。孔君平诣其父,父不在,乃呼儿出,为设果,果有杨梅。孔指以示儿曰:"此是君家果。"儿应是答曰:"未闻孔雀是夫子家禽。"
——《言语 43》

张吴兴年八岁,亏齿,先达知其不常,故戏之曰:"君口中何为开

---

① 余英时:《士与中国文化》,上海人民出版社 2003 年版,第 366 页。

狗窦？"张应声答曰："正使君辈从此出入！"

——《排调30》

徐孺子年九岁，尝月下戏。人语之曰："若令月中无物，当极明邪？"徐曰："不然。譬如人眼中有瞳子，无此必不明。"

——《言语2》

上述四则故事演绎了同一种情形：成人试图利用某种契机奚落、为难抑或考验一下神童，但结果却被神童奚落。它不但显示了神童之"神"就在于其智力胜过成人，而且还暗示了一种对"成人主导儿童"的既定社会等级秩序的反动。这种反动与当时士族激进分子正在倡导的自然主义亲子关系必定有着内在的联系。事实上，《世说新语》中的儿童不但能够自如应对成人的挑战，而且还常常表现出一种"出言不逊"的傲慢：

谢仁祖年八岁，谢豫章将送客。尔时语已神悟，自参上流。诸人咸共叹之，曰："年少，一坐之颜回。"仁祖曰："坐无尼父，焉别颜回？"

——《言语46》

"就像孔子的学生颜回那样出色"，面对来自成人如此高的评价，八岁的谢仁祖不但不感到兴奋，而是以貌似谦虚的方式表达了对称赞他的大人们一种否定与轻蔑。更有意思的是，《世说新语》在记录这些"以下犯上"的神童故事时，行文之间流露出的一种雀跃使得神童们所承担的那种瓦解社会伦理秩序的激进使命被进一步强化。

不过,我们也发现,上述神童们以犀利言辞回击或挑战的成人其社会地位、身份一般都与神童父亲的地位、身份不相上下。这与前文论及神童在面对君王时的圆通构成一种颇有意味的对照,看来,高度社会化的神童在表现所属阶层激进文化的同时也呈现其保守的根基,他们的舌剑唇枪并没有逾越秩序的底线。看上去个性张扬的神童们无论何时都保持了高度的家族意识,他们随时准备为家族荣誉而战:

> 陈太丘与友期行,期日中,过中不至,太丘舍去,去后乃至。元方时年七岁,门外戏。客问元方:"尊君在不?"答曰:"待君久不至,已去。"友人便怒:"非人哉!与人期行,相委而去。"元方曰:"君与家君期日中。日中不至,则是无信;对子骂父,则是无礼。"友人惭,下车引之。元方入门不顾。
>
> ——《方正1》

> 陈元方年十一时,候袁公。袁公问曰:"贤家君在太丘,远近称之,何所履行?"元方曰:"老父在太丘,强者绥之以德,弱者抚之以仁,恣其所安,久而益敬。"袁公曰:"孤往者尝为邺令,正行此事。不知卿家君法孤,孤法卿父?"元方曰:"周公、孔子异世而出,周旋动静,万里如一。周公不师孔子,孔子亦不师周公。"
>
> ——《政事3》

上述两则陈元方的故事都与其父亲的荣誉有关。在面对外人对其父品行或能力做出否定性评价时,小小年纪的陈元方很懂得以不同的方式加以维护，对批判者可谓锋芒毕露、得理不饶人；而对父亲长官则迂回曲折、小心翼翼。这样的神童显然寄托了魏晋士族在反叛君臣伦理、家族伦理等激进言论或行为背后保守、真实的梦想：光宗耀祖。

范宣年八岁，后园挑菜，误伤指，大啼。人曰："痛邪？"答曰："非为痛。身体发肤，不敢毁伤，是以啼耳。"

——《德行38》

王大将军称其儿云："其神候似欲可。"

——《赏誉49》

王平子与人书，称其儿"风气日上，足散人怀。"

——《赏誉52》

魏隐兄弟少有学义，总角诣谢奉，奉与语，大说之，曰："大宗虽衰，魏氏已复有人。"

——《赏誉112》

司空顾和与时贤共清言。张玄之、顾敷是中外孙，年并七岁，在床边戏。于时闻语，神情如不相属。瞑于灯下，二小儿共叙客主之言，都无遗失。顾公越席而提其耳曰："不意衰宗复生此宝。"

——《夙惠4》

一个八岁孩童不慎受伤，其啼哭竟然不是缘于生理反应而是因为愧对父母所赐之肉身;聪颖的孩子带给父亲、祖父等无限遐想和欣慰……上述例子足以证明,即使潇洒如魏晋文人,他们也无法跳脱千百年来芸芸众生"望子成龙"的心态;即使在激进如魏晋时代的中国社会,儿童最大的存在价值依旧是振兴家族,并不是拥有其独立的个体自由生命。其实,魏晋士族的这种童年记录正对应了整个时代文化的内在特质:"表面上毁坏礼教者,实则倒是承认礼教,太相信礼教。"① "阮、嵇诸人虽宗自然而未忘名教,虽开拓个体之自由而无意摧毁群体之纲纪而已。"② "士的个体自由是以家族本位的群体纲纪为其最基本的保障的。这里我们看到了魏晋任诞之风的内在限制,'情礼兼到'是必然的归宿。"③ 从这点看,《世说新语》中表达激进文化之神童恰恰也凝聚了中国积淀最深的文化偏执:"有识者均知,妒羡神童,仰仗早慧,千百年来向为中国儿童及童年论述之主要底蕴。"④

众所周知,"车同轨""文同书"是中国漫长历史文化中的"大传统",但在朝代更迭的混乱与废墟中,"异质"的思想总会趁机萌芽,书写"小传统"的涓涓细流。而《世说新语》正是诞生于这种特殊时期,成为一个"大传统"与"小传统"并流回旋的文化最好的见证。从这个角度而言,本文认为,《世说新语》中的神童叙述虽然呈现了其作为笔记小说的某种虚构性,但同时也保存了魏晋时期士族阶层对儿童复杂、真实的心态。这种心态可谓既激进又保守、既自然又做作。透过它,我们得以窥探传统中国儿童所承受的来自成人文化的种

---

① 鲁迅:《鲁迅全集》(第三册),人民文学出版社1983年版,第513页。
② 余英时:《士与中国文化》,上海人民出版社2003年版,第330页。
③ 余英时:《士与中国文化》,上海人民出版社2003年版,385页。
④ 熊秉真:《幼蒙、幼慧与幼学:近世中国童年论述之起伏》,《文化传承与历史记忆学术讨论会》提交论文。

种诉求。

魏晋时代是中国历史上少见的"祛魅"时期,但《世说新语》对神童的大量记载从根本上泄露出"祛魅"的不彻底性,或者说"大传统"的根深蒂固。而一千五百年后的今人研究依旧执着于神童教育梦想更印证了"大传统"已经进入我们的文化血液和集体无意识之中。

最后需要指出的是,在《世说新语》的所有神童故事中,有两则并不"神"的故事倒显出更值得珍视的关于童年和成人对待儿童态度的纯粹与素朴:

> 谢奕作剡令,有一老翁犯法,谢以纯酒罚之,乃至过醉而犹未已。太傅时年七八岁,着青布绔,在兄膝边坐,谏曰,"阿兄,老翁可念,何可作此?"奕于是改容曰:"阿奴欲放去邪?"遂遣之。
>
> ——《德行33》

> 王戎丧儿万子,山简往省之,王悲不自胜。简曰:"孩抱中物,何至于此?"王曰:"圣人忘情,最下不及情。情之所钟,正在我辈。"简服其言,更为之恸。
>
> ——《伤逝4》

这两则故事如灵光闪现,和背负家族命运的神童们一起完美诠释了魏晋时代是"令人惊奇的丰富,充满了新鲜事物"这样的总体评价。

第二节　开启"中国式"现代儿童启蒙之路
——《小孩月报》

1875年，美国北长老会传教士范约翰在上海出版了一份专门面向儿童读者的刊物——《小孩月报》，它可以说是近代中国最早的儿童读物之一。近年来，随着中国学界对来华传教士的研究不断深入与拓展，这份曾经被掩埋在时间尘埃里的刊物渐渐走入研究者的视野中①。这些从历史学、新闻传播学、文学等角度的研究都强调了《小孩月报》对中国儿童观念、儿童文学的现代化发生所具有的启蒙和示范意义。确实，"启蒙"无疑是当年范约翰创办《小孩月报》的初衷，也是他在办刊过程中努力所取得的社会影响，正如后来《申报》所赞许的那样："诚启蒙之第一报也。"②

不过，当我们把《小孩月报》进行深度探析后发现，《小孩月报》所开启的儿童启蒙之路与发生在17、18世纪欧洲启蒙运动的核心理念存在某种不可忽视的错位现象，这种错位使中国儿童文学的现代化之路依旧行进在传统中国童蒙教育的巨大阴影中。

---

① 据笔者检索，目前关于《小孩月报》的专题研究主要有：硕士论文《〈小孩月报〉与晚清儿童观念变迁考论》（庞玲）、《范约翰与他的〈小孩月报〉（1876—1881）研究》（李嘉玮）、期刊论文《〈小孩月报〉史料考辨及特色探析》（郭舒然 吴潮）等。另外，胡从经在《晚清儿童文学钩沉》中对《小孩月报》进行了专节介绍、宋莉华的传教士汉文小说研究也多次提及这份报刊。
② 胡从经：《晚清儿童文学钩沉》，少年儿童出版社1982年版，第50页。

1. 传播的困境

对于19世纪中叶的西方传教士来说，中国也许是最让他们感到困难重重的异教徒聚集区域之一。他们不但要时刻准备牺牲生命，还要忍受辛苦传教多年后仍无法拥有广大信徒的沮丧。为了冲破中国人在文化上根深蒂固的闭关自守、傲慢和对宗教的冷漠等种种壁垒，传教士采取了迂回战术，即通过西方先进的技术文明为平台来搭建传播基督教的平台。不过，令人遗憾的是，此种战术再次遭到挫折。"中国二十年以前，惊西方之船坚炮利，知有西艺矣，而于西政，则以为非先王之法，不足寻也。十年以前，亲见西方政治之美善者渐多，其富强之气象似实胜于中国，知有西政矣。而于西教，则以为非先圣之道，不足寻也。"[①] 面对此种情势，1877年5月，来自不同国家的19个差会的一百多名传教士代表在上海召开了在华基督教传教士大会，其中一项重要议题就是：是否继续以报刊为媒介向中国人传播科学、地理、医学、文学等世俗化内容？虽然保守派认为应该把报刊的内容转向宗教性，但更多的自由派则认为应进一步扩大世俗化西学的介绍，范约翰正是属于后者。这次大会被视为在华传教士传播策略转型的一个节点，范约翰所创办的《小孩月报》就是一份代表这种传播理念的重要报刊。

《小孩月报》虽为宗教性质报刊，但非常注重对科学知识、技术的介绍。比较固定的栏目有：教会近闻、天文易知、寓言故事、游历

[①] 范炜:《万国公报第二百册之祝辞》,《万国公报》,合订本第38册。转引自赵晓兰《传教士中文报刊办刊宗旨演变分析》,原载《浙江大学学报》(社会科学版),2011年第9期,第65页。

笔记、忏悔类文章、乐谱（赞美诗）、论画浅说、小孩月历、省身指掌等。在这些栏目中，最为当时及后世乃至今天的中国人赞赏的便是那些介绍科学知识、地理知识等栏目，这些图文并茂的文章使中国小读者"透过清政府设置的闭关自守的帷幕，窥见了外面光怪陆离、五彩缤纷的世界，而这对于开发他们的心智，拓展他们的视野，当不无作用。"①"虽然《小孩月报》有着不可避免的宗教性质，但是西方传教士采用西方儿童观念，采用活泼的画报形式和充实的内容吸引了众多的读者。"②显然，从晚清到21世纪一百多年的时间里，中国对西方的接受维度一直不曾发生过改变：过滤、屏蔽、漠视和否定传教士视为根本的西方宗教信仰，强化和突出传教士视为工具的西方技术文明。也就是说，虽然中国的社会经历了巨大的变迁，但那个困扰了19世纪晚期在华传教士的问题其实一直不曾改变，从这个层面上说，范约翰等人的传播战略转型也并没有获得成功。这其中的原因，值得我们通过对《小孩月报》某些文本的分析来深入思考。

如前文所述，《小孩月报》被中国人视为"启蒙第一报"的关键原因是它对现代科学知识的介绍与传播。如，《论潮汐》一文这样写道：

潮汐者乃海水往来流动也，其或涨或退，各自次第。每日涨二，退亦二次。每次以三时为准，涨足复退，退尽复涨，但逐日涨退必迟五十分钟，与月出入之时适相对，月每日亦迟五十分也。但潮之涨退实因月力牵引之。四海之水，月之初受月牵引之力更大，故此边之火

---

① 胡从经：《晚清儿童文学钩沉》，少年儿童出版社1982年版，第48页。
② 庞玲：《〈小孩月报〉与晚清儿童观念变迁考论》（1875—1881），华东师范大学硕士论文（2009）。

能涨。月之水既涨，离向月彼边之水亦涨。唯左右两水边即退，譬如以竹子为环，用手牵上下，两边则必升起，即唯左右两边缩入。海水受月牵引与此略同。或问曰，月到天心时，潮以涨是否？曰，未也，又当待二三点钟始足，因地恒自旋转，故月虽牵引水，水不能而随之流动，须待月斜少许，潮涨始祖也，月牵引洋海之水，日亦牵引之。但日离地远，故日牵引之力较月牵引之力仅得五分之二。

或曰，日与月牵引，有恒在同一向否？曰，否，有互相牵引者，有无互相牵引者。两相合力牵引，即朔望是也；两相分力牵引，即上下弦是也。合力牵引之时，则潮第一大；分力牵引之，则潮第一小。要之，大潮不在朔望之日，小潮亦不在上下弦之时，总须过二三日，因地球恒自旋转，日月虽引水，水不能随之即至故耳。

或问曰，潮水何以于此等日，有大有小乎？曰，当朔望时，日月交会，同发牵引之力，潮故大。至上下弦。日月牵引之力不同，月使水涨，日又使水退；月使水退，日复使之涨。牵来扯去，故水涨亦无如此其大，退亦无如此其小。此理易明，览图便可明晰。

或问曰，水涨时，各处有同高否？曰，海洋中略同，常高二三尺之则。唯海口狭窄之处，则大不同。有高一二丈，或高三五丈，更有最高者竟至七八丈。

天下各处之水，尽有涨退，唯涨退之时有异，有上午涨下午退者，亦有上午退下午涨者。致船只往来，获益无穷，亦足证上帝慈悲与公平，以待世人也。

在西方基督徒的眼中，把自然界种种规律与现象都与上帝联系在一起是极为自然的思维。因为，在他们看来，上帝创造了两本书："世界之书"和"文字之书",前者是人类所栖居的自然世界,后者就是《圣经》,它们都供人去深入体察和了解从而进一步领悟上帝的奥妙与荣耀。正是在这种信念的推动下,西方才发展出现代科学,才产生了牛顿的万有引力。可以这么说,"在一些历史上罕有的奇特运作中,基督教文明以清晰的方式孕育了实验科学的本身。"① 经历了17世纪启蒙的西方人已经达成一个共识,认为自然知识可以证明上帝对自然的统治,是对宗教的有力支持。所以,在《论潮汐》中,我们看到作者通篇不遗余力地详细介绍潮汐的起因、规律和表现,最后以"足证上帝慈悲与公平,以待世人也"结束全文。这种文章结构与其说是西方传教士的传播策略,不如说是典型地呈现了西方基督教文化语境下对科学的理解。

  但这篇文章在中国读者眼中则呈现出不一样的意义指向。传统中国文化对宗教的态度普遍是淡漠的:上层士大夫信奉儒家提倡的"未知生,焉知死""敬鬼神而远之"的原则,普通民众则是"无事不烧香,急来抱佛脚"的功利主义心理。因此在晚清中国读者的眼中,这篇《论潮汐》中的最后那句"足证上帝慈悲与公平,以待世人"纯属多余,并且显得滑稽牵强:既然人类已经掌握了潮汐的规律和发生的原因,那么还相信上帝的存在就是一种迷信和蒙昧了。而对当代中国研究者来说,"科学与宗教的对立,最后科学'战胜'宗教",这种"科学发展观"已成为偏执的"常识",因此也无法以理解的态度来恰当地解释《论潮汐》这类文章的用意,而只是简单地认为这种宣扬上帝的语句"不足为道",是当年传教士留下的"裹脚布"罢了。

---

① [美]兰西·佩尔斯、查理士·撒士顿:《科学的灵魂——500年科学与信仰、哲学的互动史》,潘柏滔译,江西人民出版社2006年版,第1页。

从传教士写作《论潮汐》的初衷到《论潮汐》在中国读者眼中的意义呈现，这其中的差异与误读使我们意识到两种完全不同的文化之间互相理解的困难甚至不可能。对西方人来说，宗教是灵魂与土壤，科学是躯体与果实，他们为了证明和理解上帝而从事科学研究；而对中国人来说，他们沿着科学之路并没有如传教士所希望的那样走向上帝，而是被"祛魅"后走到离上帝更远的怀疑和功利之地。西方启蒙时期的思想家约翰·洛克认为，不通过天启就无法获得信仰。通过理性只能获得对教义的"暂时性道德认同"，这与宗教所要求的"持久的有救赎力量的认同"仍有很大区别。从这个意义上说，传教士试图用科学的理性在中国这块没有信仰根基的文化土壤上传播基督教注定无法收获预想的果实。

2. 儿童福音小说翻译中的接受与过滤

晚清时期，大量儿童福音小说被传教士翻译到中国。关于此类小说，有研究者这样认为："清末女性传教士所译福音小说，完全突破了中国传统的童蒙读物的范畴。无论在数量上还是文学性和可读性上，也是之前的作品无法企及的，她们对儿童进行伦理道德及爱的启蒙教育的成分已经超越了阐释宗教教义的意图……尽管其中的宗教意图是显而易见的，但并没有削弱作者对现代儿童形象的塑造和儿童观念的表达。小主人公们虽然幼年失怙却自强自立，不甘沉沦，试图进行自我救赎。"[①]而在本文看来，这类福音小说的翻译文本则呈现了传教士为了融入中国文化语境所做出的妥协，这种妥协从积极意义来讲，确

---

① 宋莉华：《传教士汉文小说与中国文学的近代变革》，《文学评论》2011年第1期，第61页。

第一章　中国儿童文学现代发生再考察

实很大程度上提高了中国受众对小说的接受度；而它的消极意义是在无意中扭曲了基督教义，并消解了基督教信仰的力量。我们不妨以《小孩月报》第一期所刊登的《亮塔幼女记》为例进行深入分析。

《亮塔幼女记》的故事情节如下：小女孩玛丽的母亲已经去世，父亲是灯塔守护人。她和父亲就住在海上的灯塔中。涨潮时分，灯塔通往陆地的沙地就会被海水淹没，所以，父亲总是趁着退潮的时候上岸去采购食物和日用品。有一天，一伙专门打劫失事船只的强盗盯上了这座灯塔。他们想到如果不让女孩的父亲在涨潮前赶回，那么灯塔就不能在夜晚被点亮，路过的船只就会迷航后撞到岩石上。于是，他们就在路上把玛丽的父亲绑架了，不让他返回灯塔。在暴风雨的夜晚，灯塔里的玛丽苦苦等待父亲而不得。她虽然知道灯塔如果不亮就会有许多人要死去，但她却因个子矮小怎么也够不到点灯的地方。紧急之中她用一本厚书垫在梯子底下，完成了看起来不可能完成的任务。因为有了灯塔的指引，即将搁浅的船只迅速驶离了危险地带。那伙强盗的阴谋就这样破产了。

就故事情节而言，译文比较忠实地传达了英语小说的内容，但很多细节的更改与删除使汉语翻译传达出不一样的寓意。这其中的差异值得今天的研究者审察与思考。故事的开头，英语作者细致地描述了玛丽母亲的虔诚：

She was a pious woman, and often sat in the lonely lighthouse with her little girl, teaching her to read from a large old Bible. Then she used to tell her of Jesus, the Lord of life and glory, and how he came into the world and died on the cross to save sinners, and how he invites the young to come to him that they may be happy.（她是一个虔诚的妇人，经常坐在孤单的小屋子里教小女儿阅读那本巨大的、陈旧的《圣经》。她讲述耶稣的生命和荣耀，讲述他怎样来到这个世界上、怎样为了拯救罪人而死在十字架上、怎样召唤年幼者走向他寻找到幸福。）

从中世纪开始，西方文学的叙事就呈现强烈的隐喻或寓言倾向，如，但丁的《神曲》、班扬的《天路历程》、弥尔顿的《失乐园》以及莎士比亚的戏剧等，都是神秘主义与现实主义相结合的伟大作品，而其中隐喻的基础就是被西方学者称为"无穷无尽"的《圣经》。在这种文化语境下，上述所引《亮塔幼女记》中的这段文字其实就是整篇小说之所以散发信仰力量的灵魂所在。但是，在汉语译本中，翻译者并没有提及母亲的《圣经》。

随着情节的发展，一伙凶恶的强盗出现了。当小说描述那伙强盗的残暴、险恶的行为后，这样评论道：

How cruel and wicked these men must have been to seek the ruin and death of the poor sailors! But we see how true it is what the Bible says, "The heart is deceitful above all things, and desperately wicked; who can know it?"（这些千方百计使海上船员死亡的人们是多么残忍而邪恶啊！但我们又能明白《圣经》所言是多么真："人心比万物都诡诈，坏到极处，谁能识透呢？"）

基督教精神中除了对上帝的皈依与信任外，还充溢着怀疑与追问，个体生命正是在不断地怀疑与否定中走向坚定的信仰，基督教历史中的很多伟大思想家都经历过这种生命的成长，如，圣保罗、奥古斯丁等。《约伯记》便是这种精神的典型体现。"不要相信美好的生活，要相信美善的神。"正是对黑暗现实与人性的充分认识才孕育了基督教的超越精神。所以，《亮塔幼女记》中直面并承认了强盗残忍性的存在，意在让读者不要回避现实世界的丑恶和人性的黑暗。但是，英语小说中这段别有深意的文字同样没有出现在汉语译本中。

而当玛丽焦急万分又一筹莫展之时，小说这样写道：

While Mary wept she thought of what her dear mother used to say, that we should look to Jesus in every time of need. And in a corner of the room she knelt and prayed for help:"O, Lord, show me what to do, and bless my dear father, and bring him home safe."（当玛丽哭泣时，她想起妈妈曾说过我们在任何需要的时刻都可寻求耶稣。在屋子的角落里，她跪下并祈祷："哦，上帝，请指示我该怎么做，并保佑我亲爱的爸爸，带他安全回家。"）

关于上述描写，《小孩月报》中的汉语翻译如下："女念及此，痴坐椅上，号哭不已，大伤厥心，曾记乃母，昔日有言，假令尔父不幸遇难，尔可速求耶稣保佑，拯父出恶，伊便起身，疾驱入室，屈膝而祈曰，大慈大悲救主，恳求当此之时，际此入境，开示一可作之妙法，再求上主辅助，庇佑婢女之父，无灾无害，安然而归。"

显然，这次汉语翻译对原文进行了"加法"处理。除了对女孩的情状进行中国式渲染外，还增添了母亲叮嘱与女孩祷告的内容。透过这些，我们发现译者似乎在尽力把耶稣的作用向中国人所熟悉的救苦救难的观音菩萨转化,突显宗教中的神迹。

经过种种努力,玛丽仍旧够不到灯所在的地方,这时,玛丽突然想起了妈妈留下的《圣经》:

Poor Mary was about to sit down again and weep, when she thought of the large old Bible in the room below. But how could she tread on that book? It was God's holy word, which her mother loved so much to read. "Yet it is to save life," said she, "and if mother were here, would she not allow me to take it?" Mary did not scorn her mother's Bible, its very covers were precious in her sight. (可怜的玛丽又要坐下来哭泣,这时她想起下面屋子里那本巨大的旧《圣经》。但是,她怎么能这样对待这本书呢?这是妈妈那么热爱的上帝神圣的话语。"然而这是拯救生命。"她说,"如果妈妈在这里,她会阻止我拿它吗?"玛丽并没有轻视她母亲的《圣经》,在她眼里,它处处都是珍贵的。)

玛丽为了拯救无辜的生命,唯一的办法是把妈妈珍爱的、神圣的《圣经》作为垫脚石。这个细节同样充满了深意,它巧妙地呼应了上帝为给世人赎罪而将自己降为凡人的核心教义。《圣经》这样描述了神圣者的牺牲:"他诚然担当我们的忧患,背负我们的痛苦;我们却以为他受责罚被神击打苦待了。"(以赛亚第五十三章歌词)正因为如此,当玛丽以这种"大不敬"的方式使《圣经》发挥关键作用时,这个故事才真正呈现了福音小说的特质。但奇怪的是,汉语翻译仅用寥寥数语一掠而过:"美姐心中大觉悲哀。一时猛省,念及一本厚大之书,或者将此搁于梯下,才合高下,方可燃灯。"是翻译者觉得把《圣经》垫在脚下是亵渎行为，还是担心中国民众无法接受这样的教义？

故事的结尾原小说这样写道：

Brave little Mary! —May we not hope that the blessed Bible was "a light unto her feet, and a lamp unto her path" all through her life, and that it guided her to heaven, there to meet her dear mother to part no more?（勇敢的小玛丽——我们祝愿她一生沿着《圣经》话语的指引，"你的话是我脚前的灯，路上的光"，一路走到天堂，和她亲爱的母亲永不分离。）

作者引用的赞美诗诗句正与故事中的灯塔意象构成一体，使整个故事的隐喻层面不断丰富与上升。并且，我们看到作者的情感与关注焦点仍旧专注于玛丽个体，并没有向广大的小读者发出学习的号召。与此相对照，汉语翻译如此评价整个故事："幼女胆大心细，是非赖主之鸿恩，不能得此，再兼亡母之懿训，默记于心，致令人之覆险，如援以手，若而人者，岂可多得乎哉，吾愿世之幼女，俱能是则是效，则幸甚矣。"在汉语翻译中，小玛丽的成功原因被归结为两点：神的恩典和母亲的叮嘱。显然，美姐是传统中国文化语境下遵循长辈意志的执行者，她的成功透露出一种被动性。就这样，汉语翻译剥离了基督教文化对个体创造与奋斗的关注与肯定而转向对承袭、遵守和榜样的宣扬。

总之，透过对《亮塔幼女记》英语原文和翻译的比较，可以这样认为，晚清时期的传教士为了减少基督教进入中国的阻力，不惜简化基督教的教义，并且尽力使上帝的形象和功能符合中国人对神的想象与期待。其具体策略就是，张扬宗教中的神迹，淡化或过滤基督教中的信仰成分。这种文化的妥协，从积极方面讲，确实扩大了基督教在中国的传播，而消极的意义则是基督教最终被中国文化同化，上帝成为另一个有求必应的菩萨。那个在《圣经》话语中获得信仰源泉的小女孩玛丽，也变身为"赖天主鸿恩"与"遵亡母懿训"的模范幼女美姐。也许正因为如此，经过20世纪初新文化运动后的30年代，福音小说《亮塔幼女记》中的基督信仰最终被完全剥离，被书写成一个"司马光砸缸"式的中国儿童故事和一篇标准的中国课文："陈二哥是管理灯塔的人。他和七岁的女儿丽丹，住在海岛上。一天，陈二哥独自划着小船出去。一会儿，风狂雨大，海面十分危险。他只好把小船停在海港里。可是，天已傍晚，点灯的时间已到。他正在焦急的时候，忽见一线灯光，从塔里射到海面。你道这灯是谁点的呢？原来丽丹恐怕误了点灯的时间，来往的船，要碰着危险。他便缘着梯子，爬到塔顶；又搬了一张小榻，榻上放了几本书。他站在书上，才把灯点着了。"①

3. 从横向移植到纵向延续

世界书局版的国语教科书中，《丽丹代父点灯》之后的一篇课文叫《海堤上的洞》，讲述一个叫严达的男孩傍晚时分发现海堤上出现了一个小洞，就用手掌堵着那洞，在寒风中坚持了整整一夜，直到天亮被人发现。接下去另一篇课文是《孙中山住在海边》，讲述了孙中山先生小时候因为看到海盗抢劫居民的社会乱象后决心改造中国的故事。显然，这三篇课文所构筑的童年叙事，上承"勇斩双头蛇的孙叔敖""斩蛇除害的李寄"等古代小英雄，下接"草原小姐妹""潘冬子"

---

① 魏冰心等编：《世界书局·国语读本》，上海科学技术文献出版社2010年版，第16页。

等现代小英雄,在近现代中国文化的剧变中,成人对童年的期望却始终保持了惊人的稳定,就连《亮塔幼女记》这类福音小说也被成功收编。这使我们重新审视被当下学界所肯定的传教士对中国近代童年观以及儿童文学的启蒙。

在进一步考察《小孩月报》所开启的启蒙之路前,有必要回顾康德所写下的那篇著名的《答复一个问题:"什么叫启蒙"》:"启蒙运动就是人类脱离自己所加之于自己的不成熟状态,不成熟状态就是不经别人的引导,就对运用自己的理智无能为力……这一启蒙运动除了自由而外并不需要任何别的东西……那就是在一切事情上,都有公开运用自己理性的自由。必须永远有公开运用自己理性的自由,并且惟有它才能带来人类的启蒙。"显然,在西方文化语境下,"启蒙"的核心含义就是人自由地、勇敢地、公开地运用自己的理性,怀疑、批判现实社会中不合理的存在。而范约翰在其《小孩月报》创刊号中这样写道:"报之多类也,或关于国家,或关于商贾,或凭街谈巷议为奇闻,或据怪状奇形为创见,或著十次为规劝,或借文藻为铺张,而要之皆无补于童年初基也……予以童年初基,首在器识,文艺次之,故以二者兼而行之,颜曰小孩月报志异。俾童子观之,一可渐悟天道,二可推广见闻,三可辟其灵机,四可长其文学,即成童见之,亦非无补……俾童稚见之,灵机日辟,眼见时新,其理浅而明,其词粗而俚,且佐以谚词,俾童稚心领神会,标以图画,令子触目感悟。"在这里,我们看到范约翰所开创的"启蒙"并不包含"怀疑""自由""批判"等关键词,倒是与汉语系统中的"蒙学""童蒙教育"有着内在理路的相似性,即通过"启蒙"使儿童成长为成人理想中的样子。虽然范约翰的理想与传统中国儒家文化的理想存在巨大差异,但范约翰同样相信童年的可塑性,"凡人达壮年而始悔罪信道者,固未尝不可为笃诚之信徒。然外教之积习既深,一旦而欲扫除纯尽,盖已难矣。"① 就这点而言,基督教与儒家的童年观可谓如出一辙。

所以,《小孩月报》上所刊登的很多文章,尤其是中国教师、师母和学生的文章所呈现出的"融合"令人印象深刻。如,北京顾教师馆学生陈绍堂所写的《枯树垂戒》一文这样写道:

有某氏子者,性甚灵敏,家亦殷实。其父为之延师长,设学塾,命其攻读意甚殷也,而某性好嬉游,玩时偈月,数年之间,竟无一得,师有严戒,面听而弗悛。父加痛楚,身受而不改,一似无可启发矣。然直言难入旁喻易通,当是岁也,时维九月,序属三秋,风止雨收之时,烟霞澄鲜之际,其师与某同众友生,相约以游眺焉。步至城西,见群山之峻岭,于是履缠崖、披蒙茸,而陟彼高岗,于侧竟无一言,郁郁殊甚。适旁有树数株,形容枯槁,问其师曰,是山深得雨露之滋养,又无牛羊之践履、斧斤之砍伐,为何有此槁树乎。其师曰:此非山无雨露之滋养,非有牛羊之践履。非有斧斤之砍伐也,是共其本根不立而为朽才也。使能自保共生机,藉人之修理,未始不堪为栋梁之器,奈何竟至枯朽而为柴薪之需耶。由木如此,人亦类然。某闻此言,怅然良久曰,惜乎,吾未早聆斯言也,今悔已晚矣,亡羊而补牢,犹未迟也。汝诚痛悔,何晚之有?某曰,悟已往之不谏,幸来者之可追,虽未善于前,可乐观于后,于是归家。昼夜诵读,卒至及第,吁,其师固可谓善诱者矣,若某者虽败于始,而改过不吝,卒成于终,亦可嘉也。余是为不揣固陋,妄叙其大略。凡我教堂中兄弟皆宜法斯

---

① 范约翰. 本校滥觞记. 1919// 清心两级中学校七十周年纪念刊, 1930 年。

人之勇于改过。及早发奋读书，后为主有用之仆役，则教会之兴，可翘足而待也。较之某氏子，不益善乎？

又如宁波周松鹤所写的《蛇龟较胜》：

"蛇没有脚，却能快快地奔走。龟有四足，只会慢慢儿匍匐。闻映月池边，有蛇龟居住。那一晚上，蛇同龟说，我们明天清晨，一通到卧云桥玩耍风景，且看你先到还是我先到。先到有荣，后到有辱。两个说罢，蛇就即刻起身，走到半路，他自己思忖，说，我是善能快走，这个蠢然愚龟，寸步艰难，必要明天午晌才到。我在这里安眠一刻工夫，又有何妨呢。他就熟睡了。龟也即时动身，健步行走，得寸则寸，得尺则尺，东方未明，早到卧云桥。见蛇未到，心很稀奇。到东方既白，蛇刚刚醒来，急急忙忙敢进，到桥那知道，日上已三竿了。见龟坐在桥上，意气洋洋，龟说，蛇大哥，你来了么。蛇便叹道，自己夸奖自己才力，轻看那别人，在半路里睡觉，耽误了时辰。从今以后，我要存谦卑心，把今朝事情当座右铭。"

以寓言的形式装载教化的内容，虽然不乏生动的细节描写，但终究充满了传统中国"文以载道"的功利性和僵硬的美学趣味。这种意图改造儿童的故事模式正是日后中国百年儿童文学写作的主流方式。当然，以文学之名行教化之实的儿童刊物并不是范约翰的首创，早在18世纪欧洲教育主义盛行的时候，就有保罗·亚哲尔这样批评包曼夫人所创办的《儿童杂志》倡导的理念：要儿童不可以浪费片刻光阴，而且要尽快成长为"小大人"，这真是一个可怕的时代，她放逐了童年的想象力和感性，把童年珍贵的东西沦为教训的一种手段。①

上述考察的《小孩月报》所刊登的三类文章多被后世中国学者加以肯定，认为正是通过对科学技术的介绍、对西方儿童文学的翻译开启了中国儿童了解世界的窗口，塑造了儿童的新形象以及传播了现代化的儿童观。但本文通过文本分析与比较后发现，《小孩月报》所开启的"启蒙之路"仅停留在对欧洲技术文明的传播，并不曾触及现代欧洲的精神核心，从而使这种为了融入中华文明的横向文化移植，最终变异为以现代化名义而进行的纵向延续，从而进一步加大了传统中国对童年的不信任以及意欲多方规范与塑造的文化惯性。

第三节 《点石斋画报》中的童年"浮世绘"

《点石斋画报》是中国近代影响最大的画报，它的创办者是英国人安纳斯托·美查。从1884年到1898年，《点石斋画报》共出版了四千六百多幅配有文字说明的手绘石印画，文字总量达到120字。对于这份画报曾经所达到的辐射度和影响力，鲁迅、包天笑等名家都留下了自己的理解和评价：

"在这之前，早已出现了一种画报，名目就叫《点石斋画报》，是

---

① 1757年，《儿童杂志》的创刊号上这样写道："儿童杂志，或许可以说是贤明的女教师和优等生的对话。透过这番对话，就可以教育少年们，分别依照自己的天赋、气质、爱好、去思考事物，去表达意志，去采取行动。同时也由于这番对话，显现出各该年龄的需要，了解应该用怎样的手段去矫正。这些对话在于启发少年们的心智，形成他们的品格，因此内容包括历史、寓言、地理等资料，并且将它扼要的融合整理。全卷充满着有益的意见，而且写得生动有趣，让孩子们能够在快乐中，亲近有教育价值的故事。"转引自《书·儿童·成人》，第40页，

吴友如主笔的，神仙人物，内外新闻，无所不画，但对于外国事情，他很不明白，例如画战舰罢，是一只商船，而舱面上摆着野战炮；画决斗则两个穿礼服的军人在客厅里拔长刀相击，至于将花瓶也打落跌碎。然而他画老鸨虐妓、流氓拆梢之类，却实在画得很好，我想，这是因为他看得太多了的缘故；就是现在，我们在上海也常常看到和他所画一般的脸孔。这画报的势力，当时是很大的，流行各省，算是要知道'时务'——这名称在那时就如现在之所谓'新学'——的人们的耳目。前几年又翻印了，叫作《吴友如墨宝》，而影响到后来也实在厉害，小说上的绣像不必说了，就是在教科书的插画上，也常常看见所画的孩子大抵是歪戴帽，斜视眼，满脸横肉，一副流氓气。"①

虽然鲁迅言语之间饱含讽刺，以至于当代有论者对此发出异议："不知鲁迅是否仔细阅读《点石斋画报》，何以竟出如此尖刻鄙薄鄙视之言，以论断《点石斋画报》之低级格调。"②但鲁迅的这段话还是成为后世进行《点石斋画报》研究时的一个重要参考。不过，结合上下文语境来看，鲁迅的着力点似乎并不是对这份画报进行学术研究，而只是以之为切入点，对1931年的上海文艺界中的论敌们进行回击，并给予他们一个颇有创意的命名："才子+流氓"。尽管如此，鲁迅的这段话仍旧含有关于《点石斋画报》研究中值得关注的一些重要信息。

其一，《点石斋画报》的存在时段是1884—1898年，而鲁迅出生于1881年。从鲁迅五十岁时尽管充满鄙视却依旧念念不忘这一细节中，我们不妨大胆推测，《点石斋画报》很有可能是鲁迅童年、青少

---

① 鲁迅:《上海文艺之一瞥》,《鲁迅全集·二心集》(第四卷),人民文学出版社1982年版,第293页。
② 王尔敏:《中国近代知识普及化传播之图说形式》,载《明清社会文化生态》,台湾印书馆1997年版,第137页。

年时期熟悉的读物。而包天笑的回忆则明白无误地表达了少年时代对《点石斋画报》的痴迷："我在十二三岁的时候,上海出有一种石印的《点石斋画报》,我最喜欢看了。本来儿童最喜欢看画,而这个画报,即是成人也喜欢看的。每逢出版,寄到苏州来时,我宁可省下了点心钱,必须去购买一册。这是每十天出一册,积十册便可以线装成一本。我当时就有装订成好几本,虽然那些画师也没有什么博识,可是在画上也可以得着一点常识……有一次,画报上说,外国已经有了飞艇,可是画出来的是有帆、有桨、有舵,还装上了两翅膀,人家以为飞艇就是如此,而不知这是画师的意匠。(飞机初时传至中国,译者译之为飞艇,画者未见过飞机,以为既名为艇,当然有帆有舵了。)"① 两相印证,我们可以想象这份画报当时在中产阶层少年儿童中的辐射度。

其二,鲁迅在这段话中把《点石斋画报》中惟妙惟肖的"流氓气"与民国时期教科书中的"儿童形象"联系在一起,虽然在今天的我们看来,无论是商务版教科书还是开明版的教科书,似乎都并没有"流氓气质的儿童形象",但是,鲁迅敏感的联想值得我们做进一步思考。1933 年,鲁迅在《上海的儿童》一文中这样写道:"倘若走进住家的弄堂里去,就看见便溺器,吃食担,苍蝇成群的在飞,孩子成队的在闹,有剧烈的捣乱,有发达的骂,真是一个乱哄哄的小世界。但一到大路上,映进眼帘来的却只是轩昂活泼地玩着走着的外国孩子,中国的儿童几乎看不见了。但也并非没有,只因为衣裤郎当,精神萎靡,被别人压得像影子一样,不能醒目了。中国中流的家庭,教孩子大抵只有两种法。其一,是任其跋扈,一点也不骂,骂人固可,打人亦无不可,在门内或门前是暴主,是霸王,但到外面,便如失了网的蜘蛛

---

① 包天笑:《钏影楼回忆录》,中国大百科全书出版社 2009 年版,第 115 页。

一般，立刻毫无能力。其二，是终日给以冷遇或呵斥，甚而至于打扑，使他畏葸退缩，仿佛一个奴才，一个傀儡，然而父母却美其名曰'听话'，自以为是教育的成功，待到放他到外面来，则如暂出樊笼的小禽，他绝不会飞鸣，也不会跳跃。现在总算中国也有印给儿童看的画本了，其中的主角自然是儿童，然而画中人物，大抵倘不是带着横暴冥顽的气味，甚而至于流氓模样的，过度的恶作剧的顽童，就是勾头耸背，低眉顺眼，一副死板板的脸相的所谓'好孩子'。这虽然由于画家本领的欠缺，但也是取儿童为范本的，而从此又以作供给儿童仿效的范本。我们试一看别国的儿童画罢，英国沉着，德国粗豪，俄国雄厚，法国漂亮，日本聪明，都没有一点中国似的衰惫的气象。观民风是不但可以由诗文，也可以由图画，而且可以由不为人们所重的儿童画的。"①

鲁迅在《上海的儿童》中所流露出的那种厌恶之情与他在《点石斋画报》中的鄙薄之意是一脉相承甚至有过之而无不及，而这种情绪正是"五四"一代启蒙者在热切追求现代化时的激进反映。不过，鲁迅对近代市民阶层儿童以及所谓"流氓气"的敏感，倒是无意中为今天的我们提供了一个对《点石斋画报》新的阅读视角，即，近代中国市民文化视野中的儿童和儿童文化。

1. 新旧杂糅世界的目击者

《点石斋画报》存在的十余年间，"妇孺"二字经常和这份画报一起被人谈起。如，"光绪二年，以《申报》文字高深，非妇孺工人所能尽读，乃附刊《民报》，间日出一纸，每月取费六十五文。光绪十年，

---

① 鲁迅：《上海的儿童》，《鲁迅全集》（第四卷），人民文学出版社1982年版，第565页。

又附刊《画报》，每十日出一纸。"①1895年8月29日的《申报》更是刊登了一篇《论画报可以启蒙》的文章，此文断言画报最宜于小儿。为正其心术，扩其眼界，以及培养其绘画兴趣和技巧，有必要从小多多阅读画报。文章最后又把绘图能力和国家兴亡联系在一起："方今西法最重画图，每制一器，须先画图。图有未工，器必不清。此皆实事求是之功，非挥洒烟云之仅供玩好耶。将来图画之工，人才奋起，不难驾西人而上，虽未必系乎此，亦未始不系乎此也。然则启蒙之道，不当以画报为急务哉！"②

这份画报虽然在宣传中屡次强调适合儿童读者群，但是纵观画报百万余字的内容后我们发现，文字中关于儿童的叙述可谓少之又少，除了不时出现的"怪胎""灾难""志异"等奇闻外，儿童的日常生活似乎根本没有进入叙述者的视野。与此形成鲜明对比的是，几千幅图画中却不时闪现着儿童的身影，他们神色各异、大小不一，有时成为不经意的背景，有时则居于视线的中心位置。显然，就像陈平原所指出的那样，这份画报的图文之间存在着别有张力的缝隙。画中所呈现的儿童生活似乎与其反复强调的"启蒙儿童"并不是那么步调一致。从某种意义上说，画中的儿童生活更泄露了这份画报在启蒙的显在理念下对愉悦的隐秘诉求，并且，这种"愉悦"和今天的我们所理解的儿童读物的愉悦感又有着很不一样的内涵。因此，透过这些似乎不应该有儿童、儿童却活跃于其间的场景，我们将看到一个有别于精英视野中的儿童生活环境与情状。

---

① 戈公振：《中国报学史》，岳麓书社2011年版，第89页。
② 转引自陈平原：《图像晚清》，百花文艺出版社2006年版，第11页。

第一章　中国儿童文学现代发生再考察

> 刮骨疗毒，千古奇事，然得自简编，未尝呈诸目睫……徒深想象矣。京都齐化门内有某甲者，年逾弱冠，得疯疾，用利刃将肚剖破，五脏迸出，血注人倒。家人本请英医院医生救治。医取凉水二盏，徐点脏上，遂觉渐渐收入；少顷，吸水一口，狂喷甲面，甲一惊，而脏悉入矣。医遂取针线，细缝甲肚。虽呻楚之时作，竟性命之无虞。家人出金酬之，不顾而去。
>
> ——《收肠入腹》

疯子、自残、内脏、血，再加上洋人医生神奇的医术和中国式的大侠气度，这个事件即使放在21世纪的今天，也足够使其成为一则吸引大众眼球的头版新闻。不过，显然今天的成人都不会愿意让自己的孩子目睹这种过于刺激的场面。在上述文字中，我们也确乎不见儿童的身影。但是，画者似乎对这种"保护"或"隔离"儿童的现代理念并不以为然。在这幅画中，我们看到了"收肠入腹"的如下情形：堂屋的中央，自残者正仰卧一张类似长条桌的床上，面目不清；旁边一个洋人正弯腰往伤者身上洒药物；就在离这"手术台"两步远的地方，一个三四岁的幼儿正跟跄扑向其祖母的怀抱；堂屋的门正在被一位男子关上，从还未关闭的门扉中望去，有许多人试图挤进来看；而堂屋的深处是一块门帘，挑开的帘子里张望着若干张女子的脸，想必是这家人的女眷。综观整个画面，我们发现，原本最应该远离这种血腥场面的幼童，却成为近距离的在场者，而他的反应则成为画家表现这一场面之令人震惊程度的最有力介质。

事实上，《点石斋画报》中像《收肠入腹》那样虽无关儿童也不宜儿童的新闻事件，画家似乎总不舍得遗忘儿童：《阴谴可畏》中那个拉皮条的女人暴亡了，画面中两个小孩站在最佳的位置上观看这神秘的事件；《落花流水》中令人恐怖的被肢解的女人大腿正漂浮在河面上，不远处，孩子们正在隔岸观"腿"。而在那些虽无关儿童却也无伤大雅的场合，儿童更是成群结队地出现在画面中。比如，在《救火妙药》一画中，黑压压的人群争相观看洋人的消防表演，其中，就有两个十来岁的孩子试图从人缝中挤进去。我们虽然只看到他们的背影，但其奋力争先的样子令人印象深刻；《谣言宜禁》讲述了一个电报局发报用的电是采自死人之魂魄的谣言，画面上显示，三个小孩在大人的带领下正津津有味地看着电报局门口闹哄哄的场面。除此以外，画家还以生动的笔触描画了孩子们在各种传统节日中嬉戏玩闹的场面："盂兰会"中嬉戏于小摊贩、寺庙和坟包之间的孩子们（《超度孤魂》）；满地晾晒的佛经也是一个新的游戏天地（《佛寺晒经》）；南京"四月十八过关节"更成为全体孩子们的节日（《习俗移人》）。

总而言之，《点石斋画报》中的儿童是这个正处于新旧、中西混杂世界的目击者。他们怀着天生的好奇心，热切地拥抱着来自西方的现代技术文明，也以同样的热情把自己置身于传统中国种种乡野的生活中。在他们凝视这个世界的背影中，我们惊讶于他们在混杂世界中的习以为常和超强的适应能力。并且，他们更以超乎现代儿童养育理念的强悍神经，目睹着发生在这个世界的种种"流血""凶杀"和"死亡"等神秘、怪异的事件。

2. 混乱世界的承受者

随着西方现代技术文明的大规模涌入，晚清中国既呈现它的活力和希望，也呈现它的困局和危险。西方传教士狄考文等人对此曾发出过颇为深刻的预见:"脱离基督教的西方文明有可能给中国增加新的罪恶。"① 确实,近代中国是个新旧混杂的社会,也是一个道德法律秩序相对混乱的社会,《点石斋画报》就大量记载了混乱所带来的新闻事件。而在这类事件中,儿童经常成为受害者。

> 有贾于梧州者,偶遇市上有铜钲声出。布幔中输数丈钱,随众人入,观见一肥孩。其圆如球,四肢挛缩,耳鼻深陷趾之圆转如人意。客笑曰,天下乃有此圆人耳,但惜其少骨气耳。时天色已晚,有人将此孩装入笼中,携之去。客蹑其后,见其置小屋中而出。客入询来历。笼中人瑟缩四顾,其声愀然,两目垂泪。自言四岁被拐,用一圆瓮对破,合置于中,而对固之。上下凿二孔通饮食便溺,不数年涨满一瓮,碎而出之。
>
> ——《做人极圆》

客观地说,拐卖儿童的恶行在古今中外都会发生,不过相对于正常年代,乱世出现的频率会高得多。从《点石斋画报》所提到的次数推测,拐卖儿童已成为那时人们日常生活必须面对的一件事。不过,令人诡异的是,"被拐儿童"似乎又成为画报展开其一贯"志异"式想象的灵感源泉。如上述所引《做人极圆》一文中,我们不禁怀疑:人难道像水果那样可以用如此方法加以"形塑"?显然,其想象的虚构性似乎超过了社会报道的真实性。不过,正如有论者指出:《点石斋画报》中的很多怪异事件的真实性无关宏旨,画报之所以载录这些事件,其旨趣并不在于报道真实性,而在于事件背后的社会导向追求。对拐

---

① 王立新:《美国传教士与晚清中国现代化》,天津人民出版社2008年版,第5页。

卖儿童的各类报道，画报再次呈现了其启蒙和商业的双重追求。《做人极圆》既表达了对当时社会秩序混乱的关切，也满足了市民消费者猎奇的官能需求。其实，综观画报，其就"拐卖儿童"这一社会现象上所展开的舆论导向，还有更为丰富的舆论导向诉求：《得孩志喜》是对众多读者的正告：看好自家小孩。很有点儿每天晚上更夫喊"小心火烛"的意思；《水手阿嘉》中那个把被拐小孩送回家的水手，以"小人物"的善良抚慰了当时人们的道德焦虑；《招认小孩》则似乎在对官方破案能力进行赞许；而《民教为雠》中通过小孩被诱拐、孩子父亲被毒打致残的事件再现了当时普通民众的宗教敌意……

事实上，《点石斋画报》涉及儿童事件的似乎总是与"天灾人祸"紧密相连。如果说"拐卖儿童"是日常生活中对儿童最大的社会威胁，那么在非常态的环境下，儿童更成为首当其冲的受害者。《山西灾状》中记载了小孩被食的惨状："更有数处，竟吃人肉，有一家吃了小孩数个者。"1893年5月10日的《申报》曾这样报道："昨过石头沟，见有卖男孩者，因数天无人受主，回家后竟将此孩残食。"两相印证，画报显然在这则事件上并非虚构。另外，我们在画报中还可以看到儿童各种各样的意外死亡事件。如，一个家境富裕的小孩，因为身上佩戴很多贵重首饰而被贼人杀于路上（《瘫子杀人》）；一个小孩吃了邻居送来的肉后神秘死亡（《疑案待雪》）；一个放牛的孩子在山上被老虎咬成了两段（《牧童遇虎》）；某户人家因为忘记喂食家中的猪而导致小孩被活活吃掉（《母猪食人》）；因为天狗降临，某人的三个儿子在一阵怪风过后均离奇死亡，且肢体残缺、死状甚惨（《怪风毙孩》）……综观这些事件，我们发现，无论是基于现实的新闻报道，还是基于想象的神秘传闻，都指向了如下一个事实：儿童和成人一样必须承受这个世界的混乱，又因为其特殊的未成长状态，所以受害与牺牲就成为一种必然。

3. 来自神秘世界的造物

小孩子未过种痘一关，为父母者恒惴惴多忧虑。其稀少者仍玩耍而无所苦，而堆朵繁重之孩，往往因而殒命。圈点目眉，犹属幸事也。自泰西牛痘之法进中国，各省大吏知其有利无弊，饬属筹费设局，如法施行，而每年保全幼池无算。岑君春华向在体仁医院为医生，善种牛痘。出院后，求者颇众。近因商之西医哲君，于本埠英界大马路另设一局，施种牛痘，不取分文，于前月开办。仁哉！余引孟子之言而别解以颂之曰："大人者，不失其赤子之心者也。"

——《诚求保赤》

尽管我们在《点石斋画报》中不大能够看到当时的成人对儿童流露出现代人那种特殊的温情，但这并不意味着成人并不在乎自己的孩子。透过《诚求保赤》这则称颂医生救死扶伤的新闻，我们可以看到中国父母对孩子的心意。同时，仔细阅读画家所描绘的场景，我们也发现，画面中济济一堂等待种牛痘的人群中，只有妇女和孩子而不见男子的身影。这幅画中父亲的缺席使我们意识到，传统中国虽然有渊源深长的由男性所书写的童蒙教育传统，但对母亲的行为举止似乎有着更高的要求。所以，类似于"孟母三迁"的故事才会这样深入人心。如果从这个角度看，《点石斋画报》中大量的"怪胎"新闻就有了另一种解释。

"明季时粤东有一人,生儿无头。惟项下有小孔,其母亲不忍弃,滴乳养之,及长成,母教以织草鞋为活。无头人共母相依为命。母死,无头人项孔中喷血日余而亡。近有山西客氏苏某之妻,产一无头男孩,夫妇见而大惊,以为形作刀头之鬼,留之不祥,以灰盘腌毙之。盖苏妻当怀妊时,曾出外游行,偶经天字马头,适值骈戮数犯,弃尸于地,见而大惊,遂有此产。此古人胎教之说,所以令孕妇不可妄视也,意深哉!"(《无头小孩》)

"今闻津郡某姓妇,生下一孩,实骇耳目。项围青皮一圈,旁生两角,巨口獠牙,牙出口外寸许,数之得四枚,额后具耳。阖家骇甚,举而弃之城垣下。次早为行路人所见,宣传遐迩,好事者咸观之。"(《怪胎志异》)

"京师西值门外蔡公庄庙后有奚氏妇,身怀六甲,岁将一周,硕腹便便……某日临蓐,见所诞生者,似人非人,目有双睛,头生两角,且獠牙巨齿,令人可怖。又满腮红髯……更异者,是物一经落蓐,便满地旋转,有手舞足蹈之概。"(《诞生怪物》)

"至临盆时,先产一女,继即生一百鱼,长七八寸,形如河中之鲤……闻者哗然,或谓该妇当怀孕时,日闻鱼腥,其气所触,结而成胎,致有此异。"(《渔妇生鱼》)

关于这些内容,有论者认为这是近代中国现代童年观还没有形成的症候之一①;也有论者把它视为"街谈巷议如何轻易地岔入怪诞的歧路"的证据之一②。上述观点从论者各自的观照角度都确乎成立,不过,在笔者看来,如此庞大的"怪胎"群体还存在其他解释的空间。首先,传统中国文化历来讲究胎教。"胎教强调了妇女尤其是母亲在政权政治中的职责。因为她们能够感化新生儿,使其朝良性方向发育,从而对整个帝国产生有利的影响……胎教的重要性,如果说在汉代就有力地证明了,那么,在以后的朝代中从未受到质疑。直至今天还继续体现在教科书、医书中。如果说在西方,受到无微不至关怀的是降生伊始,那么在中国,生命初始本身就被认为是极其重要的。"③显然,《点石斋画报》的"怪胎"从反面延续了这一文化传统,而这种反向论证从另一侧面泄露了中国传统社会,在西风东渐的影响下渐趋弱势与瓦解的焦虑与恐惧。其二,《点石斋画报》对"怪胎"绘声绘色的文学性描述也透露了传统中国乡野源远流长的对"魅惑"世界的想象,亦真亦假的"怪胎"之说就这样介入了当时人们的真实舆论空间,强化了儿童是源自某个神秘世界的造物这一隐秘的文化心态。

作为一份近代中国发行量最大的都市通俗刊物,粗通文墨的少年儿童虽然始终是《点石斋画报》经营策略中重要的目标读者群,但同时,它还要怀抱市民这个更大的读者群,所以,它决不以教化儿童为己任,而是在启蒙的表层下突出了愉悦的首要目标。正因为如此,《点

---

① 谢毓洁:《〈点石斋画报〉中的儿童和儿童观思考》,载《宁夏社会科学》2009年第4期,第126—129页。
② 李孝悌:《恋恋红尘——中国的城市、欲望和生活》,上海人民出版社2007年版,第290页。
③ 戴思博:《生命的良好开端:中国胎教》,载《法国汉学》(第八辑),中华书局2003年版,第24页。

石斋画报》所呈现的儿童世界是一个并没有被现代儿童观所同质化的、多元而开放的原生态存在，是一幅充满恶与善、衰败与生机的童年浮世绘。儿童们兴致勃勃地和大人一起观看着这个新旧混杂的社会百态、也承受着这个社会的混乱所带来的焦虑与刺激。也许，正是这样，才使这份画报成为包天笑他们童年时代的恩物。而与此同时，这份画报也向我们呈现了一个没有被启蒙精英知识分子的乌托邦情结所遮蔽的、近代中国市民阶层的童年观与童年文化心态。

第二章 从理想国出发：中国儿童文学大众化实践

第一节 从"歌谣运动"到文学研究会

"歌谣运动"是20世纪初中国上层知识分子"到民间去"的一次重要文化实践。它意在发掘和张扬被儒家文化所遮蔽的另一种传统，并使之成为新文学的本土资源。虽然"歌谣运动"持续的时间并不长久，但它对后世中国文学的影响不可忽视。最显在的结果之一便是，由于当时众多一流学者的积极参与和推动，民间文学、民俗文化才逐渐进入民国学界的视野，成为一门独立的学科；而其隐性的意义和价值还在被今天的研究者不断审视与研究。①也正是借助这场运动，儿童，这一个沉默、边缘的社会群体才渐渐进入研究者和写作者的视野，

---

① 赵世瑜的《眼光向下的革命：中国现代民俗学思想史论》、洪长泰的《到民间去：1918年—1937年的中国知识分子与民间文学运动》、徐新建的《民歌与国学——民国早期的"歌谣运动"的回顾与思考》《纪念北大征集歌谣八十周年》等论著都是有代表性的研究成果。

并由此开启一条中国式儿童文学现代自觉之路。这条道路始于精英对大众的发现、发掘与想象，在未来的一个世纪中也数次被中国文化的各种大众化运动所改写。而对本文来说，厘清这条道路最初的文化基因显得尤为重要。

文学研究会是20世纪20年代中国最具影响力的文学社团。它从1921年1月成立时的12人迅速壮大到170人左右，几乎汇集了当时中国文坛上的所有重要作家。它所掀起的"儿童文学运动"成为中国儿童文学自现代自觉后的第一次创作热潮。透过这段光荣历史，有研究者指出：文学研究会的性质并不是一个单纯的文学社团组织，而是一个力图代表和支配整个中国文学界的中心团体。它所构建的"中国现在需要写实主义"的信念使20年代以后的大部分作家都不同程度放弃个人文学立场，去实践某一种据说应该成为主流的文学观念。[①] 那么，这种作为知识分子阶层的中国作家群体中普遍的"大众心态"又会怎样影响中国儿童文学呢？

基于上述问题，本文拟以周作人[②]的儿歌研究、刘半农的白话诗实验以及冰心、王统照等人的小说写作为切入点，思考20世纪初的中国文化在大众化实践方面对中国儿童文学的种种影响。

---

① 参见王晓明：《一份杂志和一个"社团"——重评五四传统》，《批评空间的开创——20世纪中国文学研究》，东方出版中心1998年版。

② 周作人（1885—1967），作家、翻译家。五四时期积极提倡新文学运动，发表重要理论文章《人的文学》。时任北京大学等校教授，并从事诗歌创作和理论写作，介绍外国文学，提倡"美文"。在新文学运动中有较大影响。全国性抗战时期曾任伪华北政务委员会教育总署督办。抗战结束后被捕入狱，1949年获释，晚年主要从事翻译工作。周作人是文学研究会（1921—1932）的发起人和组织者之一，本书本着理论研究的目的，仅对周作人在文学研究会期间的理论观点和创作做客观陈述，不涉及其在全国性抗战时期担任伪职时的观点和创作。

1. 周作人的儿歌研究

在参与歌谣运动的学者当中，周作人可谓对歌谣中的童谣情有独钟者。在1958年所写的《〈绍兴儿歌集〉小引》中，周作人这样写道："辛亥（1910）年秋天我从东京回到绍兴，开始搜集本地的儿歌童话，民国二年（1913）任县教育会长，利用会报作文鼓吹，可是没有效果，只有一个人寄过一首歌来。我自己陆续抄了有二百余则，还都是草稿，没有誊清过。六年（1917）四月来到北京，不久北京大学歌谣研究会成立，我也在内，所有的贡献也只是这册稿子，登记'浙三'号，几年之后该会无形解散，我便收了回来。二十五年（1936）一月歌谣研究会二次重兴，催促我整理旧稿，赶快出版，当时我拟了一个计划，想对言语、名物、风俗，稍加详细说明，改编为《绍兴儿歌述略》，不觉荏苒二十多年，仍旧是那一册稿子。前年有友人劝我，趁鲁迅逝世二十周年，把它编出来，也可以做一种纪念，因为里边的歌谣都是鲁迅所热心的，有的是他儿时所唱过的，这是很值得做的工作。"①

在周作人的创作生涯中，这篇小引可说是其关于儿童文学的最后之作，所响应的恰恰是其从事儿童文学最初的工作。也许，周作人冥冥之中似乎是在为自己曾经投入很多心力的一桩事情画上句号。不过，在我们今天读来，作者这种执着的背后寂寞之情更令人难忘。它似乎隐喻了那场"走向民间"的文化运动最终"回到精英"的结局，而其实从一开始，这样的结局似乎已经写定。

周作人对绍兴儿歌发生兴趣是在其留学归国后，这意味着如下一个事实：乡土文化的意义和价值必须通过现代西方视野这个平台才能

---

① 周作人：《周作人论儿童文学》，刘绪源辑笺，海豚出版社2012年版，第411页。

被中国知识分子意识到或认识到。综观周作人所写的一系列关于研究儿童文学的论文，西方和日本学人的观点与著作始终是其必不可少的参照。比如，在《儿歌之研究》一文中，作者借鉴日本学者中根淑的《歌谣字数考》来对中国童谣进行起源考证和概念界定，又引用美国赫德兰所编的《孺子歌图》中的儿歌进行比较研究。又如《儿童研究导言》一文在吸收大量西方人类学、教育学研究成果基础上初步提出"儿童本位论"的观点……当然，周作人对中国古代典籍似乎更为熟悉，在他的《儿歌之研究》等文章中所提及、引用的典籍多达十几种，从《尔雅》《说文》《左传》《晋书》到《魏书》《北齐书》《隋书》《新唐书》《旧唐书》《明诗综》《静志居诗话》《古今风谣》，周作人均如数家珍地摘录关于传统中国童谣论述的点点滴滴。这种学贯中西的研究格局至今仍被论者认为："关于儿歌童谣，多少中外古今数据信手拈来，熔于一炉，且见解独到，理路清晰，此不能不令人惊叹。"①

不过值得注意的是，周作人对传统文化的深谙并不意味着对其的认同和赞美，而是对其充满了不解与批判。比如，"五行志"童谣观在中国有着近两千年的历史，《晋书·天文志》中这样记载："凡五星盈缩失位，其精降于地为人。岁星降为贵臣；荧惑降为童儿，歌谣嬉戏。"也就是说，儿歌是天上荧惑星降为"赤衣小儿"教人间儿童嬉唱预示国运的歌谣。这种儿歌观被民众广泛接受与传播，成为儒家"天人感应"思想的某种具体阐释。周作人在1923年发表的《读〈童谣大观〉》一文中对这种神秘主义倾向的观点进行了彻底否定："这样的解说，不能不算是奇事怪事。什么是先机？什么是一时间跟着气运走的东西？真是莫名其妙……因为这不但不能正当理解儿歌的价值，而

---

① 周作人：《周作人论儿童文学》，刘绪源辑笺，海豚出版社2012年版，第51页。

且更要引老实的读者入于邪道。"① 显而易见，在周作人的价值体系中，现代西方被启蒙"祛魅"后的世界才是唯一的参照系。

除了对传统中国土生土长的"五行志"童谣观加以彻底否定外，那个时期的周作人对儿童读物的形式美学也有着极高的定位。就在《读〈童谣大观〉》的文章中，周作人继续批评道："我所看了最不愉快的是那绣像式的插画，这不如没有倒还清爽些。说起这样插画的起源也很早了，许多小学教科书里都插着这样不中不西，毫无生气的傀儡画，还有许多的'教育画'也是如此……《绘图童谣大观》于我们或者不无用处，但是看了那样的纸墨图画，——即使没有那篇序文，总之也不是我们所愿放在儿童手里的一本插画的儿歌集。"② 绣像是中国自明清以来书籍中的传统插图画。周作人向来对这类图画的评价都很低，他在描述自己少时看书的情形时则写道："最先看见的自然是小说中的绣像，如《三国演义》上的。但这些多画得不好，木刻又差，一页上站着一个人，不是向左看就是向右看，觉得没有多大意思。"可以这么说，周作人"西方的视角"除了世界观、思维方式等理性层面外，还包含了一种极为精致的个人美学趣味。

有研究者曾指出那场旨在发现另一种中国传统文化的歌谣运动的某种偏向。"歌谣研究者们多发现和表述出来的'民'终于成为了一个具有如下属性的群体，即：拥有蛮野文化与率真天性的'底层粗俗大众'"③ 从这个角度来说，由少数精英知识分子所发动的"大众化"文化实践其实质在于"化大众"和"启蒙大众"，周作人的儿歌研究也

---

① 周作人：《周作人论儿童文学》，刘绪源辑笺，海豚出版社2012年版，第194页。
② 周作人：《周作人论儿童文学》，刘绪源辑笺，海豚出版社2012年版，第191页。
③ 徐新建：《民歌与国学——民国早期的"歌谣运动"的回顾与思考》，巴蜀书社2006年版，第52页。

并没有超越这个文化框架。他的儿歌研究是其"国民性批判"的组成部分:"中国向来缺少'为儿童'的文学。就是有了一点编纂的著述,也以教训为主,很少艺术的价值。""大抵'教育家'的头脑容易填满格式,成为呆板的,对于一切事物不能自然地看去,必定要牵强的加上一层做作,这种情形在议论或著作儿童文学的教育家里很明白地可以看出来。"[1]

传统中国对童蒙教育极为重视,但其原动力并不是对儿童或童年生命的体认和尊重,而是出于荣耀家族福荫后代的世俗功利主义欲望,这种欲望已成为中国民众的集体无意识,具有最广泛的大众性和强大的生命力。周作人借助其儿歌研究所反对的正是这种大众性,他要剥离附着在儿歌文本上的世俗功利性和教化。"民歌是原始社会的诗,但我们的研究却有两个方面,一是文艺的,一是历史的……儿歌研究的效用,除上面所说的两件以外,还有儿童教育的一方面,但是他的益处也是艺术的而非教训的。"在周作人的世界里,学术和艺术的价值具有一种如同宗教般的超越性,此种乌托邦理想显然与大众所需要通过接受教育在世俗社会中获得名利回报的价值取向格格不入。也许正因为如此,随着时间的推移,周作人对其儿歌研究意义的认定渐渐出现某种犹疑。歌谣运动的后期,他这样写道:"笺注这一卷绍兴儿歌,大抵我的兴趣所在是这几方面的,即一言语,二名物,三风俗……儿歌是儿童的诗,他的文学价值如何呢?这个我现在回答不来,我也恐怕寥寥的这些小篇零句里未必会有这种东西。"[2]

周作人这种"自上而下""自西向东"对儿歌、儿童文学的研究所

---

[1] 周作人:《周作人论儿童文学》,刘绪源辑笺,海豚出版社2012年版,第194页。
[2] 周作人:《周作人论儿童文学》,刘绪源辑笺,海豚出版社2012年版,第320页。

产生的影响，从某种意义上说，是属于时间的纵向传播，并非空间的横向传播。换句话说，周作人的儿童文学思想具有强劲的生命力，能够抵御时间的侵蚀，在今天依旧拥有坚定的追随者，但这种思想因其超拔性而难以获得一呼百应的社会效果。"作人今欲采集儿歌童话。录为一编，以存越国土风之特色，为民俗研究儿童教育之资材。即大人读之，如闻天籁，起怀旧之思，儿时钓游故地，风雨异时，朋侪之嬉戏，母姊之话言，犹景象宛在，颜色可亲，亦一乐也。"[1] 这是1914年周作人刊登在绍兴教育会刊上的《征求绍兴儿歌童话启》，当时回应者仅有一人。即使若干年后周作人身居新文化中心——北京大学，他所费力收集的《绍兴儿歌》的出版也依旧一搁再搁、不了了之。及至1958年，正值毛泽东所发动的"新民歌"运动如火如荼之时，《绍兴儿歌》的再版也必须搭上"纪念鲁迅"的顺风车才有希望的可能。可见，这本小书以及周作人对儿童文学、儿童教育的观念在中国的任何时代都无法赢得大众。

2. 刘半农的诗歌实验

如果就时间而言，20世纪初最早提出收集民间歌谣的人是鲁迅。1913年2月，他在教育部《编纂处月刊》第1卷第1期上发表的《拟播布美术意见书》里写道："当立国民文术研究会，以理各地歌谣，俚谚，传说，童话等；详其意谊，辨其特性，又发挥而光大之，并辅翼教育。"虽然与周作人当时所处的绍兴县教育会相比，北京教育部要中心得多，但有意思的是，这个倡议同样没有得到社会和学界的任何响应。是周氏兄弟的呼吁太过前瞻？还是因为他们都是从教育层面出发

---

[1] 周作人：《周作人论儿童文学》，刘绪源辑笺，海豚出版社2012年版，第43页。

从而无法引发社会足够的关注？如是后者，那倒也能验证这个童蒙教育极为发达的国度在当时，其实从未对教育产生真正的敬畏之情。不管原因如何，周氏兄弟对搜集民间歌谣的倡导就像旷野中的呼喊，这一事实再次使我们意识到精英知识分子与大众之间的距离，所谓的启蒙民众也许还需要其他力量与层面的介入。

在文学史上，刘半农（半农字复）被称为歌谣运动的第一人。他在《〈国外民歌译〉自序》里说的，"这已是九年前的事了。那天，正是大雪之后，我与（沈）尹默在北河沿闲走着，我忽然说：'歌谣中也有很好的文章，我们何妨征集一下呢？'尹默说：'你这个意思很好。你去拟个办法，我们请蔡（元培）先生用北大的名义征集就是了。'第二天我将章程拟好，蔡先生看了一看，随即批交文牍处印刷五千份，分寄各省官厅学校。中国征集歌谣的事业，就从此开场了。"这种随意性似乎恰与周氏兄弟的严谨形成对照。由刘半农执笔的《北京大学征集全国近世歌谣简章》发表在1918年2月出版的《北大日刊》上。《简章》大致内容如下："北大拟于相当期限内刊印《中国近世歌谣汇编》《中国近世歌谣选粹》两部书籍；希望北大教职员工学生以及各地学校等提供稿件；入选歌谣为自宋代以来，有关一地方、一社会或一时代之人情风俗政教沿革者、寓意深远有关格言者、征夫野老游女怨妇之辞不涉淫亵而自然成趣者、童谣谶语似解非解而有天然之神韵者。"从《简章》发出的3个月中，来稿共计1100余章。此种盛况恰与周氏兄弟当年所收获的冷清形成鲜明对照，是在这五年间社会文化环境有了大变化？还是北大这个"准翰林院"的号召力不可小觑？抑或是《简章》的视野及目标更具大众性？也许是兼而有之吧。总之，这样的结果使我们不得不注意到倡导者刘半农的学养背景以及他的文化趣味。

第二章 从理想国出发：中国儿童文学大众化实践

刘半农少年时是其故乡江阴地区有名的才子。虽然有如此高的读书禀赋，刘半农并没有在常规教育体制内继续深造，而是选择退学到上海以文谋生。短短几年，他便以"半侬"等笔名在上海通俗读物读者群中享有了很高的知名度。但是，他同样也没有在这条以后被称作"鸳鸯蝴蝶派"的写作道路上继续走下去，而是再次回到故乡江阴。1917年夏，困顿之际的刘半农受到蔡元培的邀请，欣然赴京任北大预科国文教授。关于刘半农上述经历，洪长泰曾指出："刘复不愿有人提起他以前与'鸳鸯蝴蝶派'的瓜葛，极力与之脱离关系。他承认这种文学的有害无益。颇为幽默的是，也许正因为他与'鸳鸯蝴蝶派'的早期姻缘，他后来成了新文学作家中最先留意通俗文学的人，尤其是通俗小说，结果，导致了他对歌谣征集活动的参与首倡。"[①] 那么，这种兼具大众与精英的混合文化气质使其在歌谣运动中留下了怎样的印记呢？

1926年，刘半农的《扬鞭集》出版。此诗集被沈从文这样称赞道："一个中国长江下游农村培养长大的灵魂，为官能的放肆而兴起的欲望，用微见忧郁却仍然极其健康的调子，唱出他的爱憎，混合原始民族的单纯与近代人的狡狯，按歌谣平静从容的节拍，歌热情郁怫的心绪，刘半农写的山歌，比他的其余诗歌美丽多了。"[②] 而在本文看来，刘半农诗歌中所描述的儿童似乎也同样别有情怀和创见。

在刘半农的视野中，儿童世界的自然属性是通向民间文化天籁之美的一个重要通道。他使笔下的儿童成功脱掉了教化的紧身衣，显露

[①] 洪长泰：《到民间去——1918~1937的中国知识分子与民间文学运动》，上海文艺出版社1993年版，第56页。
[②] 沈从文：《抽象的抒情》，复旦大学出版社2004年版，第208页。

出一种朴素、真实的气息，从而在一个积极层面诠释了儿童文学与大众文化之间的密切联系。

你饿了便啼，饱了便嬉，/倦了思眠，冷了索衣。/不饿不冷不思眠，我见你整日笑嘻嘻。/你也有心，只是无牵记；/你也有眼耳鼻舌，只未着色香味；/你有你的小灵魂，不登天，也不堕地。/啊啊，我羡你，我羡你，/你是天地间的活神仙！/是自然界不加冕的皇帝！（1917年）

这是他为自己刚满周岁的女儿小蕙所写下的诗句，没有父辈的殷殷期望，唯有一个社会人对一个自然人的由衷羡慕。与这首诗构成某种观念呼应的，便是他在《〈国外民歌译〉自序》中的一段话。"当私塾先生拍着戒尺监督着儿童念'人之初'的时候，儿童的心灵是泥塞着；到得先生出了门，或者是'宰予昼寝'了，儿童们唱：人之初，鼻涕拖；/性本善，捉黄鳝……这才是儿童天性流露了，你这才看见儿童的真相了。"[①]显然，这种对儒家文化教育的反对正是歌谣运动的内在动力之一。刘半农的白话诗歌通过对儿童自然属性以及童年自发文化的赞美，力图为隐匿在正统之中的底层民间文化谋取美学上的合法性。

这全是小蕙的话，我不过替她做个速记，替她连串一下便了。/妈，我今天要睡了——要靠着我的妈早些睡了。/听！后面草地上，更没有半点声音；是我的小朋友们，都靠着他们的妈早些去睡了。/听！后面草地上，更没有半点声音；只是墨也似的黑！怕啊！野猫野狗在远远的叫，可不要来啊！只是叮叮咚咚的雨，为什么还在那里叮叮咚

---

① 刘半农：《国外民歌译·自序》，北新书局1927年版，第1页。

咚的响？／妈，我要睡了！那不怕野猫野狗的雨，还在墨黑的草地上，叮叮咚咚的响。它为什么不回去呢？／它为什么不靠着它的妈，早些睡呢？／妈！你为什么笑？你说它没有家么？——昨天不下雨的时候，草地上却是月光，它到哪里去了呢？／你说它没有妈么？——不是你前天说，天山的黑云，便是它的妈么？／妈！我要睡了！你就关了窗，不要让雨来打湿我们的床。你就把我的小雨衣借给雨，不要让雨打湿了雨的衣裳。

这首题目为《雨》的诗试图通过对儿童口语、儿童思维的戏仿来创造出一种儿歌"无意义"之美。

在《扬鞭集》中，刘半农的拟儿歌对民间歌谣的借鉴，可谓是歌谣运动一个值得珍视的成果。如：

羊肉店！羊肉香！／羊肉店里结着一只大绵羊，／呜呜！呜呜！呜呜！呜……／苦苦恼恼叫两声！／低下头去看看地上格血，抬起头来望望铁钩上！／羊肉店，羊肉香，／阿大阿二来买羊肉肚肠，／三个铜板买仔半斤零八两，／回家去，你也夺，我也抢——／气坏仔阿大娘，打断仔阿大老子鸦片枪！／隔壁大娘来劝劝，贴上一根拐老杖！（1919年）

这首拟儿歌所散发的粗野、活力以及黑色幽默令人想起美国传教士何德兰所辑的中国北方儿歌集《孺子歌图》中所记录的那首儿歌。

拍拍拍门来，／是谁阿？／是张老妈阿。／怎不进来？／怕狗咬阿。

/手里兜着什么阿？/长蒜草阿。胳肢窝夹着是什么阿？/破皮袄阿。/怎不穿阿？/怕跳蚤咬阿，/老伴怎不拿阿？/老伴死咯。/那儿埋咯？/墙炉子底下，/怎不哭阿？/盆儿罐儿老伴儿。

对刘半农所创作的拟儿歌的成就，苏雪林曾这样评价："因为言语学者不一定是诗人，诗人又未必即为言语学者，半农先生竟兼具这两项资格，又他对于老百姓粗野，天真，康健，淳朴的性格体会入微，所以能做到韩干画马神形俱化的地步。中国三千年文学史上拟民歌儿歌而能如此成功的，除了半农先生，我想找不出第二人了吧？"①

刘半农的拟儿歌之所以能如此传神的另一个重要原因，就是他对自己在乡村田野所度过的童年生活的记忆与怀念，这可以说是其创作的一个重要心态和情感纽带。《稻棚》一诗这样写道。

记得八、九岁时，曾在稻棚中住过一夜。/这情景是不能再得的了，所以把它追记下来。/凉爽的席，/松软的席，/铺成张小小的床；/棚角里碎碎屑屑的，/透进些银白的月亮光。/一片唧唧的秋虫声，/一片甜蜜蜜的新稻香——/这美妙的浪，/把我的幼年的梦托着翻着……/直翻到天上的天上！……/回来停在草叶上，/看那晶晶的露珠，/何等的轻！/何等的亮！

稻棚、月光、秋虫、草叶、露珠……刘半农的童年记忆不但有着最美丽的乡村景色，还充满了乡音袅袅的童谣。

---

① 苏雪林:《〈扬鞭集〉读后感》，《苏雪林文集》（第三卷），安徽文艺出版社1995年版，第404-405页。

第二章 从理想国出发：中国儿童文学大众化实践

三十岁，来的快！／三岁唱的歌，至今我还爱：／'亮摩拜，／拜到来年好世界。／世界多！莫奈何！／三钱银子买只大雄鹅，／飞来飞去过江河。／江河过边姊妹多，／勿做生活就唱歌。'我今什么都不说，勿做生活就唱歌。（注：亮摩，犹言月之神；亮摩拜，谓拜月神，小儿语；过边谓那边，或彼岸。）

这首《三十初度》是刘半农在伦敦留学时所做，以重温的方式再现了幼年所唱的童谣，其中的思乡之情不言而喻。

在刘半农的诗歌中，我们不但看到儿童的自然之美、童年记忆和童谣，我们还发现儿童世界的另一种存在方式和力量。

一个卖萝卜人，——很穷苦的，住在一座破庙里。／这破庙要标卖了，便来了个警察，说——／"你快搬走！这地方可不是你久住的。"／"是！是！"／他口中应着，心中却想——／"叫我搬到那里去！"／明天，警察又来，催他动身。／他瞪着眼看，低着头想，撒撒手，踏踏脚，却没说——／"我不搬。"／警察忽然发威，将他撵出门外。／又把他的灶也捣了，一只砂锅，碎作八九片！／他的破席，破被，和萝卜担，都撒在路上。／几个红萝卜，滚在沟里，变成了黑色！／路旁的孩子们，都停了游戏奔来，／他们也瞪着眼看，低着头想，撒撒手，踏踏脚，却不做声！／警察去了，一个七岁的孩说，／"可怕……"／一个十岁的答道，／"我们要当心，别做卖萝卜的。"／七岁的孩子不懂：／他瞪着眼看，低着头想，却没撒手，没踏脚！（《卖萝卜人》1926年）

卖萝卜人和儿童都是沉默的大众，两者的区别也许就在于前者是沉默的演员，在社会这个舞台演绎着世界的残酷，后者则是沉默的观众，吃惊而懵懂地观看着这出戏。而对读者来说，整首诗就是一个更大的舞台，围观的儿童也成为沉默的演员，唯其沉默，更显舞台的惊心动魄和冷酷。

综上所述，虽然刘半农的《扬鞭集》并非为儿童所作，但无论是其创作的拟儿歌，还是描述的儿童世界、儿童经验和儿童心态，都呈现出儿童文学与大众文化之间的某种内在天然联系。然而，这本诗集的传播同样没有超出知识分子的圈子，甚至没有对以后的中国儿童文学写作产生某种影响。诗歌本身的质量与所收获的影响形成一种鲜明的反差，其中的原因或许正如沈从文所说的那样："使诗朴素单一仅存一种诗的精神，抽去一切略涉夸张的辞藻，排除一切烦冗的字句，使读者以纤细的心，去接近玩味，这成就处实则也就是失败处的。因这个结果，文字虽由手中而大众化，形式平凡而且自然，但那种单纯，却使读者的情感奢侈，一个读者，若缺少人生的体念，无想象，无生活，对于这朴素的诗，反而失去认识的方便了。"[①]

事实上，如果我们把"歌谣运动"以及"新文化运动"与欧洲的"文艺复兴"稍加比较的话，会发现沈从文所指出的刘半农等人的诗歌在大众化层面上的困境其原因很难归咎于某个个体。我们知道，中世纪的伟大诗人但丁也曾经致力于推行大众的、民族的语言，反对拉丁文的垄断。但是，他的《论俗语》一文同样清晰地表明，他视野中的大众化、民族化的语言并不等同于当时意大利人正在使用的俗语，而是理想中的富有生命力的语言。知识分子所珍视的"民间"并不是民

---

① 沈从文：《抽象的抒情》，复旦大学出版社2004年版，第205页。

间真实的"民间"。从这点讲,20世纪初的"中国式文艺复兴"有着极为相似的路径与起点。欧洲的文艺复兴虽然时间长达三百余年,诞生了众多文化巨子,但它依旧是一场小众的文化革命,其影响力局限于知识阶层。引发欧洲社会整体改变或者说波及普通民众思维方式、世界观的其实是几百年后被文艺复兴所激发的宗教改革。中国的"新文化运动"持续的时间短暂且迅速转向单一的政治层面,从而呈现其根本性的困境和乏力。也正因为如此,周作人、刘半农视野中的理想儿童文化和大众儿童并不曾走入大众,相形之下,另一类"底层儿童"与"革命儿童"在五四作家群的笔下倒是越来越活跃,最终成为构建民众"想象共同体"的一个组成部分。

3. 文学研究会成员的小说创作

1923年11月,叶圣陶的童话集《稻草人》由商务馆出版。它是中国儿童文学史上第一部创作童话集,被誉为"开创了中国儿童文学的现实主义道路"。郑振铎在他那篇著名的《〈稻草人〉序》中这样写道:"丹麦的童话作家安徒生曾说,'人生是最美丽的童话。'这句话,在将来'地国'的乐园实现时,也许是确实的。但在现代的人间,这句话至少有两重错误:第一,现代的人生是最使人伤感的悲剧,而不是最美丽的童话;第二,最美丽的人生即在童话里也不容易找到。……我们看圣陶童话里的人生历程,即可知现代的人生怎样地凄凉悲惨;梦想者即欲使它在理想的国里美化这么一瞬,仅仅一瞬,而事实上竟不能办到。人生的美丽的生活在那里可以找到呢?如果'地国'的乐园不曾实现,人类的这个寻求恐怕永没有终止的时候。"[①]

[①] 郑振铎:《郑振铎全集》(第13卷),花山文艺出版社1998年版,第34页。

透过文化之镜
从另一种维度重新审视中国儿童文学

作为文学研究会发起人之一和核心成员的郑振铎曾深度介入中国现代儿童文学的最初发展。他在《〈稻草人〉序》中所表达的对"地上乐园"建立的渴望,正是20世纪初中国知识分子群体所共有的乌托邦情结,随着左翼对"大众"这个语词的不断强化和赞颂,"劳工神圣"逐渐成为对寻求"地国乐园"的作家共有的集体潜意识。在这种语境下,底层儿童逐渐充满了中国现代儿童文学的人物走廊。

早在1919年,时为北大学生的杨振声就发表了小说《渔家》,即写一户渔民的悲惨境遇:寒冷的春雨从破旧的屋顶落进来,屋中的母亲正在补渔网。小女孩饿着肚子苦苦等待出去借米的父亲,小弟弟因母亲没有奶水在不停地哭。空手回来的父亲因为交不出三块钱的税刚进家门就要被两个警察带走。就在父亲迈出家门不久,泥墙被雨水冲塌,倒下来压死了小儿子。父亲听到女儿的哭喊,哀告警察想看看孩子再走,但警察不为所动,仍旧把他带走了。小说最后这样写道:"那时天已昏黑,王茂走得远了;犹听得他的女孩子叫哭之声,被风送到他的耳朵里,时断时续的。"在几百字的篇幅里,作者让王茂一家遭受接连不断的厄运,显然,这样的构思有着浓重的《石壕吏》影子。也是在这篇小说中,我们看到日后成为中国文学叙述核心的"阶级对立"的雏形,"那女孩道:'那一天我到张家去玩,他家的蓉姐姐拿馍馍喂狗,我问她要一块吃,她倒不给我。'"很多年后,"红色经典"《闪闪红星》中的潘冬子的革命行动可以说是对这句话的生动演绎。

杨振声所开启的"书写底层儿童之路"被"文学研究会"的作家们所继承和延续。1920年冰心发表短篇小说《三儿》,故事描述一个捡破烂的男孩三儿进入军队的打靶场所去捡散落在地上的子弹壳,结果被一颗流弹击中。孩子母亲闻讯赶来,拉住士兵哭喊着要偿命,而士兵则指着警告牌认为三儿是擅自闯入，后果自负。三儿从昏迷中醒来，拉着母亲挣扎着回到家，随后一个兵丁奉连长之命送来20块钱。"这时三儿睁开了眼，伸出一只满了血的手，接过票子来，递给他母亲，说：'妈妈给你钱……'他母亲一面接了，不禁号啕痛哭起来。那兵丁连忙走出去，那时——三儿已经死了！"显然，冰心在这篇小说中不但试图写出三儿的贫穷，还要写出三儿的勇敢与对家庭的忠诚。

令笔者感兴趣的是，《三儿》这篇小说的故事框架与19世纪末由传教士范约翰所创办的儿童读物《小孩月报》上的一篇"北京顾师母"来稿极为相似，原文这样写道："京都西南门里头，是操演鸟枪的所在，每逢操期，鸟枪一放，那里就有孩子捡枪子。捡得十粒，可以卖价五个，常是那么着。今年二月十七日，有小孩刚十三岁，姓金名八儿，是旗人，听见放枪的声音又去捡枪子。当那时候，又听见枪连声在耳朵后头过去，立刻晕倒在地，甚么事情都不晓得了。众人到跟前去瞧，他的头已破命已亡了……"所不同的是，对这名孩童的不幸死亡，基督徒"顾师母"做出了基督信仰角度的解读："……按姓金的，贪图些微利，就遇着不善终，很觉得可惜，世上有比金八儿更贪财的，见这个也可以忽然察觉啊。主耶稣说，谨慎防备，不要有贪心，因为人的生命，不在乎家财宽裕（路加十二章十五节），又说，人若得尽天下财力，丧掉生命，有什么益处，人能拿甚么换生命呢？（马太十六章二十六节）那金八儿所丢的是世上的生命，那贪财犯罪所丢的，是永远的生命。圣保罗为主的名字，丢弃所有的产业，他说贪财是万恶的根源，又说我们带甚么到世上来，也不能拿甚么去。凡爱主的，比爱世上的财宝更甚，就能得着不能朽坏，不能沾染，不能衰残，为我们存在天上的基业。"

《小孩月报》作为宗教性儿童读物曾经被很多教会学校订阅，而冰心早年在教会学校求学，所以她读到《小孩月报》的概率是非常大的。故此，笔者推测她的小说《三儿》其素材很有可能源自那篇"顾师母来稿"。耐人寻味的是，在冰心笔下，原本作为"反面"教材的男孩已成为一个正面形象，他那毫无意义的死亡则成为控诉社会的呐喊。同一个事件在不同的叙述和阐释中竟能产生如此巨大的意义差异，这使我们不得不思考：所谓的现实主义小说究竟是在何种程度上"反映"了现实又"创造"了现实？作家笔下的儿童究竟是"现实"的儿童还是"想象"的儿童？"儿童文学运动"究竟是"为了儿童"还是"为了把儿童纳入想象的共同体中"？

进一步考察，我们发现20世纪20年代儿童小说的视角常常呈现一种趋同性，即：以一个经济状况、社会地位良好的知识分子怀着怜悯却又无能为力的心情注视着身边的不幸儿童。那些儿童因此在某种意义上成为一种"被凝视"的对象。

> 伊的面庞有坚结的肌肉，皮色红润，现出活泼的笑意……伊几曾被求爱，又几曾施爱？但是，现在猫求伊的爱，伊也爱猫，被阻遏着的人类心理的活泉毕竟涌泉了。这个当儿，伊不但忘了诅咒、手掌和劳苦，伊连自己都忘了。世界的精魂若是"爱"、"生趣"、"愉快"，伊就是全世界。
>
> ——叶圣陶《阿凤》

从此以后，惠姑的活泼憨嬉的脑子里，却添了一种悲天悯人的思想。她觉得翠儿是一个最可爱最可怜的人。同时她又联想到世界上无数的苦人,便拿翠儿当做苦人的代表,去抚恤,安慰……惠姑坐了好久,想她是睡着了,轻轻地站了起来,向她脸上一看,她憔悴鳞伤的面庞上,满了微笑,灿烂的朝阳,穿进黑暗的窗棂,正照在她的脸上,好像接她去到极乐世界。这便是可怜的翠儿,初次的安息,也就是她最后的安息!

——冰心《最后的安息》

它们很黝黑,好像是从炭堆里掘出来的。平常人的手都是很平坦的,但它们却是处处开裂,红色间着一条条紫痕,血肉模糊疮斑相间,几乎没有一块整皮肤。那样的可怖,使我不敢开眼!它们只是微弱无力地在我的眼前摇晃。我愈想愈可怜,紧紧地闭着两眼,不去看它们;伏在枕上,几乎要哭出声来,心里面非常非常的难过,有无数怜悯的箭射中我的心坎,使我几致不能安眠。

——赵景深《红肿的手》

家庭啊!家庭的组织与时代的逼迫呀,社会生计的压榨呀!……试想一个忍着饥苦的小孩子,在黄昏后独自跑到苇塘边来,消磨大半夜。又试想到他的母亲,因为支持全家的生活,而受最大且长久的侮辱,这样的非人生活!现代社会组织下贫民的无可如何的死路!……我知道小顺不敢在这个时候回家去,但我又不忍遗弃这个孤无伴侣的小孩子,在夜中的湖岸上独看星光。因此使我感到悲哀更加上一份踌躇。我只索同他坐在柳树下面。待要再问他,实在觉得有点不忍。同时,我静静地想到每一个环境中造就的儿童……使我对着眼前的小顺以及其他在小顺的地位上的儿童为之战栗!

——王统照《湖畔儿语》

显然，这些在今天看来略带夸张与造作的文字与其说是描述了"底层儿童"的生活形态，倒不如说寄托了知识分子作家们在自己所受到的精英教育后形成的各种理念与情感。这些"被凝视的儿童"最终成为基督教的"爱"、左翼社会改造理论、阶级忏悔等诸多思想的最佳演习场所。对此，我们不妨进一步追问：究竟是生活创造了这些"底层儿童"，还是文本重构了"底层儿童"，抑或是文本创造了我们所生活于其间的世界？也许，王统照《湖畔儿语》中的那句"仿佛有一篇小说中的事实告诉我"，无意中向我们泄露了作家自身也有着同样的困惑这一隐秘的事实。

当20年代的左翼作家们被自己所书写的"大众儿童"感动和震惊时，他们同时也深感自身的无力。在上述所引的多个小说文本中，我们可以看到，作者们除了把希望寄托于天国外，就是悲叹、迷惘与苦闷。而随着中国社会危局的不断扩大与加深，左翼知识分子群体愈加倾向于激进变革。进入30年代后，左联执行委员会提出《中国无产阶级革命文学的新任务》，进一步要求"执行彻底的正确的大众化"。在这种个体内在诉求与群体文化塑造的合力下，20年代软弱、可怜、被动无为的"底层儿童"在作家们的描述中变得日益强硬，并被赋予参加暴力革命的伟大使命。冯铿于1930年发表在《大众文艺》上的小说《小阿强》所塑造的"小布尔什维克"成为后世"革命儿童""红色儿童"的标准范本："阿强以后越发对阿二爹和黄大爷们愤恨透了！整天都想找机会反抗他们，他唯一的愿望便是把这些吸血鬼们通通杀净了，把可爱的牛儿和田地都归他们农人自己耕种、享用。"[①] 就连流连于基督教之"爱"中的冰心也深受感染，1931年她创作了小说《分》，

[①] 冰心：《中国儿童文学大系·小说卷（一）》，希望出版社2010年版，第289页。

它以一个刚出生的婴儿视角描述了产房中的阶层差异，并对那个出生贫穷之家的婴儿充满羡慕、钦佩、感慨与愧疚的矛盾之情。在行文中，小说表达了对暴力革命的赞同与歌颂："那个躺在襁褓里的婴孩挥舞着小拳头说，'宰猪的！多痛快，白刀子进去，红刀子出来！我大了，也学我父亲，宰猪，宰猪，——不但宰猪，也宰那些猪一般的尽吃不做的人！'"[1]

最终使这种"底层儿童"形象成为大众革命代言人的作家便是张天翼。在他堪称里程碑似的作品《大林和小林》中，进一步赋予了底层儿童投入暴力革命的合理性。

大林看看口袋，叹了一口气："我将来一定要当个有钱人。有钱人吃得好，穿得好，又不用做事情。"小林反对道："嗯，爸爸说的，'一个人总得干活。'""因为爸爸是穷人呀。财主老爷就不用干活。爸爸说的'你看有田有地的可多好！'""妈妈和爸爸都是穷人，妈妈和爸爸都是好人。可不像财主老爷。""可是，有钱人才快活哩，"大林大声说。"穷人一点儿也不快活，穷人要做工，要……"

穷人与富人的对立、好人与坏人的对立、干活的人与不劳而获的人的对立。并且，在这种对立中隐含着这样的大前提：凡穷人都是好人，凡富人都是坏人；享乐的人是坏人，干活的人是好人。这种二元对立的思维模式，可以说是整个童话的灵魂所在。在接下来的情节中，张天翼充分运用了童话的夸张和非现实的想象特点游刃于游戏和说理之间：小林被抓受到了挠脚底心的刑法、做工的孩子们都被四四

---

[1] 冰心：《中国儿童文学大系·小说卷（一）》，希望出版社2010年版，第292页。

格变成了鸡蛋、大林笑一笑也要仆人来拉动脸部的肌肉、叭哈先生的宠物是臭虫……通过童话作家建构了一个清晰的世界和阶级的伦理图景：无产阶级对剥削阶级的最终胜利。而在另一篇小说中，张天翼更是把"底层儿童"的反抗和传统中国民间某种粗俗与恶毒的诅咒联系在一起："夜间，洋房的大门关了以后，大坤在那门口扯开裤子拉了一堆屎。大坤说了句'×他祖宗'，便在他门口蹲下来拉屎。'阿伏，你也拉。''我没有''×他窝窝，你拉拉看哪。''×他窝窝，老子拉过了，你还没有。'说着站了起来。"[①]大坤和阿伏是穷人的孩子，他们每天晚上都要在洋房门口拉大便，不是为了方便，而是为了发泄对住在洋房里的人的无名愤怒。显然，这种对底层儿童"粪便"革命的描写呈现出当时左翼作家日趋激进而狂热的"大众文艺"意识。

周作人和刘半农都是歌谣运动的重要成员和积极推动者，前者的儿歌研究是中国儿童文学走向现代自觉的重要标志之一，而后者的白话诗歌创作则是中国现代文学萌发时期对童年文化资源加以发掘和利用的宝贵实践。两者虽然都试图发现另一种"传统"，但其采取的路径与姿态存在微妙差异。周作人以深厚的学养和雅致的美学趣味"自上而下""自西向东"地对民间文化中的"愚昧"和"粗俗"成分加以摈弃和否定，从而使他的"大众化"成为一种"化大众"的美学启蒙；刘半农则以半精英半大众的文化气质致力于把乡间俗曲纳入现代白话诗歌创作的资源库中，在这种实验中，他的拟儿歌以及对童年的多角度描述既为当时的中国儿童文学创作开辟了可能的空间，也使今天的我们看到儿童文学与大众文化之间的天然联系。不过，无论是周作人的研究还是刘半农的写作，似乎都没能成为被大众所知晓的"儿童文

[①] 张天翼，《张天翼儿童文学全集》，中国少年儿童出版社 2002 年出版，第 154 页。

学"的书写路径。而进入20世纪50年代的文化语境后，由文学研究会所开创的"大众"和"革命"的儿童文学则成为文学史叙述的主流，发挥着意识形态的阐释和宣传功能。

第二节　黎锦晖的儿童歌舞剧

中国儿童文学的现代自觉虽然不过百余年的时间，但也聚积了不少值得我们一再回眸的事件、人物与观念。黎锦晖就是其中之一。这位作家的生前身后可以说演绎了中国近80年文化变迁的传奇，而由这传奇所书写的"黎锦晖现象"则为我们带来了思考当下中国儿童文学研究新的契机。

1. 何为"黎锦晖现象"？

孙继南在《黎锦晖与黎派音乐》一书中这样描述"黎锦晖现象"："黎锦晖的音乐道路，曲折而艰辛。由于历史的、社会的、政治的、学派的多方面复杂因素，形成了一种奇特的'黎锦晖现象'，即包括黎氏儿童歌舞曲和成人时代曲在内的'黎派音乐'一方面在学校、社会广为流传、备受欢迎，另一方面又几乎从一开就被视为音乐艺术的'另类'，或遭执政当局明令禁演禁唱，或被学者文人非议抨击、鄙夷蔑视，身陷'四面楚歌'。中华人民共和国建立后，黎氏儿童歌舞音乐逐步得到了应有的肯定，而他的'时代曲'却依然囿于禁区。在相当长的一段时间里，黎锦晖背负着'靡靡之音'和'黄色音乐鼻祖'

的罪名。"①

参照上述思路,本文试着结合黎锦晖生平对"黎锦晖现象"做进一步梳理。

1918年,黎锦晖以旁听生身份进入"新文化运动"的中心——北京大学。1920年,组织"明月音乐会",倡导发展被"北京大学音乐研究会"认为俚俗不堪的平民音乐,并且谱写《老虎叫门》《麻雀与小孩》等歌曲。1921年,应中华书局总经理陆费逵之邀编写《新教育教科书·国语课本》等大量儿童读物。在当时,无论是黎锦晖的歌曲还是他的文章,都大受欢迎。1927年,黎锦晖建立中国近现代音乐史上最早一所专门训练歌舞演员的"中华歌舞专门学校"。同时,开始创作"时代曲"(相当于现在的流行歌曲)《毛毛雨》《妹妹我爱你》等。其歌曲随着"中华歌舞团"的南洋演出而传唱大江南北。这段时期是黎锦晖事业的巅峰,他的"明月社"里走出了周璇、王人美、黎莉莉、聂耳等人。

与此同时,反对黎氏歌舞的声音在不断加强:"黎锦晖式的音乐充满了小学校,恶化或腐化了小学生的纯洁心灵,散播了坏的种子于民众间。"②1929年12月14日,教育部训令各省市教育厅,禁唱《毛毛雨》《妹妹我爱你》等歌曲,并明令学校一律禁止采用此类歌曲作教材;1931年,鲁迅写了《沉滓的泛起》,文中视黎氏歌舞便是其中的一种沉滓,并预言"最后的运命,也还是仍旧沉下去"的。1932年化名"黑天使"的聂耳倒戈一击,严厉指责黎氏歌舞。黎锦晖被时人称为中国社会的"三大文妖"之一(另外两大"文妖"为张竞生、刘

---

① 孙继南:《黎锦晖与黎派音乐》,上海音乐学院出版社2007版,第1页。
② 孙继南:《黎锦晖与黎派音乐》,上海音乐学院出版社2007版,第205页。

第二章 从理想国出发：中国儿童文学大众化实践

海粟）。

1936年5月，在经济困境中，黎锦晖结束与"明月社"的关系，赴内地。50年代，黎锦晖因为30年代的那一段历史，被确认为"黄色音乐鼻祖"。一直到1967年去世，黎锦晖生命中的最后十几年基本上以创作儿童歌曲为业。

80年代开始，已经逝去多年的黎锦晖再次被关注，无论是对他的研究还是对他的评价都呈现出上升趋势。从20世纪八九十年代的"中国儿童剧代表作家之一""中国儿童歌舞创始人"，到21世纪的"对中国新音乐创作、表演及艺术产业化事业做出过卓越贡献的先辈"，称谓的变化足以证明这种趋势。2006年9月，上海电视台纪实频道《大师》栏目推出大型文化专题《黎锦晖》；2007年2月，孙继南著作《黎锦晖与黎派音乐》作为上海城市音乐文化研究丛书之一出版，这部书无疑再次刷新了这个名字的高度。

就这样，黎锦晖曾经和正在经历的荣辱浮沉构成了本文所谓的"黎锦晖现象"。对中国儿童文学来说，这现象如同一面多棱镜，它的每一个转折都让我们在交错的时空中看到自身过去与现在别样的容颜。

2. 同一时空中的交错

1920年10月26日，周作人在北京孔德学校进行了一次演讲，题目为《儿童的文学》，它是中国儿童文学现代化进程中一个重要的里程碑。在这篇演讲中，周作人以西方人类学、教育学为理论参照，对中国传统儿童观进行了彻底的否定与反叛。值得我们注意的是，在这篇视野开阔的演讲里，周作人并不曾谈及当时已经出现的一些儿童文学实践，比如，从1908年11月就开始由商务出版社出版的《童话》

丛书这一发行量极大的儿童文学读物。

这是周作人无意地疏忽还是有意地忽略呢？在《儿童的文学》最后一段中，周作人这样写道："坊间有几种唱歌和童话，却多是不合条件，不适于用。我希望有热心的人，结合一个小团体，起手研究，逐渐收集各地歌谣故事，修订古书里的材料，翻译外国的著作，编成几部书，供家庭学校的用，一面又编成儿童用的小册，用了优美的装帧，刊印出去，于儿童教育当有许多的功效……现今中国画报上的插画，几乎没有一张过得去，要寻能够为儿童书作插画的，自然更不易得了，这真是一件可惜的事。"① 从中我们不难推断出，《童话》丛书等在演讲里的缺席原因应是出于后者。即，周作人对《童话》丛书及其他一些儿童文学实践并不持肯定态度，因为它们还远没有呈现或达到他理想中的水平。根据时间推算，1920年的黎锦晖已经创作了《老虎叫门》等儿童歌曲、成立了"明月音乐会"、编辑儿童畅销读物。显然，黎锦晖的作品也应在那些周作人认为"不合条件，不适于用"的行列中。

为什么周作人会对这些拥有大量受众的文化产品持否定的态度？

1920年前后的周作人正在参与并领导"中国歌谣学运动"。关于这项运动，有学者做了明确指出。"仅在作为其'话语中心'和'发源地'的北京大学范围内，所谓'中国歌谣学运动'，便大致奠定了从'民歌'到'运动'再到'国学'的学科建构与知识整合进程，即：在学术的层面以'民歌充实国学'，同时又反过来'用国学整合民歌'，以及在政治的层面'用民众重释国家'，同时'以国家规范民众'……若跳出其被论说的层面来看，无论是'民'还是'歌'，实际上依然存

---

① 周作人：《儿童文学小论》，河北教育出版社2002年版，第45页。

在于教授文人们的圈子外。"① 同样，关于周作人所推动的"儿童热"，"就其实质，是对中国早熟文化的一种反思，是在'返璞归真'的口号下，进行中国民族文化、民族文学以及国民性的改造与再创造。"②

显而易见，1920年的周作人所从事的每项工作都呈现出启蒙与先锋姿态，而与这姿态相伴而行产生的则是精英的审美趣味。所以，尽管周作人是"儿童本位论"的倡导者，但就文学趣味而言，他的"儿童本位"并不曾降低精英文化的高度而向下延伸。相对于周作人纯粹的精英气质，受"新文化运动"召唤来到北大的黎锦晖则有着草根与精英的混合气质。少年时"偏爱俗乐，喜唱民歌，每受亲友的揶揄、耻笑，甚或斥责。"青年时"用《四季相思》的曲调编配为《四时读书乐》，教给女生，挨乐周南女学朱校长严词申斥。"到了北京后，住在叫"斗鸡坑"的胡同里，"院子大，屋子多，座上客常满，大多数是喜爱音乐的朋友……为了互助，他介绍曲艺艺人，几乎每天都到我家吟唱。"此外，他还"经常上天桥和城南游艺场，搜集一些民歌小曲，跟朋友们研讨……"③

正是这种气质，使得他虽身处新文化运动的中心——北京大学，却始终游荡在精英文化的边缘。"除京昆戏曲另有组织外，所有'下里巴人'的民歌和曲艺，都不许登大雅之堂。……我选了许多民间乐曲，音调爽朗，感情丰富，要求采用，并由我们乐组试奏，结果被少数会员反对，说是'俚俗不堪'。"④ 这是一段黎锦晖对1920年左右参

---

① 徐新建:《民歌与国学——民国早期"歌谣运动"的回顾与思考》，巴蜀书社2006年版，第22页。
② 钱理群:《周作人研究二十一讲》，中华书局2004年版，第57页。
③ 黎泽荣:《黎锦晖和儿童文学》，少年儿童出版社1996年版，第622页。
④ 黎泽荣:《黎锦晖和儿童文学》，少年儿童出版社1996年版，第624页。

加北大"音乐研究会"时的回忆。与"歌谣研究会"相比,"音乐研究会"具有更为激进的"反民间"倾向,尤其对当时留存的民歌小调深恶痛绝。所以,黎锦晖所选的民间乐曲被拒与其说是出于"少数会员反对",不如说是与"音乐研究会"的根本理念相违背。即使在多年以后,黎锦晖也没有意识到自己的趣味其实与整个新文化运动的气质有着内在的冲突。尽管黎锦晖深受新文化的熏陶,但他的审美趣味始终在无意识中归属于那需要被启蒙的大众。这种旧瓶装新酒抑或新瓶装旧酒的文化选择在周作人等精英目光审视下,难免显露出一种不伦不类的尴尬与浅陋。

1920年,时为北大旁听生的黎锦晖和时为北大名教授的周作人就这样虽然行走在共同的文化空间——北京大学,但注定交错而过。这戏剧性的一幕,可以说隐喻了中国儿童文学在其最初成长阶段所遭遇的文化基因冲突。在以后的数十年间,由于国族的特殊情势,精英文化以强有力的姿态不断在冲突中胜出,并日趋激进,终形成了中国儿童文学单向度的运行轨迹。

3. 批评的独立与文化的多元

把1920年作为"黎锦晖现象"中的一个富有象征意味的细节加以深入解读,其目的是对当下的中国儿童文学研究形成某种参照。虽然"新文化"运动的先锋文化立场对中国儿童文学演变形成某种狭义的规约,但同时我们也必须看到,周作人那种既倡导"儿童本位论"又否定那些深受儿童喜欢的作品的儿童文学批评遵循了其自身的文化逻辑。他没有放弃作为一个受过良好文学熏陶的成年知识分子的个人审美标准而走向相对主义的虚无。从这个角度而言,他的批评是独立且有效的。这种坚持评论者成年自我的批评对中国当下的儿童文学研究别有一种警醒的意义。

众所周知,儿童文学因其具有预设读者这样的特殊性,所以,批评者经常会不自觉地被一种怀疑情绪所缠绕:"既然儿童读者那么喜欢这部作品,我如果否定它,是否会被认为忽视儿童读者,是否会成为非儿童文学的批评呢?"这是一种文学批评自我身份缺失和混乱所引发的焦虑。与此同时,中国儿童文学曾经长期徘徊在成人教训与政治教育的阴影中,最近若干年才开始大力张扬儿童的主体、儿童的趣味和娱乐。因此,上述身份焦虑在这种背景的衬托下,更逐渐催生了一种以儿童读者为绝对评判主体的文学标准,并且它正在后现代的语境中茁壮成长。"儿童文学作品的价值与艺术魅力在其受到小读者喜欢的一刻就已体现出来了。"① 显然,这种剥离儿童文学其他美学标准的观点将直接导致儿童文学理论批评走向自我消解的虚无状态。

面对这种无批判性民粹主义的批评倾向,我们需要寻找一种行之有效的策略。在这里,同样是后现代语境给予这种寻找提供了可能性。依据后现代对元语言总体化姿态的抵制,我们意识到,儿童文学的预设读者"儿童"并不是统一的、同质性的存在,任何一种儿童文学理论也和其他领域中的理论一样具有其不可克服的局限性。因此,放弃理论的普适性追求,成为我们首先必须完成的思维转向,它将帮助研究者摆脱自我身份缺失的焦虑,并由此获得一种坦然接受批评的心态。

重建中国儿童文学独立批评的合法性,并同时清醒地意识到批评的局限性,这也许是在今日语境下,我们透过历史审视现状所能做出的选择。正如前文所述,中国儿童文学的理论话语多年来是在精英文

---

① 王泉根:《怎样才算好作品》,载《文艺报》2007年8月4日。

化的总体框架下演绎的。如果说，它在 20 世纪二三十年代对黎锦晖儿童歌舞的漠视与否定显示了其时代的某种必然性的话，那么，在 21 世纪的今天，这必然性似乎正在逐渐消亡。学界已经意识到 20 世纪的中国现代化进程不仅仅只是"五四运动"或"新文化运动"，它还同时包括了市民文化或大众文化的出现，而黎氏歌舞无疑属于后者。因此，在相隔几十年后，随着中国新一轮消费文化的兴起，我们有必要重新细细打量黎氏歌舞。

20 世纪末，法国哲学家吉尔·德勒兹提出了文学的"耗尽"理论，随着 21 世纪新媒体的迅猛发展，这一理论正在被现实所证实："受到图像、数字和文本文化（电影、电视、录像、DVD、文本化、电子邮件、因特网、游戏）日益增长的无所不在的威胁，我们会从多个方面认为文学正在走向终结。"[①] 对此现象，朱大可在《文学的死亡与蝶化》中给予这样阐释："文学正在像蝴蝶一样蜕变，它丢弃了古老的躯壳，却利用新媒体，以影视、游戏和短信的方式重返文化现场。"[②]

黎锦晖歌舞的现代意味就在上述理论话语中显现出来，《麻雀与小孩》《葡萄仙子》《三只蝴蝶》……这些作品在当时被广为接受的秘密就存在于它们的旋律之中，就像约翰·菲克斯分析麦当娜现象时曾说过的那样："音乐带来的快乐确实是难以分析的，同样也很难用词和意象来表达，而这在文化传播中非常重要。"[③] 可以这么说，黎锦晖的创

---

① [英] 安德鲁·本尼特、尼古拉·罗伊尔:《关键词：文学、批评与理论导论》，汪正龙、李永新译，广西师范大学出版社 2007 年版，第 84 页。
② 朱大可:《文学的死亡和蝶化》，"原创·原典·原生态——全球化语境下的中国文艺"研讨会演讲稿。
③ [美] 约翰·费克斯:《解读大众文化》，杨全强译，南京大学出版社 2006 年版，第 75 页。

作跨越了音乐、舞蹈与文学的严格分界，并在无意之中实验了文学通过非文字媒介进行传播的可能。这实验证明文学在多种媒介中散发出比单纯二维文字更为强烈的感染力。

黎氏歌舞的这一特征使我们意识到：中国儿童文学研究多元文化视野的建立不仅仅是弥合精英文化与大众文化之间的断裂，而且还需要在变动不拘的文化氛围中捕捉新媒介所带来的理论灵感。在已经出现的新媒介中，尤其值得关注的是影像，它与文学之间的互动正在改变儿童文学的某种封闭性和一些固有理念。比如，在宫崎骏的动画片中我们看到了浓郁的诗意，那是影像向文学的敬意；而在根据张天翼同名小说改编的电影《宝葫芦的秘密》中那个极具迪士尼风格的"宝葫芦"则呈现出影像对文学的颠覆。当电影这一娱乐性媒介越来越成功地收编了文学甚至哲学时，儿童文学理论又该如何面对"愉悦""笑"等涵义复杂的批评术语？

对黎锦晖儿童歌舞另一视角的观察将使上述问题获得进一步展开的空间。在留存至今的30年代经典剧照中，一个舞台场景反复地出现在不同资料中：三个十五六岁的少女，她们穿着轻盈的蝴蝶舞衣，摆出飞翔的姿态，笑靥如花地面对着观众，裸露的大腿和胳膊显得非常光滑、白皙和美丽。显而易见，它给予了观众典型的穆尔维式的"凝视的快感"。儿童歌舞就这样以天真的形式完全逾越了童年无性的伊甸园，并在成人观众的凝视中融入都市的大众文化，而这正是黎锦晖儿童歌舞在上海、南洋等地商业性演出中获得成功的重要因素之一。

黎锦晖儿童歌舞的这种非儿童特质，其实在儿童文学领域中并不罕见，那些影响力辐射至成人世界的作品往往都隐藏着非儿童的东西。比如，安徒生童话中的孤独与焦虑、《爱丽斯漫游奇境》中的反社会倾向、"哈利·波特"系列作品中对技术理性的质疑等等,它们都在无意识之中泄露出儿童文学总在试图逃逸被规约的属性。这是儿童文学的一种存在悖论,正因为这悖论,儿童文学才显现了其作为艺术之子的独特魅力。这是一个开放式的伊甸园,它既象征着天使的纯洁,也涌动着世俗的欲望。最终,这悖论回应了理论的犹疑:儿童文学理论研究完全有可能在那些后现代文学理论关键词中找到新的生长点,并且带来观念与方法的更新。

从儿童文学的历史来看,现代意义上的儿童文学是欧洲近代文明的一个产物,也是欧洲工业化和城市化进程中所结出的一个硕果。从文化的角度而言,它正是工业化和城市化所形成的大众文化或通俗文化的一个组成部分。这一历史成因和中国儿童文学多年来所形成的精英化立场,形成鲜明的对照与明显的断裂,如何面对这种基因变异,是近年来儿童文学研究界的一个问题。接续这期间随着20世纪二三十年代的中国城市文化研究日益被学界所重视,中国儿童文学研究已经看到了转向的可能,而本文对"黎锦晖现象"的探讨,正是这种转向的一个尝试。

第三节 都市文化的早期图像记忆
——1935年的三毛漫画

张乐平的三毛漫画是20世纪上半叶中国时代文化的重要标志之一,也是20世纪以来中国最为成功的儿童读物之一。它不但创造了以儿童为中心辐射至全民的文化盛况,而且还历经时代巨变的冲击并成为一代经典。尤其值得关注的是，三毛漫画的经典性并不仅仅停滞在史料价值之中，它还在 21 世纪的商业文化、大众影像文化环境里不断衍生：2000 年香港推出舞台剧《三毛漫游太空》；2003 年，上海三毛形象发展有限公司成立；2004 年，中央电视台推出 104 集动画片《三毛》；2006 年，央视漫画版三毛系列丛书出版；2007 年，中国与比利时合拍的电影《三毛》启动；2008 年手机游戏《三毛流浪记》被开发……所有这些文化产业的运作都源于那个诞生在 70 多年前的漫画形象超越时空的生命力。

但是，作为 20 世纪中国最为成功的儿童读物，三毛漫画在中国儿童文学的既有文学史谱系中却不曾占有重要的地位，也不曾被研究者深入分析与探讨。此种现象与中国儿童文学近百年来的审美价值取向有着密切联系：无论是周作人倡导的"儿童本位论"还是"文学研究会"推动的"儿童文学运动"，无论是"十七年文学"期间兴盛的"教育儿童的文学"还是 80 年代的"儿童文学艺术化"潮流，它们都共同表现出对市民文化的一种疏离与否定。因此，虽然三毛漫画享有巨大的读者声誉，但它依旧属于一种"高度大众化"[①]和娱乐化的文化而无法纳入文学史的既定话语体系中。

如果说这种对市民文化疏离与否定从其积极意义而言保证了中国儿童文学某种精英文化的血脉，那么它的负面影响，便是阻碍了中国儿童文学对现代童年生活的多向度探索与表达。

故此，我们有必要打开历史的纵深，对诞生于 70 多年前的早期三毛漫画进行"深描"，以此来透视中国现代儿童文学在走向现代化路途中还没有完成甚或不曾展开的探索。

[①] 王庸声：《故事漫画纵横谈》，中国连环画出版社 1998 年版，第 33 页。

1. 一个来自中产阶层的儿童

1935年7月28日的《晨报》副刊《图画晨报》是目前所发现的最早刊登三毛漫画的出版物。从那时起到1938年，这家报纸共连载了张乐平40余幅题名为《三毛》的漫画。对于这些早期作品，毕克官、黄远林在《中国漫画史》中认为："张乐平在30年代出版了一本《三毛》，这个集子中的作品比起他40年代的，不免有些幼稚，但是他漫画创作探索阶段的一个总结，不失为有价值的资料。"[①] 黄可在《上海美术史札记》中认为，"当时的《三毛》已基本上具备了既适合低幼儿童阅读，也适合成年人阅读的无文字连环画的形式特点：即尽可能不借助文字的说明，也能从幽默的人物形象及其活动情节中了解故事的起伏和发展。不过，当时的三毛这个人物造型还不成熟，主要只是头上有三根头发的特征，形象尚欠可爱，性格的发展前后也不统一。"[②] 不难看出，上述评论仅仅把早期三毛漫画的价值限定在一种漫画技艺发展过程的历史范畴内，并不曾意识到早期三毛形象的文化意义和价值。

纤细的身子支撑着一颗硕大的圆脑袋，脑袋上顶着三根猪鬃般的头发。虽然从整体上看，首次登场的三毛和十多年后《三毛流浪记》中的形象几乎没有什么差别，但是透过人物的服饰，我们还是能够发现，30年代的三毛有别于后者流浪儿的形象定位：童子军服、汗衫背心、高领套头毛衣、翻口童袜、圆头小皮鞋……即使以今天的眼光来看，这些儿童服饰也都并不落伍，而在当时，它们则更代表了一种海派的时尚。显而易见，作者在无意识中界定了三毛的家庭出身——生

---

① 毕克官、黄远林：《中国漫画史》，文化艺术出版社2006版，第109页。
② 黄可：《上海美术史札记》，上海人民美术出版社2000版，第92页。

第二章 从理想国出发：中国儿童文学大众化实践

活在上海的中产阶层。

在本文看来，这一阶层认同有着非同寻常的涵义。中产阶层虽然在20世纪中国存在的时间与规模都非常有限，却在当时承载了西方现代文化在中国落地开花后的诸多结果。李欧梵在《上海摩登——一种新都市文化在中国1930—1945》一书中曾指出："在20世纪30年代，上海已和世界最先进的都市同步了。"[①] 上海的中产阶层正是在这种同步中形成了某种独特的文化表情，而这种独特文化表情所指涉的各种领域中，童年观以及童年文化则是本著所关注的重点。

长久以来，我们习惯把儿童文学所要表现的童年视作一种想象的共同体，拥有诸如天真、纯洁、善良等普世、恒定的道德优势及人性的闪光点。但是，随着近年来西方童年研究的成果不断被译介至国内，上述单一透明的童年观开始逐渐显露出它的片面性。童年，作为一种历史建构物，有必要重新被放回到历史现场去加以透视与理解。台湾学者熊秉真在对历史上的中国儿童生活研究中这样论述："近世中国儿童之童年处境与其阶级背景的关系，是另一个重要而待深思的问题。图中所见民初的农家母子或渔民长幼，与书前所附《麟趾图》所显示的成人孩童，其世界显然有霄壤之别。对此其社会阶级所造成的差距，绝不逊于时代上的差异。"[②]

熊秉真所指出的这种近世中国儿童生活之差异，在中国现代儿童文学中也曾有个别文本试图加以表现。比如，冰心于1931年创作的短篇小说《分》，就以一个刚出生的婴儿视角，描述了来自中产知识分

[①] ［英］李欧梵：《上海摩登——一种新都市文化在中国1930—1945》，毛尖译，北京大学出版社2005年版，第7页。
[②] 熊秉真：《童年忆往——中国孩子的历史》，广西师范大学出版社2008年版，第136页。

子家庭的儿童与来自贫穷劳工阶层的儿童悬殊的生活。不过，这篇小说由于受到劳工神圣的"路径依赖"影响，文本指向控诉社会的不公和对不劳而获阶层的仇恨，因此并不能说是一次真正意义上的探索童年文化差异性的写作。而就中国现代儿童文学的整体创作而言，上述议题的探讨基本属于空白。

从这个意义而言，1935年的"尚欠可爱"的三毛，可以说为今天的研究者打开了一条通往20世纪30年代中国中产阶层儿童日常生活的小径。沿着这条小径，我们将发现，被遗忘在历史长河的中国儿童文化，走向现代性过程中的另一维度的存在方式。

2. 一种现代的童年观

穿着汗衫、裤衩的三毛威风凛凛地骑在狗背上，另一个男孩扛着一面小旗子走在狗前面，旗子上写着三个字"大将军"。在画框外面的右上角空白处，一个小小的三毛正举起胳膊竭力展示"肱二头肌"。翻开《1935年的三毛》[①]第一页，这幅题名为《小人大志气》的漫画就宣告了一个雄心勃勃跻身成人世界的儿童的诞生。在接下来的40余幅作品中，我们看到了这个儿童所制造的一系列的"成人生活的预演"：把老鼠吊在半空中，三毛赤膊手执大刀站立一旁，体验做刽子手的感觉（《三毛百态》）；发现了一把剃须刀，于是就抓住一只公鸡来演练刮胡子的技巧（《试验》）；租一辆黄包车，召集十来个小孩"叠罗汉"式地坐在上面，号称"旅行团专车"（《旅行团专车》）；把正在睡觉的老头的长胡子剪下来粘在自己的下巴上（《少年老成》）……在这些层出不穷的对成人正常生活构成连续不断的麻烦与挑战的"预演"中，这

---

① 此书为少年儿童出版社2006年7月出版的《张乐平怀旧经典作品集（十种）》之一。

个名叫三毛的儿童自由而又肆无忌惮。

可以说,1935年的三毛漫画描绘了一个成人教化缺席的童年。这种童年模式在当时中国文化背景下显然是一种独特的存在。

我们知道,中国传统主流文化中,对儿童需加规训的观念一直深入人心,从《三字经》到"孟母三迁""孔融让梨"……无不折射了这种文化特性。社会学研究显示,"道德化儿童的意识与身体早在宋、元之际就已蔚为风潮,这种情形到民国时期依旧如是。"①事实上,进入20世纪以后,中国所面临的国族危机促使"道德化儿童的意识与身体"上升到更为宏大的话语层面。30年代风行于中国教育界的"模范生"训育模式便是其中一个明证。②黄金麟先生曾对"模范生"制度做出如下评点:"这种企图通过专家的言说、科学的分类、教师的参与、档案化的考察和普遍化的流通,来达到在细部的层次上模塑儿童身体的作为,并不是一个突发的奇想。它的发生和其显示的严肃程度,相当程度反映了身体在1930年代左右所遭遇的刻意对待。这种试图标准化、国民化和公民化学生身体的作为,说明身体在近代中国已然变成一个非常政治性的场域,一个满是教化权力与知识交结介入的场域。"③

与教育界"模范生"制度相呼应,1930年代的中国儿童文学则在左翼联盟的影响下进入了"张天翼时代":"张天翼以他独具一格的作

---

① 黄金麟:《历史、身体、国家——近代中国的身体形成(1895—1937)》,新星出版社2006年版,第29页。
② 根据当时十余种不同的训育版本,模范生的特质概括为:"清洁卫生、快乐、敬爱、谦和、诚实、努力、勇敢、节俭、互助、守秩序"等美德。
③ 黄金麟:《历史、身体、国家——近代中国的身体形成(1895—1937)》,新星出版社2006年版,第28页。

品在1930年代的中国儿童文学界开创了一代新风……张天翼的创作体现了当时正在发展转变中的现代儿童文学观，体现了自五四儿童文学运动以来，由于革命的、左翼思想的渗入，在现代儿童文学界出现的又一股强大的变革潮流，即儿童文学为政治斗争服务、为无产阶级教育服务的潮流，这股潮流对1940年代的儿童文学产生了巨大影响。"①

显然，在教育界的"模范生"模式和文学界的"张天翼方向"的映衬下，1935年的三毛漫画用夸张与虚构所书写的童年，以及通俗闹剧式的娱乐表情显得格外醒目。

事实上，张乐平笔下的漫画在无意中已经触及了被当时中国主流文化所忽略的对童年现代性的表达。

1910—1940年的欧美文学正是现代运动兴起的时刻。在这场注重"断裂"感和推陈出新意识的文学潮流中，"童年"作为需要被重新理解的对象引起萧伯纳、奥登等人的关注。萧伯纳认为："孩提时代'坏'的行为是一个人道德成长过程中有益和必需的部分。"② 在随后的若干年中，萧伯纳的童年观被儿童文学和成人文学进一步分享与演绎。理查德·休斯在其被认为是"描写儿童心理动荡"的经典之作《牙买加飓风》中做出如下判断："与凶猛的动物相比，孩子们是最危险的生物。"③ 奥登则宣称："我反对法西斯主义的最好理由是我曾生活的寄宿学校就是一个法西斯国家。"④ 这些极具个性与原创性的观点正呼应了第一次世界大战后西方文化对所谓成人理性一种普遍的反思与反动。

---

① 蒋风主编：《中国儿童文学发展史》，少年儿童出版社2007年版，第135页。
② Chris Baldick: *The Modern Movement*，外语教学与研究出版社2007年版，第350页。
③ Chris Baldick: *The Modern Movement*，外语教学与研究出版社2007年版，第357页。
④ Chris Baldick: *The Modern Movement*，外语教学与研究出版社2007年版，第362页。

于是，童年作为一个现实生命体所蛰伏的许多"层状堆积物"①被现代文学所发现并承认。20世纪的童年概念由此获得本体意义上的转折。

有趣的是，在欧美通俗文化层面，尤其是漫画中久已存在一种"放肆"的童年：被视为美国连环漫画开山大师的理查德·费尔顿·奥特考特于1895年和1902年所创作的《黄孩子》《布朗小子》连环漫画，就是分别以"曼哈顿贫民区小街陋巷中的淘气鬼"和"偏远地区富家子弟中的顽童"为题材；被视为第一部真正现代意义上的报刊连载连环漫画、由德国移民漫画家鲁道夫·德克斯在1897年所创作的《捣蛋鬼》，也同样以儿童的顽皮为灵感来源，等等。这些幽默漫画作品在成为推动报纸发行的重要力量的同时也受到了当时许多教会、学校的指责，它们被认为给孩子的成长提供了"坏的典型"。②但显然，这些指责无法阻挡漫画的迅猛流行。

及至20世纪30年代，由严肃文学所引发的童年观现代转向和通俗文化中的顽童题材发生了某种戏剧性的融合。于是，既让儿童与父母一起受到启发，又给他们以娱乐享受的"孩子与父母之间的战争游戏"③，成为了一个文学、影视、漫画等多种艺术门类的共同主题之一。

20世纪30年代的中国漫画正处于与"世界最先进的都市同步"的时期，《西风月刊》《漫画世界》《滑稽》等刊物都大量刊登欧美最新的漫画作品，上文所提到的那些顽童都曾经被当时的中国读者所熟悉。而这些作品同时也对中国漫画创作产生了巨大的影响。所以可以说，1935年的三毛漫画中的童年正是西方童年观现代性转向在中国儿童文

---

① [德] 格拉斯：《与乌托邦赛跑》，林笳、陈巍等译，上海译文出版社2005年版，第342页。
② 洪佩奇：《美国连环漫画名家》，译林出版社2001年版，第4页。
③ Chris Baldick: *The Modern Movement*，外语教学与研究出版社2007年版，第370页。

化中所折射的一个镜像。

值得进一步思考的是，熊秉真在中国儿童历史研究中指出："过去中国的伦常规范中，对幼龄子弟之要求，十分严谨，但图像数据中，却又呈现孩童顽皮好动、滋事打闹一面。景中之成人或呼呼大睡，或讶然旁观，任凭小儿使其狡黠，恣意胡闹、规矩上进与闹学之间的拉扯，顽皮与天真之间的呼应，是探究中国儿童观的重要课题之一。"[1] 据此，我们可否认为，三毛漫画在西方现代文化的外衣下同时也烙印了中国本土文化的某些隐性基因？它们又是否如王德威在晚清小说中所发现的那样，代表了中国儿童文化中"被压抑的现代性"[2]？

3. 一个文学母题的图像叙事

20世纪30年代在西方所发生的童年现代性的转向，对儿童文学来说，可谓意义重大。顽童，从一个单纯被教育、被娱乐的对象，开始逐渐成为一种具有巨大想象与言说空间的母题。它带来的"以儿童自己的目光"的审美视角，使儿童文学既进一步融入文学大家族的叙事传统中[3]，又获得了一种外在于成人既定社会模式的批判性与独立性。[4] 如，20世纪40年代的一部《长袜子皮皮》对瑞典乃至整个欧洲的教育理念构成了巨大的冲击；20世纪60年代法国的一部《小淘气尼古拉》则戏谑了成人生活的种种陈规，等等。

---

[1] 熊秉真：《童年忆往——中国孩子的历史》XI，广西师范大学2008年版。
[2] 参见［美］王德威：《被压抑的现代性——晚清小说研究》，宋伟杰译，北京大学出版社2005年版。
[3] "利用局外人、非同寻常的或完全天真的人物、小丑、疯子作为观察者"是文学叙事对现实进行陌生化的主要手法。参见［美］华莱士·马丁：《当代叙事学》，武晓明译，北京大学出版社2006年版。
[4] 参见刘绪源：《儿童文学的三大母题》，少年儿童出版社1995年版。

但是，由于前文所述的原因，童年现代性的转向并未在当时中国的主流文化中获得认同，从而导致顽童母题在中国现代儿童文学中并未展开它的叙事实践。于是，连环漫画所具有的阐释文学母题的"叙事功能"①使得三毛漫画成为极为珍贵的图像叙事。它既是"一份有关世界的纪录"，也隐藏了作者"一个被想象所变形的对现实的看法"。②同时，它也为本文思考大众文化视域中的儿童文学写作提供了某种借鉴。

冒出浓烟的煤球炉子与带冷热水龙头的浴缸、街头卖艺人的顶碗杂技与电影院里的好莱坞西部电影、烧香拜菩萨的老太和德国牙科博士、妖艳的裸女与穿马褂的男人、小爱神的雕像与精忠报国的刺青……在这份关于"世界的纪录"中，图像叙事以其空间的跳跃与直观性所容纳的信息，远远超过了作品标题所指示的内容：1935年上海都市那种新旧、中西混杂的世相百态与生活场景，都作为三毛漫画中的背景得以展开。同时，顽童的视角又使漫画超然于各种彼此对立力量之间的竞争，从而创造了一种诙谐幽默的复调叙事。

而在这种多元都市景观的复调叙事中，作者似乎无意识地藏匿了一个"被想象所变形的对现实的看法"。比如《名不符实》叙述了这样一个故事：穿着长袍马褂的父亲给三毛讲岳飞的故事，然后用毛笔在三毛的背上写下"精忠报国"四个字。抱着玩具的三毛碰到一个又

---

① "有关一组重复出现的人物的开放式结尾的戏剧故事，这种叙事通过一系列图画来进行，通常包括圈在一个气球形圆圈里的对话和一个叙事文本，在报纸上连载。"参见［美］伯格著，姚媛译：《通俗文化、媒介和日常生活中的叙事》，南京大学出版社2000版，第11页。

② ［美］华莱士·马丁：《当代叙事学》，武晓明译，北京大学出版社2006年版，第21页。

小又瘦的黑人小孩，黑孩子向他索要玩具，三毛不给。黑孩子挥拳打去，三毛眼冒金星跌倒在地上，眼睁睁地看着黑孩子抢走了玩具。头上顶个大包的三毛回家向父亲哭诉，父亲手中拿着一本线装书，瞪大眼睛吃惊地听着。最后，父亲把三毛放到浴缸里，洗掉了背上"精忠报国"四个字。显然，漫画特有的滑稽与夸张掩饰不住一种对当时国族辉煌时代已逝的默认与反省。当上海这座都市成为中西文化碰撞的现实演练场时，无论是穿长袍马褂的父亲，还是穿童子军服的三毛，都面临着某种挑战。而当那个有着冷热水龙头的浴缸成为画面的中心时，我们似乎看到了普通大众遭受挑战之后的本能选择。

事实上，这种无意识的选择也同时成为漫画幽默叙事的灵感激发点。如，举着望远镜朝无线电里窥视（《闻不如见》），对着电风扇挥舞着航空救国的旗帜（《三毛百态》），贪图凉快躲在冰箱里变成了冰棍（《矫枉过正》）……伴随这些代表现代物质文明的工业产品进入30年代上海中产阶层童年生活的还有那些西方文化的积淀物：《乱真》中的三毛不小心打碎了丘比特雕像，于是只好自己脱光衣服站在凳子上做"小爱神"；《一时糊涂》中三毛被招聘为电影演员扮演丘比特雕像，结果假戏真做朝着女主角射出了手中的箭，导致自己锒铛入狱；《是他顽皮》中三毛箭射鸭子却差点射中一对恋人，情急之中嫁祸于一旁举着弓箭的丘比特雕塑……借助这个西方神话人物的频繁出场，一个早熟民族仿佛重回童年。

透过童年寻找上海都市大众日常生活的琐碎乐趣，这可以说是1935年三毛漫画的一个重要定位。它使漫画的视点和漫画受众之间保持了一种相对平等的状态，而不是自上而下地去扮演一个教化大众的道德清道夫。这一视点不仅使描述儿童故事的漫画具备了摄录社会众

第二章　从理想国出发：中国儿童文学大众化实践

生相的取景广度，而且还使漫画中的儿童故事呈现一种生气勃勃的野生状态：如，三毛先被一个大孩子欺负，于是他向另一个孩子请求援助，并许诺事成后给他一个苹果。没想到，就在那个孩子实施武力征服的时候，观战的三毛已经啃完了苹果。那个孩子结束战斗后发觉上当，挥拳把三毛打倒在地。三毛只能向第三个孩子寻求帮助。第三个孩子则要求得到两个苹果才肯出手，三毛答应了。没想到是，拿到苹果的孩子转身和他的对手分而食之。三毛只能眼睁睁看着自己的如意算盘被彻底打碎！（《报复的结果》）统观1935年的三毛漫画，上述关于孩子之间的"社交"故事占了相当的比重。当漫画用简单而夸张的线条传神勾勒出一群从上海里弄跑出来的孩子们的种种争吵、玩耍和计谋时，它成功摆脱了儿童读物常见的那种故作天真与矫情的弊病，使自身具有了一种向成人延伸的辐射力。

三毛漫画的上述一系列的叙事特点为我们思考中国儿童文学的写作提供了一个新的空间。

从人物的塑造角度而言，虽然评论界大多倾向于圆形人物要优于扁形人物的观点，但恰恰是后者对儿童文学的传播与写作具有非常重要的意义。人物固定的外形特征与性格、固定的行动模式，不但使作品能够拥有广大的阅读能力较弱的儿童读者，而且还使作品透过扁形人物拥有一种对世界的描述能力。就如同我们在漫画中看到的三毛那样，透过一双无是无非的顽童目光，他所置身的世界的"偏见、暴力、轻信、顺从，甚至人性"[①]都得以显现。

而当我们由此获得一个较为完整与真实的世界时，儿童文学的另

[①] ［美］华莱士·马丁：《当代叙事学》，武晓明译，北京大学出版社2006年版，第114页。

一个写作困境也随之而来：儿童文学如何处理伴随着现实而来的黑暗？中国儿童文学自叶圣陶的《稻草人》起，选择了一条把"成人的悲哀显示给儿童"[①]，把成人的诅咒传达给儿童的道路。这条道路在彰显其积极效应的同时，也使中国儿童文学多年来陷入一种幼稚的二元对立思维模式，同时还虚幻地担负着儿童文学所不能承受的黑暗之重。三毛漫画的顽童叙事所展示的一个世界的真实以及它的游戏氛围，不禁使我们想起卡尔维诺所讲述的一段话："为斩断美杜萨首级而又不被石化，帕修斯依凭了万物中的最轻者，即风和云，目光盯紧间接映象所示，即铜镜中的形象。"[②]也许，儿童文学写作需要寻找的，就是这种在逼近现实之真的同时避免被黑暗石化与吞噬的智慧。

与家喻户晓的《三毛从军记》和《三毛流浪记》相比，1935年的三毛漫画似乎已经隐入历史的帷幕中。但透过以上分析，我们能够确认，正是这40余幅不很成熟的作品以虚构与真实、游戏与严肃并存的方式，呈现了30年代上海中产阶层的儿童日常生活，作品的娱乐性、童年观以及它的顽童视角，成为中国现代儿童文学单向度书写的一个逆向补充，同时也开启了中国儿童文化走向现代性的另一个重要维度。

[①] 郑振铎：《郑振铎全集》（第13卷），花山文艺出版社1998年版，第34页。
[②] [意]卡尔维诺：《未来千年文学备忘录》，杨德友译，2001年版，第2页。

第四节 "十七年"中国动画电影的表意空间和叙述美学

众所周知,20世纪中叶中国的动画电影制作曾经创下过一系列至今仍未能企及的辉煌记录,而与这一荣耀记忆紧密相连的则是"上海美术电影制片厂"(简称美影厂)。可以这么说,从20世纪50年代开始,美影厂的作品无论是技术、艺术,还是意识形态,都成为当时中国动画电影的代表。因此,本文将以美影厂所制作的动画电影为例,探讨"十七年"中国动画电影的表意空间和叙述美学。

1. 假想的动物世界

综观1950年至1965年美影厂所出品的近90部动画电影,不难发现有近四分之一的作品故事都是围绕着动物而展开。《谢谢小花猫》《小猫钓鱼》《夸口的青蛙》《好朋友》《乌鸦为什么是黑的》《小熊的旅行》《野外的遭遇》《大红花》《机智的山羊》《三个邻居》《我知道》《拔萝卜》《四只野鸭子》《小鲤鱼跳龙门》《小朋友们》《萝卜回来了》《蜜蜂与蚯蚓》《三只蝴蝶》《森林之王》《大奖章》《怕羞的小黄莺》《小羊与狼》《小蝌蚪找妈妈》《小燕子》《谁的本领大》《等明天》《冰上遇险》《湖上歌舞》……这些作品组成了一个特殊的动物世界,其中的居民并不受到自然生物圈内各种物种之间真实关系的制约。不管是鸡还是熊,它们都有一个共同的特征——"小"。这种"小"不但体现在视觉形象层面,而且还指向了生活经验、心理反应等精神层面。与此同时,这些居民们虽然生活在池塘、森林等野外,但性格、爱好并不"野",反而非常"文艺",它们的日常生活充满了歌声和舞蹈。当然,最重要的是,这个世界锲而不舍、始终如一地承担着教化小居民的"神圣职责":

小猫和妈妈、姐姐一起去钓鱼,因为贪玩没有钓到一条鱼,在妈妈的批评教育下,小猫变得专心了,终于钓到了大鱼(《小猫钓鱼》);小青蛙很喜欢炫耀,当它被大雁带上天空后依旧忍不住炫耀自己的聪明,结果就从高高的天空狠狠摔到了地上,从此以后它再也不敢炫耀了(《夸口的青蛙》);小鸡和小鸭因为抢虫子而闹起了别扭,在经历了黄鼠狼偷袭事件后重归于好(《好朋友》);小熊爱睡懒觉,有一次与伙伴们约好出去旅游,结果因为睡懒觉而迟到了,没能和朋友们一起出发。经过这次教训,它知道了时间在一刻不停地向前走,必须改掉睡懒觉的习惯(《小熊的旅行》);两只小熊为了一朵大红花而展开运木料的比赛,结果双双掉进了急流之中,在鹿、猴等动物奋不顾身的援救下终于脱险了,上岸后两只小熊认识了自己的错误,意识到做任何一件事光靠自己是不行的,大红花应该属于大家(《大红花》);《我知道》告诫大家学习切忌一知半解;《等明天》讲述时间的宝贵和抓紧时间对生活的重要性;《小燕子》关注的是浪费现象;《胆小的小黄莺》《在野外》帮助胆小者勇敢起来……而在所有故事中,这个世界的创造者们最在意、用力最勤的,就是细腻勾勒和描绘了一个名叫"集体"的天堂生活:一个大萝卜需要所有动物一起上阵才能拔出来(《拔萝卜》);一个萝卜要大家一起吃才有好味道(《萝卜回来了》);打败大灰狼、捉住大老鼠、赶走大黑猫都需要大家的通力合作(《聪明的鸭子》《谢谢小花猫》《山羊与狼》);救落水的兔子就更加需要大伙儿的群策群力(《冰上遇险》)……因此,生活在这个天堂中的成员最需要克服的毛病

第二章　从理想国出发：中国儿童文学大众化实践

就是游离于集体之外，主要症候表现为"骄傲"，认为自己比别人本领大：乌鸦因为骄傲而被大火烧黑了羽毛、烧毁了歌喉（《乌鸦为什么是黑的》）；青蛙因为骄傲而从高高的天空狠狠地摔在了地上（《夸口的青蛙》）蝴蝶因为骄傲而失去了热情的观众（《湖上歌舞》）……总之，与"集体"这个伟大、光辉的存在相比，"个体"永远都是渺小与阴暗的。所以无论怎样，荣耀终究归于集体（《大红花》、《大奖章》）。

至此可以这么认为，"十七年"中国动画电影所创造的动物世界，实质上无关乎动物，而只关乎创造者们自身所深陷于其中的意识形态。我们知道，自20世纪50年代开始，"革命"所追求的乌托邦图景和"一体化"进程成为全体社会成员必须接受的、唯一意识形态话语。文艺存在的合法理由是它能够以"润物细无声"的方式教化大众，从而成就一段中国社会主义式"大众文艺"的传奇。而"十七年"动画电影之所以用一种极为虔诚、天真的态度来创造一个假想的动物世界，是因为当时的动画电影被规定了其预期受众。1949年8月，中共文化部明确指出美术电影的制片方针是"为少年儿童服务"，此后，这一理念始终主导着中国专业人士和大众对动画电影的角色与功能的认定。如，华君武、冰心等名家就曾在不同场合表达了这种观点："我们的动画片、木偶片、剪纸片从它的诞生起就具有非常明确地、对儿童进行社会主义、共产主义教育的目的性。"① 正是在这两种合力作用下，"十七年"的动画电影制作的目标执着而单一：教育广大的新中国少年儿童。

以今天的视角推测，"十七年"中国动画电影把创造一个假想的动物世界作为"服务少年儿童"的重要手段之一，大致出于如下理由：

---

① 华君武：《可贵的收获》，载《人民日报》1960年2月18日。

首先，儿童被认为是一个与动物存在天然亲近、亲密关系的人群，越年幼的孩子，在成人眼中越具有动物的种种情状。所以，动画电影的制作者们认为，通过动物的形象能比较方便地激发起儿童的观影兴趣；其次，充满欢歌笑语的"动物世界"既能规避真实生物圈内种种"儿童不宜"的生存法则，也能在很大程度上规避当时中国电影严苛的政治审查制度。与人类社会相比，动物世界无所谓历史与现实，它凝固而又虚化的时间，为动画电影勾画一个"乌托邦"乐园提供了基本的叙事安全；第三，动物世界给予了动画电影较为自由的想象与变形空间，制作者们在这个空间内，能够较为方便地完成"服务少年儿童"就是"教化少年儿童"的"崇高政治使命"，活着的"猫""乌鸦""老虎"永远不会对它们在动画中"被妖魔"抑或"被神化"的形象发表任何意见。总而言之，"十七年"中国动画电影在一个充满欢歌笑语的动物世界中，找到了一个虽然狭窄但足够安全的表意空间，用动画技术的精益求精来弥补叙事层的凝固和单一。

2. 假想的儿童世界

既然"十七年"中国动画电影的唯一服务对象是少年儿童，那么，虽然那些夸口的青蛙、骄傲的乌鸦、爱睡懒觉的小熊等都是对"缺点儿童"的影射，但其教化的力度显然没有达到"大众文艺"的目标。于是，一个与假想的动物世界遥相呼应的儿童世界诞生了。在这个貌似真实的世界中，儿童基本以三种类型呈现：

首先是"缺点儿童"，他们的存在弥补了那个动物世界的教化体系过于"稚嫩"和"幼小"的不足。《小梅的梦》中的女孩小梅不爱惜玩具；《一个新足球》中的男孩不舍得把自己的新足球与大家分享；《墙上的画》中的男孩喜欢在阅览室里偷偷把书上的画撕下来贴在自己家的墙上;《找哥哥》中的小妹妹非常娇气,还得理不饶人;《没头脑和不高兴》中的"没头脑"是个粗心大意的孩子,而"不高兴"是个任性的孩子……这些"缺点儿童"与"缺点动物"相比,虽然"缺点"极为相似,但它们的被教化过程则呈现某种意味深长的"错置"现象,即,"缺点儿童"往往经过"虚拟"的方式认识到自己的错误:如,撕书男孩进入到画中世界、"没头脑"穿越到未来等等,而"缺点动物"所遭遇到的教训则都是实实在在的:青蛙货真价实地被摔到了地上、乌鸦也货真价实地被烧成了"乌"鸦。就这样,"缺点儿童"和"缺点动物"形成了两道虚实相间的交错火力网,全方位瞄准了不被"社会主义成人社会"所接受的儿童的种种"自私"。

其次是"小大人"和"小英雄"。"小大人"常常生活在"缺点儿童"("缺点动物")的身边,既使"缺点儿童"("缺点动物")看到前进的方向,又让"缺点儿童"("缺点动物")感受到一种无形的压力。如,《小猫钓鱼》中的猫姐姐始终安静地跟妈妈一起钓鱼,不一会儿就钓到了一条大鱼,丰硕的成果令猫弟弟无比羡慕,从而萌发克服"缺点"的动力;《双胞胎》中的哥哥大胖稳重懂事、学习认真、随时随地帮助大人,而弟弟小胖则调皮贪玩不爱学习。"小英雄"则是那些在特殊语境下完成了连大人也困难的事情的儿童。如《半夜鸡叫》中替长工们守夜破解"半夜鸡叫"之谜的高玉宝、《小小英雄》中与恶狼搏斗的砍柴少年阿芒、《木头姑娘》中帮助一群大人解决如何分配"活"了的木头姑娘的牧羊少年等等。这些"小英雄"以超越成人的存在方式,诉说着"十七年"中国动画电影对"儿童"的社会主义式想象,从而完成对"小大人"形象的升级工程。

第三种类型就是"小超人"。他们具有超自然的能力，常常如同天使降临人间般给受苦受难的人们带来拯救的福音。比如，《渔童》中那个在花渔盆里钓鱼的小孩儿显然来自神界，他钓鱼溅出的水珠落到桌子上都变成了一颗颗晶莹剔透的珍珠，足以让贫苦老渔民过上好日子。而当花渔盆要被人抢走时，那个小孩儿再次发挥了神力：他从破碎的盆里跳了出来（以前他都是在半夜无人瞧见时悄悄出来的），用鱼竿把县官老爷、洋人统统甩到了大海里！《神笔马良》中的少年马良虽然是凡人，但他拥有一支来自仙界的"神笔"。他用这支神笔先后给穷人们画了一只羊、一头牛、一架水车，最后，他给县官老爷画了一座在汪洋中的金山、一条船和一场风暴，让他们葬身海底。《人参娃娃》的超能力虽然不是很强大，但也因为善于钻地而把财主活埋了。"小超人"是"十七年"中国动画电影对儿童的终极想象，这些"终极版"的儿童承担着消灭统治阶级解放劳动人民的宏大历史使命。

综观"十七年"中国动画电影所创造的儿童世界，我们发现，动画为现实儿童观众指引了一条克服"小缺点"，消除"个人欲望"融入集体思维，进而成为听话的"小大人"、帮助大人的"小英雄"、拯救世界的"小超人"的"天路历程"。无怪乎，冰心认为"美术片是中国亿万儿童的福音，是社会主义和共产主义教育的一支新的力量。"① 也就是说，这个儿童世界与那个动物世界一样，是成人所构建的乌托邦话语体系中必不可少的一环。

3. 想象的起点与边界

当动画以"小超人"的形象呈现着对儿童最高境界的诉求时，它

---

① 冰心：《和美术片一同跃进》，载于《文汇报》1960年2月28日。

第二章　从理想国出发：中国儿童文学大众化实践

在无意之中落入了某种悖论：一种以无神论共产主义为唯一合法意识形态的文化样态，怎么会把充满神性的"小超人"置于如此崇高的地位呢？而正是沿着这条裂缝，我们进入"十七年"中国动画电影另一个重要的表意空间——民间。在"十七年"时期，"民间"很大程度上等同于另一个更具政治高度的语词"民族化"。自20世纪40年代延安文艺座谈会以来，"民族化"承担着为政治服务、为大众服务的使命，进入50年代后，"民族化"更增添了与西方文化对抗的爱国使命。如，陈荒煤指出："美术片要在民族文化中汲取养料，要从民间故事、童话、神话、寓言中挖掘源泉。不尊重民族遗产、民族风格，是资产阶级思想的反映，对民族遗产的轻视，就是缺乏爱国主义精神。"于是，《神笔》《金耳环与铁锄头》《木头姑娘》《雕龙记》《牧童与公主》《渔童》《人参娃娃》《一幅僮锦》《长发妹》《金色的海螺》等一系列源自民间、关于民间的故事成为"十七年"动画电影的重要收获，它们共同书写了"十七年"动画电影对民间的想象。那么，这是一个怎样的"民间"呢？我们不妨把曾在国际上多次获奖的《神笔》[①]作为进入的一个切口。这部根据洪汛涛童话《神笔马良》改编的动画讲述了这样一个故事：穷孩子马良通过刻苦自学掌握了高超的绘画本领，并且又得到了仙人所赠予的"仙笔"。从此，他所画出的东西都能变成真的了。在被官差发现这种超能力之前，他先后给穷人画了一只鸡、一只羊和一头牛（因为他正好看到两个孩子争夺一只鸡、官差抢走了少年的羊、农夫累倒在田地里）。当他因为不肯为官老爷画画而被关进

---

① 动画片《神笔》获得过的国际奖项有：意大利第八届威尼斯国际儿童电影节儿童文娱片一等奖、叙利亚第一届大马士革国际博览会电影节短片银质一等奖、南斯拉夫第一届贝尔格莱德国际儿童电影节优秀儿童影片奖、波兰第二届华沙国际儿童电影节木偶片特别优秀奖、加拿大第二届斯特拉特福国际电影节"奖状"等。

监狱后又画了一扇门，使自己和狱友们成功脱逃。当官差追来时，他画了一匹马远走高飞。隐遁起来的马良仍旧靠打柴放牛为生，从不显露超能力。直到有一年大旱，乡人挑水苦不堪言，马良这才重新拿出画笔，给乡亲们画了一架水车。刚巧又被官差发现再次被抓。这一次，他给贪心的官老爷画了一座汪洋中的金山、一艘船。当官老爷们坐船朝着金山驶去时，马良又画了狂风。这样，官老爷们都葬身海底。马良重新回到了乡亲们中间，和他们一起幸福地踩着水车，望着眼前一片绿油油的庄稼。

"十七年"动画电影的"民间叙述"和"民间想象"的全部症候，可以说，在《神笔》的故事情节中得到一一呈现。首先，"民间"必定处于过去时态中，如此，"民间"才构成了与统治阶层相对抗的合法性。换句话说，"十七年"话语体系中的民间是为了否定历史中的所有社会形态而存在的，并且其关键的否定方式是通过道德批判。于是，《神笔》中的官差形象、《渔童》里的传教士、《半夜鸡叫》里的周扒皮夫妇、《人参娃娃》里的地主等均是道德恶劣者和卑鄙小人；其次，仙人是"民间想象"中不可或缺的核心成分。从《神笔》中的白胡子仙人到《金色的海螺》中的海神娘娘和仙女们、《一幅壮锦》中的织女们、《渔童》中的渔童等等，正是他们才改变了民间生活的贫瘠。民间的"神仙"想象与"十七年"动画电影最显在的一个教育大众主题"幸福生活要靠劳动来创造"构成了某种气质上的背离，这种对神仙高度依赖的叙事，与其说反映了劳动人民对美好生活的向往，不如说暴露了中国民间想象的惰性和对现实无力介入的虚弱；第三，《神笔》中马良运用超能力为大家所画的仅仅是鸡、羊、牛、马和一架水车。当马良逃出牢房后，电影特地在银幕上打出一行字："马良逃到另外一个地方，仍旧靠打柴放牛为生。"显然，动画电影的民间想象边界止于农耕时代，动画电影这一源于西方文明的现代媒介却致力于表达中国前现代的生活想象，而且此种想象的极致仅仅是"没有官府压榨，大伙踩着水车，望着绿油油庄稼"的"桃花源"。这不能不说是"十七年"中国动画电影叙述体系的"阿喀琉斯脚踵"。正如有论者这样总结："中国美术电影的民族化主要是媒介、风格的探索，绝少涉及民族精神内涵的开掘和当下的再阐释，民族化的'虚弱'和'保守'使中国美术电影没有从中生长出现代性。"①

4. 若隐若现的游戏世界

虽然在今天看来，"十七年"中国动画电影的表意空间在意识形态的严格控制下显得单一而狭小，但是，它在某种程度上，仍旧开辟了一个若隐若现的游戏空间。综观"十七年"的80余部作品，这个游戏空间基本在如下层面向我们展现出来：

首先，动画在表现"反面角色"的情状和行动时，有着极强的娱乐性。如《谢谢小花猫》（编剧 金近）中两只老鼠如何相互合作咬破米仓、如何用身体做拖车运走大鸡蛋、如何在母鸡家里与猫搏斗等一系列快速移动的镜头，都使这部讲述"保卫集体农庄"严肃主题的作品逃逸出一种隐秘的狂欢；而《人参娃娃》《半夜鸡叫》等作品中的地主形象则以丑怪的方式透露出漫画特有的娱乐性，无论是"人参娃娃版"地主躺在地上诈死时骨碌碌转的黑眼珠，还是"半夜鸡叫版"地主伸进鸡窝里的那个尖尖的脑袋，都与美国动画"猫与老鼠"中那种

---

① 陈可红：《蜚声与禁忌——特伟时代与上海美术电影制片厂荣衰探因》，《电影艺术》2011年第2期，第99页。

极致的夸张有着某种异曲同工之妙。除了属于"对立阶级"的动画形象具有令人印象深刻的娱乐性外,那些"缺点儿童"的行为也给影片在教育的严肃主题中加入了愉悦与活泼的调味料,并且使整个故事得以展开。如,"没头脑"走进那座自己设计的没有电梯的摩天大楼后所遭遇的种种尴尬与狼狈,"不高兴"所扮演的老虎在舞台上痛揍武松的闹剧(《没头脑与不高兴》);小胖屡次冒充哥哥大胖后所造成的各种误会(《兄弟俩》)等。可以这么认为,如果没有这些"缺点儿童"的种种调皮与淘气,这些动画电影很难成为一代儿童成年后的怀旧对象。

其次,"十七年"动画电影很多是从当时的儿童文学作品改编的,与原著相比,动画对形象性及愉悦性的表现有着更为明显的技术优势。如,方轶群在《萝卜回来了》这样写道。

雪这么大,天气这么冷,地里、山上都盖满了雪。小白兔没有东西吃了,饿得很。他跑出门去找吃的东西。

小白兔一面找一面想,"雪这么大,天气这么冷,小猴在家里,一定很饿。我找到了东西,去和他一起吃。"

小白兔扒开雪,嘿,雪地下有两个萝卜。他多高兴呀!

小白兔抱着萝卜,跑到小猴家,敲敲门,没人答应。小白兔把门推开,屋里一个人没有。原来小猴不在家,也去找东西吃了。

小白兔就吃掉了小萝卜,把大萝卜放在桌子上。

……

作为一个幼儿文学的典型文本,在童话接下来的部分中,与开头相似的叙述句式反复出现,不过其中的角色由兔子依次替换成小猴、小鹿和小熊。从接受角度而言，这种重复的叙述模式能强化故事的核心信息、给予幼儿聆听或阅读时产生熟悉的安全感。但是，此种特征在很大程度上也限制了《萝卜回来了》这个故事的受众群体只能是学龄前的幼儿甚至年龄更小的幼儿群体。另外，童话行文虽然质朴，但并不彰显幽默、风趣的喜剧特征，这种严肃的"甜美园长"风格也阻碍了更广大人群对文本的欣赏与喜爱。

动画电影似乎在改编的时候，有意识地针对上述文本局限进行了想象性拓展。影片一开始，呈现在观众面前的是一幅美轮美奂的雪景图，音乐声伴随着小鸟的叫声赋予了冰雪世界别样的情致和意境；那只埋在雪堆中的硕大、红色的萝卜也突出了视觉艺术的表现力；小兔、小猴等造型各异的房屋以及室内布置既生活又梦幻……与此同时，对小猴、小熊等童话角色的塑造，也以其物性特征为基础创造出新的细节。如，当小熊坐在屋前等小兔回来时陷入了冬眠状态、小猴调皮地把小熊怀里的萝卜换成了一个雪团等，这些细节在一定程度上弱化了"甜美园长"的循循善诱的教化，流露出游戏的欢喜。就这样，动画电影利用这些声音、色彩与形象的合奏，使得《萝卜回来了》这个原先只通过文字媒介传达给幼儿的童话，获得了某种进入大众审美视野的通道。

沿着上述思路进行改编从而获得最大成功的当属《小蝌蚪找妈妈》，这部从同名幼儿科普童话改编的动画电影成为"十七年"中国动画电影黄金时期的标志性作品[①]。《小蝌蚪找妈妈》在当时所引起的

[①] 动画《小蝌蚪找妈妈》所获得的国际奖项有：瑞士第十四届洛迦诺国际电影节短片银帆奖、法国第四届安纳西国际动画电影节儿童片奖、法国第十七届戛纳国际电影节荣誉奖、南斯拉夫第三届萨格勒布国际动画电影节一等奖、法国巴黎蓬皮杜文化中心第四届国际儿童和青年节二等奖。

关注是颇为罕见的,影片甚至令茅盾特地赋诗一首。

  白石世所珍,俊逸复清新,荣宝擅复制,往往可乱真。何期影坛彦,创造惊鬼神。名画真能动,潜翔栩如生。柳叶乱飘雨,芙蕖发幽香。蝌蚪找妈妈,奔走询问忙。只缘执一体,再三认错娘。莫笑蝌蚪傻,人亦有如此。认识不全面,好心办坏事。莫笑故事诞,此中有哲理。画意与诗情,三美此全具。

  显然,对成年人来说,《小蝌蚪找妈妈》之所以值得关注,是因为它以一种崭新的动画技术再现了齐白石画作的水墨神韵,完美传达了中国文人"隐逸山水"的集体无意识。正如当时法国《世界报》的评论所说:"中国水墨画,景色柔和,笔调细致,以及表示忧虑、犹豫和快乐的动作,使这部影片产生了魅力和诗意。"[1] 正是在此基础上,动画《小蝌蚪找妈妈》便在成人眼中获得了进一步被解读的空间,生发出某种哲理深意。于是,既作为文学文本又作为动画电影的《小蝌蚪找妈妈》就经典性地获得了两个存在空间,前者永久性地栖息在幼儿文学的园地内,后者则走向广大的成人受众,成为他们或欣赏或怀旧或研究的对象。

  画面很美、情节性很淡、不具有叙事张力的《小蝌蚪找妈妈》,从某种角度而言,其实是创作者们一个隐秘的梦、一个不能张扬的游戏。在革命宏大叙事的激昂背景下,一群水中生物安静、惬意地生活在清澈的池塘中,这不能不令人遐想。除了《小蝌蚪找妈妈》外,另一部重要的水墨动画《牧童》,更是表达了千百年来中国文人"隐逸

---

[1] 许婧、汪炀:《读动画——中国动画黄金80年》,朝华出版社2005年版,第62页。

山水"的审美情趣。全片没有对白、独白，以素有"魔笛"之称的陆春龄先生的笛子演奏，成为贯穿整部电影的背景音乐。牧童、潺潺的流水、瀑布、摇曳的竹林、山路上的樵夫……组成了一幅最为经典的江南水乡图景。尤其值得注意的是，动画在梦幻般的意境中，用音乐和画面讲述了一个牧童的梦。也就是说，《牧童》以一个中国传统诗画中的儿童形象为载体，从革命的现实中合法地逃逸到梦幻中去，它无关乎儿童，而关乎成人。在牧童与老牛的追逐与嬉戏中，中国文人诉说着被革命层层涤荡的古老梦想。

综上所述，"十七年"中国动画电影以"民族化"和"儿童化"为要旨所构建的表意空间，看似丰富，但实质单一。它所勾画的动物世界是对儿童世界的讽喻和想象，充满了欢歌笑语的乌托邦色彩；它的儿童世界是对成人世界意识形态的无条件顺应，无论是"缺点儿童""小大人""小英雄"还是"小超人"都是成人世界欲望的客体；它的民间世界则有时承担着反抗旧中国统治阶级的神圣使命，有时又泄露出前现代的俗世梦想——和一个美丽的仙女生活在桃花源中。总而言之，中国"十七年"动画电影的表意空间是浓厚集体主义教化的意识形态产物，其阅读饱和度长时段停留在一个固定的低数值上。[1]

尽管"十七年"动画电影有着如此致命的先天缺陷，但是，动画电影这种现代新型媒介本身所具有的娱乐功能，使其能够在技术层面上拓展出当时极为罕见的游戏空间。而正是这点，使"十七年"动画电影的影响力大大超过了当时提供故事母本的众多儿童文学作品，不

---

[1] 阅读的饱和度：让不同的观众从各自的理解角度生成不同的解码内容，形成不同层次的"阅读"；还指同一观众面对多个编码符号会同时产生多种解码方法，提高了阅读的丰富性。

但成为一代儿童的童年快乐记忆，也成为很多成年人的怀旧对象，从而成就了一种经典的大众文化。

第五节　红色种子·双面神·独生子女

《闪闪的红星》，这个曾经在中国家喻户晓的讲述红色儿童潘冬子的成长故事，至今已拥有了三种不同传播介质的版本：小说版（1964）、电影版（1974）以及动漫版（2005）。这似乎意味着如下事实：虽然进入21世纪的中国文化经历了从"革命狂热"到"经济狂热"的大变迁，但诞生于20世纪60年代的潘冬子，似乎依旧是无数成年人缅怀的"儿童楷模"。而当我们仔细考察三个时代的版本以及它们各自所塑造的"潘冬子"后发现，"潘冬子"其实是一个不断被替换内涵的符号和一面映射变幻世事的镜子。透过它，近半个世纪中国主流文化在对童年的想象与欲望中留下关于自身的隐秘线索。

1. 一粒"芽期"漫长的红色种子

"一九三四年，我七岁。"小说《闪闪的红星》从一开始就试图把一个孩子的个体成长嵌入"宏大历史叙事"的线性时间框架内：从1934年的7岁到1949年的22岁，15年的成长经历见证了"革命"从挫折走向胜利的历史。从这点看，完成于1964年的小说《闪闪的红星》是一部典型的儿童版革命历史小说，其核心叙述严格遵循着"十七年文学"的规约。不过，当这部革命历史以儿童视角展开的时候，它所塑造的潘冬子却以"懵懂"的形象消解了革命的崇高与无私，

第二章　从理想国出发：中国儿童文学大众化实践

并且无意中还暴露了革命形而下的内在气质。

我五岁那年，听大人们说，闹革命了。我爹也是个闹革命的，还是个队长。闹革命是什么意思呢？我人小，不大明白。一天，见我爹带着一些提着大刀和红缨枪的人到了地主胡汉三的家里，把胡汉三抓了出来，给他糊了一个高高的纸帽子戴上，用绳子把他拴起来，拉着他游乡。后来又听大人说，把地主的田也分了，以后穷人有田种，可以吃饱饭了。噢，我当时知道闹革命就是把田分给穷人种，让地主戴高帽子游乡……爹当了赤卫队长之后，人变得更好了，不大声大气地向妈妈说话，也不大向别人发脾气了。爹本来不爱说话的，现在要是左右邻居谁家有了什么事，他也去说说劝劝。妈妈整天脸上带着笑，爹叫她去做这做那，她都高兴地去做，天天跑来跑去的，实在是忙哩。

潘冬子虽然并不明白什么是革命，却成为革命的绝对拥护者，因为它带给自己童年生活质量的全面提升：他家分到了土地，家庭气氛、邻里关系出现了前所未有的融洽，有了新的游戏——"斗地主"……正是这些"好处"构成了其在未来漫长岁月中锲而不舍寻找革命的本能动力来源，这一革命起点显然很不革命：它是基于对自身利益的本能寻求而非普遍的正义诉求。它暴露了这部儿童版革命历史小说的内在叙事推动力其实不是革命，而是一个红色儿童极为私人化的喜怒哀乐。

潘冬子虽然很"红"，但终究只是一个"儿童"。当看到父亲受伤时，他会"哇"的一声号啕大哭，止也止不住；当深夜敌人来搜捕时，他需要妈妈帮他穿好衣服，抱着他逃走；当妈妈牺牲的消息传来时，他更是大哭着乱蹬乱踢；行军的时候需要游击队员轮流来背着他……其行为举止无不具体演绎了革命父辈对他的定位："你还太小。"

既然"还太小"，父辈就有义务和责任对其进行保护与照顾。所以，革命群众宋大爹身兼两职，成为7岁的潘冬子的实际监护人：照顾他生活起居、教他认字、给他讲革命道理……但是，这些都无法阻止潘冬子在13岁那年孩子气十足地离家出走，上山寻找游击队并引来敌人的追捕。于是，若干年前他被妈妈抱着逃走的一幕再次重演：

大爹见我再也撑不住了，便把我背了起来，又回身向山里望望，迅速地背我向家里走。走到家里，大爹从锅里拿出两个米团子给我，拉着我就往后走。走到后墙的一棵椿树下，慌忙地把我搓上树，说："快翻到刘三妈家去。"我也来不及说什么，从树上翻过墙头，跳到刘三妈的后院里。我心想，已经逃过胡汉三的眼了，也就平静下来。肚里实在饿了，便坐在墙根下吃起米团子来。

显然，六年的光阴与教育都没有使这个红色儿童的革命能力有所增添：危急时刻，他不但仍旧需要被父辈背着逃走，还需要由父辈来解决吃饭问题，而其丝毫不受影响的食欲更是一种典型的"儿童症候"——既缺乏对的判断力与预见力，也缺乏替他人着想的思维。总而言之，已处于少年初期的潘冬子无论是其行为还是感知、思考能力均停留在懵懂的儿童时代。

宋大爹被抓后，潘冬子在父辈的安排下不得不进入镇上的米店去当一名学徒以躲避胡汉三的追捕。小说这样叙述了新生活的开始：

站着，看着，熬着，直熬到天黑上了门板，先生们都去睡了，我才跟着两个师兄，就在柜台里的地板上，铺上两条麻袋躺了下来。当我把身子在地板上放平了的时候，虽然我对自己说这次再也不准掉眼泪，可是眼泪还是止不住地流了出来。

不曾遭遇凌辱也不曾负载繁重的劳动，但是失去呵护与自由令这名红色少年倍感委屈、凄凉。他讨厌"学徒"这个身份，即使是作为生存必需的掩护都觉得无法忍受，因为学徒的工作就是服侍米店里的所有人，尤其是他的同龄人——老板女儿："她有十一二岁，脸煞白煞白的，尖鼻子，眼有点儿斜，当她咕噜咕噜吸着冰糖水的时候，露出一排让虫蛀了的牙齿……"对这个"小阶级敌人"妖魔化的描述事实上是一个背井离乡的13岁男孩极度不平心理的具体投射："你也有胳膊有腿，为什么坐在那里要我侍候呢？我多么盼望这城里也像柳溪那样闹革命呀，一革命，你就别想坐在家里光吃不动了。"

透过这段心理独白，我们发现，尽管米店生活开拓了这个来自山乡孩子的视野，但其所谓的革命理念与激情始终是"私人化"和"自我"的。与此同时，他也没有获得即便是从"个人利益"出发也必须具备的长远目光与忍耐力。他不能理解"革命父辈"的良苦用心，对其而言，米店并不是一个可以躲避追捕的藏身地，而是一个时刻让其饱受屈辱与刺激的牢笼：

我的血一下子冲上头来，你的孩子怕雨淋，我就该替她到雨地里刷屎盆子吗？我没理她，一头冲出屋，那雨水淋在我的头上，灌进我的脖子里……这时我身子不打颤了，只觉得心里冒火，便恼气地走到后边栈房的窗子前站了下来……我想起那胖老板和瘦老板娘，他们大概被我顶得很不舒服吧！我也想起那女娃，我想起她又该舒舒服服地坐在那长方凳上吃我给她买回来的冰糖了。我不由得恨了起来，恨这米店的一切。

潘冬子第一次自主自发的"革命行动"更像是一个寄人篱下少年青春期叛逆的本能冲动。这种在"冰糖与屎盆"中孕育出阶级仇恨的意义生成方式，无意中呼应了儿童对食物与排泄物的天然兴趣，使潘冬子革命理念的"形而下"性或"儿童自我"性再次无意识中暴露出来。值得注意的是，因食物而引发与"同龄阶级敌人"的冲突这一情节构成模式，随着潘冬子年龄的增加还有着更为激烈的呈现。

他手里拿着一块发糕，一边吃一边走。当他走到我身后的时候，忽然停了下来，冲着我说："哎，小要饭的，你过来！"我没过去，瞪眼看了看他。他见我没过去，又说："你过来呀，叫我一声爸爸，我给你这块糕吃。"这小子这样欺侮人，我心里直冒火，但不愿再惹事，就不理他，把脸转了过去。他见我不理他，走到我面前来，把糕丢在我的脚前，唤着："吧儿，吧儿！"他把我当做狗呢，我再也忍不住了，飞起一脚把他那块臭糕踢出了丈把远。他见我踢了他的糕，立刻拧眉竖眼，大声嚷叫："赔我，赔我的糕！""赔你！赔你两块发糕！"我狠狠照他的脸上"啪！啪"两巴掌。真解恨呀，顿时，他的脸上出现五个红手指印子。"快来人呀！这个要饭的打我了！"他扯住我嗷嗷地叫了起来。我见他放赖，怕他缠住我走不了，便用力一甩，把他掼倒在地上。这小子真够坏的，他倒在了地上，又抱住了我的腿，还是嗷嗷地叫，我使劲踢他，他怎么也不撒手。

上述肉搏战发生在潘冬子从米店逃走后的流浪时期。无论是从原因还是过程看，这场战斗实在很没有"革命"气质。这位来自山乡、当过学徒、放过火、逃脱过追捕的红色少年，并没有因为经历丰富而获得老练、沉着、智慧等战士般的素质，而是依旧凭着蛮力与本能，在他所仇恨的世界中横冲直撞并几乎丢掉性命。于是，那段独自漫游的征途就这样在米糕引发的搏斗中终结，濒临死亡的潘冬子等待着父辈的拯救与庇护。

素昧平生的红军家属姚公公及时出现，潘冬子重新拥有了一个"父亲"和庇护他的"家"。若干年后，他终于年满18岁，再次踏上寻找革命之旅。启程前，姚公公为他筹集了路费；出发后，姚公公陪伴他走出大山，来到县城……这是一次准备充分并且有父辈支持的远行，暗示了潘冬子成年礼的真正到来。22岁，他游过长江找到队伍，对父亲的渴望被战斗的激情所替代，一个红色儿童至此终于完成漫长的成长过程。

透过对潘冬子每一个成长阶段的审视，可以这么认为，小说中的潘冬子如同一粒芽期漫长的红色种子，他必须也只需在红色土壤中度过童年与少年阶段。未成年的潘冬子在其追寻革命的历程中总是表现出"幼稚""莽撞""自我"等行为与心理特点，他从未也无须帮助别人，相反总是理所当然地接受父辈接力赛似的保护。尤其值得注意的是，小说在革命历史的叙事中嵌入了"流浪汉小说"的架构：游击队、宋大爷的茅屋、米店、姚公公的家……主人公15年的成长历程就是在各种庇护所不断漫游的过程，而这种模式所塑造的潘冬子，在其内在气质上,与其说是革命者的后代,不如说是寻找父亲的流浪儿,其革命想象与行动均充满了底层真实的原始性与非革命性。

2. 一个降临凡间的双面神

每个人都有自己的童年。我的童年,是在阶级压迫的苦水里开始,在阶级斗争的烈火中度过的。那已经是四十多年前的事了,疾风骤雨的1931年,当时我才7岁,那年听大人说,共产党毛主席领导的中国工农红军已经到了阑珊闹起了革命,就要到我们这边来了。

伴随着画外音,电影镜头以俯瞰角度缓缓扫过绵延不断的青山,一个男孩——潘冬子,由远及近出现在观众的视线中,只见他正手起刀落,娴熟而有力地砍下一根根树枝。潘冬子、大山、革命,三个原本属于不同范畴的事物在声、光、影的作用下神奇地融合在一起,隐喻了红色儿童具有如大山般创造革命历史的能量这一充满乌托邦色彩的童年观。

远处传来清脆的枪声,潘冬子极为灵巧地爬上大树。就在树上,他与同伴春伢子展开了对革命的憧憬。

冬子:"你听,近了,兴许今天就能打到咱们这儿。"
春伢:"那太好了!"
春伢子:"冬子,你说,他们为什么叫红军?红军,是红的吗?"
(话音未落,潘冬子赶紧用手势阻止春伢子,警惕地向周围望了望。然后压低了声音告诉他。)

冬子:"听我爸爸说,他们的帽子上都有一颗红星。哎,反正是闹革命的。革土豪老财的命,革胡汉三这条老狗的命,帮咱们穷人翻身出气。"

春伢子:"红军来了就好了,我家欠的租谷也不用交了。"

冬子:"胡汉三逼死了我爷爷,这血仇也该报了!"

树上的这段对话充分展示了潘冬子潜在的革命天赋:首先,对情势有着敏锐的嗅觉,像个经验丰富的猎人("你听,近了,兴许今天就能打到咱们这儿。");其次,掌握群众不知道的革命信息("听我爸爸说,他们的帽子上都有一颗红星。");第三,有着替整个阶级谋利益的革命起点("革土豪老财的命,革胡汉三这条老狗的命,帮咱们穷人翻身出气。")。第四,警惕性很高,善于保护自己。(话音未落,潘冬子赶紧用手势阻止春伢子,警惕地向周围望了望。然后压低了声音告诉他。)

当然,上述"天赋"只是露出的"尖尖角",他还必须经历身体与精神的双重考验才能成为一个真正的革命者。于是,砍柴回家的潘冬子与胡汉三不期而遇。

胡汉三挥舞鞭子拦住冬子,喝问:"潘行义到哪去了?!"

潘冬子怒目相向:"不知道!"

胡汉三冲上去就要打:"看你说不说?"还没等其展开鞭子,冬子把挑着的柴使劲甩向对方。

被击中的胡汉三捂着脸大喊:"给我吊起来!"打手一拥而上,把冬子抓了起来绑在一棵大树上。

特写镜头在鞭子的抽打声中自上而下缓慢移动：冲向天空的虬枝、粗壮黝黑的树干、树枝上挂着的绳子、被吊起来的潘冬子。最后，镜头定格在潘冬子的头部：柔软的童发在微风中飘动、胖乎乎粉嫩的脸颊、大眼睛中射出仇恨的目光。这组镜头的构思与《红色娘子军》中吴琼花被鞭打一幕有着异曲同工之妙：妇女与儿童以柔弱之躯承受鞭笞，除了控诉敌人的残暴外，更营造出如殉道般崇高之美，向革命发出无声的呼唤。果然，就在这时红军战士们潮水般涌来，及时解救了潘冬子。当革命父辈与红色儿童相遇的刹那：慢板音乐深情地响起，红军吴叔叔充满柔情地凝视着那张粉嫩的脸、脸上一道鲜艳的鞭痕；潘冬子则无比兴奋地凝视着对方帽檐上的红星，那颗红星在潘冬子的凝视中散发出令人眩晕的神圣光芒，带着潘冬子进入一个革命后的世界："柳溪乡工农政府"挂牌成立，胡汉三被捆绑着游街，粮库里雪白的大米如瀑布般倾泻而出……感受着革命神奇的潘冬子接过红缨枪，牢记父亲的话语："武器不一样，任务是一样的，就是保卫红色政权。"

影片完美表现出两者在精神上的深度契合。潘冬子在父辈眼中从不会显得"太小"，他每时每刻都在"革命实践"中快速而坚定地成长。从接过父亲为其打造的红缨枪那刻起，他已经进入了成长的新阶段，将与胡汉三展开第二次较量。

暮色中，潘冬子和伙伴们唱着革命歌曲回家去。他们玩起了"斗土豪"的游戏。被指定当"土豪"的春伢子跑走了，手持红缨枪的潘冬子指挥伙伴们玩起了"追捕"的游戏："你们俩从后面追，我从这边截。"夜色越来越浓，潘冬子独自在丛林中寻觅。这时，背景音乐开始出现，悬疑与紧张刹那充满银幕。浓黑丛林中一个鬼鬼祟祟、影影绰绰的身影使这场军事演戏转眼变成实战。潘冬子毫不胆怯，追踪着这个黑影，并认出他正是胡汉三。"胡汉三逃跑了！"随着喊声，潘冬子投掷出红缨枪，可惜没有命中目标。于是，他扑上去与胡汉三展开贴身肉搏，以牙齿为武器重创了胡汉三的手腕。

没有伙伴、父辈的协助，潘冬子孤身一人在黑暗丛林中主动选择与胡汉三进行生死较量。虽然是以潘冬子被打晕、胡汉三逃脱为终结，但他用牙齿在胡汉三手上留下的终生印记是这个红色儿童正在快速增强的战斗力的最好见证。当然，这些并不是革命者的全部构成，而只是一个必要的基础。潘冬子还必须完成更为关键的精神成长。

救护所里，受伤的父亲对眼泪汪汪的冬子说："儿童团员还兴哭鼻子，打仗嘛，哪能不流血？"冬子立即擦干了眼泪。就在这时，护士告诉医生只剩下最后一支麻药了，父亲大手一挥，豪迈地对医生说："我不用麻药，麻药留给需要的同志，留给重伤员使用。"听着父亲的话语，潘冬子那圆溜溜的大眼睛霎那间充满了别样的神采。吴叔叔把从父亲体内取出的子弹放在潘冬子手中说："只有消灭了天下所有的白狗子，受苦受难的人民才能得解放啊。"潘冬子陷入了沉思……
....
晚上，父亲将要随着部队远行，父亲对母亲说："我，你不用担心。我是党的人，到哪都是革命。"

母亲："只要党在，再苦再难，咱也挺得住。"

父亲："等我们打回来的时候，日子就更好了。到那时候，土豪劣绅都打倒了,天下的穷人都解放了,还要建设社会主义共产主义呢……孩子是革命的根芽,一定要领他顺着革命的路子走,按着革命的需要长啊!"躺在床上的潘冬子静静听着父母之间的对话,神情异常专注。

……

深夜,冬子躺在床上。吴叔叔正在为冬子的妈妈举行入党仪式。听着母亲的誓词,潘冬子万分激动,最后索性坐在床上模仿起母亲的一举一动。仪式完毕,母亲无比幸福地对冬子说:"孩子,妈妈以后是党的人了,我已经把自己全部交给了党。党需要我做什么,我就做什么。"潘冬子马上回答:"妈妈,你是党的人,我就是党的孩子。以后,党叫我干什么我就干什么。"母子俩的脸都发出一种神圣的光芒。

献身、信心、盼望和坚贞,强烈的宗教激情是一个真正信仰者所必须具备的精神要素。三段电影场景以层层递进的清晰脉络,展现了潘冬子的精神世界在革命父辈引领下一步一步从"小我"升华为"大我"最终达到"无我"的"天路历程"。潘冬子的这种成长状态堪称完美与纯粹,他已经到了可以直面革命所要求的牺牲的阶段了。

母亲为掩护群众而葬身于火海之中,看着远处熊熊燃烧的大火,冬子痛苦而坚定,他含着眼泪劝阻了要去营救的乡亲:"爷爷,妈妈是党的人,绝不能让群众吃亏。"

一个比成人更加理智、更加无私的党的孩子就在既痛苦又崇高的火光中诞生。失去家庭、血缘纽带的潘冬子终于彻底融入了以信仰为

第二章 从理想国出发:中国儿童文学大众化实践

纽带的革命大家庭中:

战斗中,他用砍刀砍断桥面,使逃跑的敌人纷纷落水被捕;半夜醒来,他把游击队员盖在他身上的大衣披在了站岗的叔叔身上;清晨,他忙着挖野菜,连树上可爱的松鼠也只让他稍稍停留了一会儿;他一边烧饭一边拿出课本学习;他把吴大叔特意给他喝的"加了盐的汤"倒回到锅里……

这是一幅天堂般和谐的图景,充分展现了传统中国"父慈子孝"的伦理理念。当然,这里的"父"是化身为许多个革命父辈的中国共产党。同时,每一个场景都极为用心地雕琢出"党的孩子"的完美形象:天真、机灵、勇敢、无私,潘冬子如一颗晶莹剔透的钻石,每一个切面都呈现令人赞叹的完美;又如一块优质海绵,时时刻刻吸收父辈的教诲,并毫不犹豫转化为行动。

当然,虔诚的党的孩子也仅仅是潘冬子成长道路上一个短暂的阶段,他的终极目标是成为党的战士。所以,他需要离开游击队这个温暖革命大家庭,投身于一个敌对的环境中去。

潘冬子与宋大爹在布满岗哨的镇上走街串巷,一家又一家地秘密收集游击队急需的盐巴,体验着"战士"与"人民"之间的鱼水深情。当进山的道路被封锁时,他急中生智,用自己的棉衣浸泡盐水,巧妙而顺利地把筹集到的盐巴带给了山上的游击队。吴叔叔高兴地说:"咱们的冬子可是个小鹰,不是鸡雏……党要把你送到新的学校去,在那儿,有新的功课新的斗争在等待着你。"潘冬子不假思索、无限向往地说:"党需要我干什么,我就干什么。"

"筹盐与运盐"是潘冬子正式接受的第一个任务。虽然他的身边始终站着宋大爹,但在任务完成过程中,潘冬子的作用显然已经超过了父辈。在这次出色的"预演"后,这个红色儿童的成年礼真正开始了。

米店里,潘冬子背着包袱独自站在老板面前,不卑不亢地回答问话。

老板:"叫什么?"

冬子:"郭振山。"

老板:"小名呢?"

冬子:"小山子。"

老板:"多大了?"

冬子:"12。"

已经在店里做学徒的伙伴春伢子从身边走过,两人心照不宣地互相示意……在米店的后院,潘冬子正奋力劈柴,周围是码得高高的柴垛子。晚上,他与伙伴春伢子说着话。

春伢子:"在这儿,真憋屈得慌。看不到自己人,看不到红星。不能唱歌,还不能玩打土豪。什么时候能和吴大叔一块儿打白狗子,那才好呢!"

冬子:"看你说的,咱们在这儿,也是打仗。"

(春伢子若有所思,"对!冬子……"一听到伙伴叫漏了嘴,潘冬子忙警惕地制止了他。)

第二章 从理想国出发：中国儿童文学大众化实践

……

冬子："延安，是毛主席住的地方。"

春伢子："那你爸爸在延安能见到毛主席啦？"

冬子："能，准能！"

（隐约传来狗叫，忙警惕地吹熄了油灯。潘冬子走到窗口。）

冬子："要是咱们像老鹰那样，长上两只翅膀，朝着北边，飞呀飞呀，一直飞到延安去见毛主席，该多好啊！"

春伢子："说不定，毛主席还发咱一支枪呢！你说，毛主席知道咱们吗，认识咱们吗？"

冬子："知道，谁叫什么名，谁干了什么，毛主席全知道！"

春伢子："那咱们可得好好干。不干出点名堂来，空着手，怎么去见毛主席呢？"

冬子："对，咱们要帮助吴大叔他们，消灭胡汉三。把所有的白狗子，都消灭得干干净净。"

春伢子："把咱们的红色根据地夺回来！"

冬子："那时候，咱们就去延安。带上咱们的红星去见毛主席。"

……

潘冬子偷听到重要军事情报后派春伢子送出去。他把米店里"今日无米"的牌子改成"今日售米"，引来大批民众聚集在米店前，同时暗示宋爷爷把愤怒的民众领向满载大米的船只，策划了一场轰轰烈烈的抢夺大米之战。决心火烧胡汉三并以火光为信号引导游击队发动进攻，这是一种巨大的冒险，他要送信的春伢子告诉宋爷爷："我是党的孩子！"当他在熊熊火焰中手起刀落杀死胡汉三时，大声地宣告：

"是我，红军战士，潘冬子！"。

米店里的生活与战斗是潘冬子成长中的最后一站，也是高潮迭起的一站。他的一言一行都是对影片开头的呼应、延续与深化。一个盼望革命的红色儿童已经成长为一个精干的儿童战士。天真的儿童、老练的潜伏者、同伴的政治辅导员、能干的学徒、成熟的指挥员、复仇的天神……这些多重身份均在党的孩子与红军战士的崇高意识形态形象中得到了完美统一。

综上所述，从小说到电影，《闪闪的红星》其被改编的过程就是一个"正典化"的过程。电影摆脱了原著"流浪汉小说"散漫的痕迹，也摆脱了叙事系统中对革命的"形而下"演绎，以清晰的线性叙事描述了潘冬子绝对正确、毫不迟疑地成长过程。电影中的潘冬子丝毫没有小说中潘冬子对父辈的依赖、儿童的自我与任性、行事的莽撞等不完美性，他不折不扣地实践着父辈的意志，并表现出对教育者的绝对信任。这个既是党的孩子又是红军战士的潘冬子承载了成人的理想主义幻景和对儿童的乌托邦想象，从而成就了一个时代的"童年神话"。

3. 一个邻家独生子女

"红星闪闪放光彩，红星灿灿暖胸怀，红星是咱工农的心，党的光辉照万代。"

"美丽的蝴蝶花间飞，勤劳的蜜蜂采花蕊，春风吹来柳树绿，小鸟唱歌飞又回，一二三，小花瓣，贴在肩上真好看，欢快的鱼儿水中游啊，小孩摇摇起波澜，红红的花儿开满山，灿烂的阳光好温暖，美好的生活就是现在呀，红星带我们走上前，我要做一个男子汉，不畏强暴不怕困难，祖国山河美如画呀，我参加红军保家园。"

第二章 从理想国出发：中国儿童文学大众化实践

"红星闪闪放光彩，红星灿灿暖胸怀，红星是咱工农的心，党的光辉照万代。"

动画电影的片头曲如同三明治：在20世纪70年代歌曲碎片中夹一片21世纪的说唱，这副"断裂式拼贴"的面貌似乎在述说，曾经的"红色经典"在经过30多年文化巨变之后必须进行自我瓦解和变异才能够延续其传播生命的事实。

金色田野、绿色森林、蓝天白云，潘冬子出现了：大大的脸庞、浓黑的眉毛，外形与神情都酷似80年代日本动画人物。他站在高高的树上仰望蓝天，等待"大鸟"。旁边的伙伴们在睡觉、玩小蚂蚁、荡秋千……一只飞虫出现，静谧被打破：

孩子（甲）："冬子，我们走啊，不要等了！"

冬子："你们要相信我呀！"

孩子（乙）："我们已经等了三个早上了，哪有大鸟飞过啊？"

孩子（丙）："冬子哥，你别做白日梦了。"

冬子："相信我，是我亲眼看到的。"

孩子（甲）："我们走吧，谁不走，谁是傻瓜！"

孩子（乙）："他看到的，可能是一只小鸟。"

冬子："再等会吧，大鸟马上就来了。"

孩子（丙）："你自己慢慢等吧，我们玩去了。"

孩子（丁）："那边玩去了，太好了，我们玩去了！"

伢子："你们怎么这样子啊，不是说好大家一起等的吗？"

冬子："伢子，还是你最好。只有你一个人相信我。"

伢子:"我当然相信你咯,不过昨天那只独角仙王……你可要送给我啊。"

冬子:"死胖子,原来你是为这个!那只独角仙王,死了!"

伢子:"死了,那你不早点告诉我,白等了。"(迅速跳下大树,跑开了。)

所有的伙伴都走了。潘冬子一个人孤零零地依旧站在大树上,仰望蓝天,伸长双臂,做出飞翔的动作。他的背影有点落寞、也有点自得其乐。

……

显然,这是与小说、电影完全不同的童年描述:没有你死我活的阶级冲突,只有大鸟、飞虫、游戏和一群没心没肺的孩子。父辈们虽然生活得很辛苦,但孩子们依旧可以很快活。潘冬子似乎也褪去了与生俱来的"红色"而呈现出一种似曾相识的"孤独",这是20世纪80年代以来,中国独生子女的特有背影。

潘冬子从独木桥上走过,发现了一处断裂,他一边恨恨地说:"该死的胡汉三,桥坏了也不修。"一边高兴地在上面跳跃、冲刺……

胡汉三把妈妈抓了起来,潘冬子悄悄用扫把轰起一群鸭子。惊慌失措的鸭子在胡汉三头上扑扇,使其一脚踩在西瓜皮上而跌进牛粪堆中,引起围观人群的哄笑,妈妈得到了解救……

父辈们在忧心忡忡地秘密商议为红军运送粮食的事情,孩子们则在一旁快乐地抓萤火虫……

一只"独角仙"偶尔光临,教室里所有的孩子都陷入狂欢状态,

第二章 从理想国出发：中国儿童文学大众化实践

一幅鸡飞狗跳的热闹画面……

电影中潘冬子放哨站岗、抓获敌人的木桥悄然成为大型玩具。电影中潘冬子被胡汉三拷打这一崇高场景，变身为类似于"八戒吃西瓜"的滑稽场面……当革命被游戏所取代，曾经高度凝聚的意识形态必然出现种种不适应与混乱：作为阶级敌人的胡汉三竟然被赋予了修桥的义务，这是否暗含着承认其统治合法性的悖论呢？也许，正是这种混乱孕育了身体粗俗而理直气壮的笑声。

红军问正在分粮的村民有什么困难时，其中一个村民马上说道："我们村里的徐大还没有娶老婆呢。"众人哈哈大笑……另一村民说："小孩子老是生病，我们这里还没有医生呢。"
……
春伢子与潘冬子比赛射弹弓，他每次瞄准时都要放一个响亮的屁，而射偏后，潘冬子则在旁边喊："像胡汉三拉肚子那样瞄不准茅坑！"
……
潘冬子在湍急的河流里抓鱼，不曾想一把抓住了从上游漂过来的大便，原来，其中一个伙伴的小妹妹拉稀了。这引起伙伴们的一阵狂笑。

守在山口的士兵为了检验冬子竹筒里的水是否有盐，特意喝了一口，结果发现竹筒里装的是童子尿……

潘冬子的伙伴中有一个拖鼻涕的男孩，那一伸一缩的鼻涕不时占据着镜头的中心……

> 冬子家的牛拉稀了，一个硕大牛屎的特写镜头……

性、疾病和排泄物，革命的身体散发着拉伯雷《巨人传》的某些气味，但我们知道，《巨人传》是以反讽的方式发动的一次对当时虚伪而正统的教会文化的叛逆，因此，当《闪闪的红星》这部"正喻"话语体系的典型产品接过拉伯雷的排泄物时，其结果不但赢得儿童观众本能的笑声，而且还走上一条自我瓦解之路。

在这条路上成长的潘冬子不再是红色种子，更不是革命的天使，而是一个需要学会"合作""勇敢""用功"等现代素养的独生男孩。但是，在他的成长道路上，革命父辈的力量已不可遏止地衰落：父亲送粮途中被跟踪，继而被抓被吊打审问；红军押送胡汉三途中遇到伏击，交锋不久便全部中弹倒下，敌人毫发无损；大部队撤走后，留守的几个红军只经过一次战斗便伤亡惨重，基本丧失战斗力，只能躲藏在废弃的瓦窑无所作为；冬子妈妈帮助红军仅仅出于同情，而且心中充满犹豫、彷徨与无助，最后，她因不知道手榴弹的使用方式而成为敌人射杀的靶子……在自身接二连三的失败中，父辈对潘冬子的教育断断续续地进行着：

（场景一）冬子逃学，受到母亲管教，被罚不准吃晚饭。这时，红军修竹叔叔来访，他看了一眼垂头丧气的冬子就进屋通知父亲队伍开拔的时间。当他离开屋子再次经过冬子身边时淡淡地说："冬子乖，男子汉，要学得坚强一点。"然后，径直离去……

……

（场景二）晚上，冬子与父亲在院子里玩"雷公鸟"的游戏。然后,父亲说:"爸爸不在家的时候,你是家里唯一的男人,要照顾好你妈……爸爸为了国家的将来,为了你们的将来去参加红军,去对付像胡汉三那样的坏人。"冬子则说:"爸爸,你不在家我会害怕的。"于是,父亲拿出一颗红五星说:"不要怕,爸爸有个宝贝送给你。"冬子惊喜地叫道:"哇,好漂亮啊!"父亲继续说:"冬子,红军战士就是把它戴在头上去英勇战斗的,这颗红星会保护你的。"

……

(场景三)夜幕下,修竹叔叔教冬子如何打弹弓,成功射中目标后,修竹说道:"冬子,你很聪明。但是你知道红军为什么能打赢那么多次仗?"冬子回答:"因为红军最勇敢。"修竹叔叔则说:"其中的奥妙啊,因为大家都有一个共同的理想,就是想建设一个人人平等的世界,所以大家都团结战斗。你还记不记得儿童团成立的那场比赛?你虽然赢了,可你的队友会不开心,你有没有照顾过你队友的感受呢……冬子,记住,一个人的力量是有限的,团结就是力量。"

革命父辈的教育存在着不同层面的话语断裂:场景一中的修竹是一个漫不经心、沉浸在自己心事中的教育者,他的"教导话语"与冬子所犯的错误完全无法对应;场景二中的父亲则把"红星"这个共产主义信仰的神圣象征物解释成某种具有超自然力的护身符,是一种信仰与迷信的混淆;场景三中,"红军为什么能打赢那么多次仗"的问题放在红军濒临覆灭的语境中显得颇为荒诞,而修竹对"人人平等的世界"这一政治理念的注解尤显得幼稚与牵强……

伴随着成人力量的衰落,一个全新的人物出现了,她就是来自城市的美丽女孩——小兰。于是,21世纪的《闪闪的红星》闪烁着令人

透过文化之镜
从另一种维度重新审视中国儿童文学

遐想的玫瑰色：

第一次看见美丽女孩，冬子的脸莫名其妙、不由自主地红了……

作为小老师的小兰在课堂上特别关注冬子，令其到黑板前来学写自己的名字……

下课后，小兰拼命追赶男孩们想要加入他们的游戏队伍，冬子时不时地回头注视，很想伸手帮助又怕伙伴们笑话。小兰终于爬上了高高的大树，冬子伸手拉她站在树顶上，两人并肩俯瞰辽阔大地，满脸幸福……

游戏中，冬子因为输掉了比赛而试图逃跑赖账，小兰就在后面追着喊："潘冬子，你是男子汉，输了一定要认的！"当冬子被画上大胡子、被小石子砸的时候，看着冬子落寞孤单的背影，小兰若有所动。最后，她陪着他静静坐在树上一起等待并见证了"雷公鸟"的出现，使得在游戏中受挫后沮丧的冬子重新高兴起来……

当冬子因失去母亲而崩溃时，小兰找到了失魂落魄的冬子，摸着他的脸说："冬子，要坚强点。"冬子说："我再也见不到我妈了，你根本不明白！"小兰则平静地告诉冬子她在五岁的时候就失去了父母……冬子终于度过精神危机。

把"无性"的红色经典晕染成中产阶级趣味的玫瑰色，这可以说是动画版《闪闪的红星》最具颠覆性的改编之一。隐约、懵懂的童年情愫替代了曾经铿锵有力的"革命话语"，成为潘冬子成长过程中重要的催化剂；与此相对应，冬子父母也不时表达彼此的情意：夫妻俩无比骄傲地凝视着共同的作品——熟睡中的潘冬子。为了让妻子同意收养流浪狗,丈夫悄悄把一朵美丽映山红戴在她头上;众目睽睽之下,丈夫用手深情抚摸妻子的脸;看着丈夫的背影,妻子喊:"行义,等一等!"然后蹲下来替父亲系紧鞋带;妻子牺牲的刹那,远在长征途中的丈夫的草鞋带子突然崩断……

在上述中产阶级家庭伦理的理想图景中,童年既被设置性保护,也被设置性要求。童年要远离暴力和血腥,所以,无论胡汉三有多么邪恶,潘冬子都不能直接去杀胡汉三,后者只能被他自己所囤积的大米"淹死",这一结局既体现了上帝的正义,也保护了童年的无辜。正如妈妈对偷发报机回来后的冬子说的那样:"有些事情不是你这个年龄可以做的,懂吗?"那么,在动画电影中,有哪些事情是童年必须做的呢?读书、肥皂、飞机、发报机、杠杆原理……现代科技无时无刻照耀着这个诞生于前现代的关于阶级斗争的红色故事,它们的存在印证了"知识就是力量"的道理。同时,教室、老先生、认字、上课、逃学、妈妈冒死回家取书包……每一个关于读书的细节随着情节的发展最终集结成一组典型的现代"浪子回头"图景:

失去母亲的冬子冲进大雨中,边跑边哭,一路跑到瓦窑。他发现地上的书包和散落一地的课本,他扑在书包上,号啕大哭:"妈妈,冬子会听话的,冬子会用功读书的!"这时一阵风吹走了纸页,冬子拼命追赶:"妈,妈,你不要走!"

这组镜头与其说表现了潘冬子失去母亲后的悲痛与觉醒,不如说泄露了当下中国无数望子成龙父母内心巨大的焦虑!用当年的革命劲头去完成今天成人所设置的成长目标,这才是改编者们潜意识中的灵感动力源泉。

而从另一方面看，虽然改编者们最大程度地把文本中对"信仰"的执着替换成对"智识"的注重，但其叙事与形象塑造过程中的"无逻辑化"与"弱智化"则反映了当代"智识"的浮躁与悖谬。除了上文已经论及的成人教育的"牵强"与"文不对题"外，动画对反面角色的处理也颇为醒目：打手们一律脑门上贴着狗皮膏药、胡汉三长着一口数目繁多的"兽齿"、大管家有着死神般的强悍气质……这种夸张和妖魔化的描画既是"文革狂欢时代"的遗留，也是当下"娱乐至死时代"趣味的写照。从总体上看，这部"动画版"红色经典讲述的是，红军和潘冬子从失败走向失败、走投无路之际犹如神助般反败为胜的故事，而这正是当下警匪片的统一模式。

虽然三部以不同媒介形式存在的《闪闪的红星》共同拥有一个叫"潘冬子"的主人公，却演绎了完全不同的童年形态：20世纪60年代的"潘冬子"活在阶级的仇恨中，他可以弱小、懵懂、离不开父辈的庇护，但绝不能没有阶级意识；70年代的"潘冬子"活在意识形态的崇高激情中，他是完美无缺的红色小超人，是成年敌人的终结者；21世纪的"潘冬子"活在游戏中，他是一个不太合群不爱读书但很聪明小男孩，他要战胜的不是阶级敌人而是"自我"的种种缺陷。

"潘冬子"不断改变的形象和成长使命，再次印证了所谓的童年文化，从其根本而言，乃是成人欲望的对象物和投射物这一具有悲观主义色彩的论调。与此同时，正是透过这些对象物，我们得以洞悉20世纪60年代以来中国大众文化的某种变迁：从"一元化"意识形态高度凝聚时所产生的乌托邦激情，到这种意识形态衰败后所产生的充满焦虑与无力感的大众狂欢。

第二章　从理想国出发：中国儿童文学大众化实践

耐人寻味的是，就在"潘冬子"形象的不断变化中，"潘冬子妈妈"始终是个无名的存在。无论她的话语、她的行动以及她的"牺牲方式"如何改变，却始终只是"冬子妈妈"而从不曾拥有自己的姓名。这一看似微不足道的细节实则意义重大。美国当代经济社会学家维维安娜·泽利泽指出："孩子的价值的提升与妇女家庭角色的提升是一致的，每一方都推进了另一方。"[①] 如是，那么"冬子妈妈"这一凝固的称呼是不是反证了近50年来中国儿童从未获得过主体性这一事实呢？

最后需要指出的是，虽然《闪闪的红星》已经拥有三个时代、不同传播介质的文本，但成就所谓"经典"之名的，则只有70年代的电影版，它塑造出的那个既彻底被成人所形塑又超越了成人、既天真又老练的"双面神"潘冬子，为其赢得最为广泛的受众群体，同时成为儿童与成人观众心目中的"英雄"。因为大众需要各种各样的神话，童年也不例外。从这个角度而言，2005年的动画电影只不过是曾经由"双面神"潘冬子塑造出的成年人的怀旧幻景而已。

[①] [美] 维维安娜·泽利泽：《给无价的孩子定价》，王永雄、宋静等译，上海人民出版社2008年版，第5页。

第三章　话语的叛逆：僭越后的道德焦虑与机器图腾

畅销书这个概念源自 1902 年左右的美国图书市场，它的出现以及广泛传播无疑是现代印刷术与现代经济合力下的一个结果，也是现代社会大众文化与商业文化迅速扩张的一个明证。虽然处于文化产业链之中的畅销书与"非理性""无常"等大众社会的文化症候有着宿命般地联系，但同时它也以某种固定、反复出现的主题向我们提供了一份透视其所服务的时代精神的样本。

值得注意的是，在西方一百多年来不断变化的畅销书领域中，儿童书籍始终是一个不可忽略的重要地带。早在 19 世纪晚期，一些针对年轻读者的教育性读物就已经屡屡创造销售记录。如，路易莎·梅·奥尔科特的《小妇人》、霍雷肖·阿尔杰的布道小说等。而进入 20 世纪中期以后，很多作者以幻想小说为载体不断把成人也纳入儿童文学的目标读者群之中，如，菲利普·普尔曼的"黑质三部曲"、J.K.罗琳的"哈利·波特"系列等。

第三章 话语的叛逆：僭越后的道德焦虑与机器图腾

这一现象提醒我们，"童年"作为一个历史的建构物，它所衍生的文化与大众社会之间始终有着某种微妙但重要的互动关系。也就是说，儿童文学乃至儿童文化是因大众社会中产阶级的形成、扩大而发生、发展，与此同时，儿童文学乃至儿童文化的出现与发展不但投射而且也建构了大众社会的某种文化心态以及价值取向。比如，"纽伯瑞童书"与洛克的教育哲学、"哈利·波特"系列与21世纪文化的"复魅"之间种种错综复杂的关系。

尽管中国的畅销书历史较之西方要短暂得多，但从20世纪初商务印书馆成功运作小学教科书开始，儿童书籍同样在大众文化领域中扮演了重要的角色。尤其是进入90年代以后，少儿图书屡屡创造出不可忽视的经济效益与文化影响。可以这么说，畅销童书正在成为映射中国社会文化变迁的一个重要镜像和塑造儿童当下以及未来生活的一种重要力量。

而论及当代中国的儿童畅销书与儿童阅读，郑渊洁的童话则是一个无法绕过的存在。从1985年创办的月发行量曾超过百万的期刊《童话大王》到2009年中国年度图书销售冠军"皮皮鲁总动员"系列，这可以说是郑渊洁童话20多年畅销的明证。20多年的光阴虽然只是历史的瞬间，但对大众文化而言却足够漫长：不断变易又永恒回归的流行[1]足以让无数畅销书在这段时间里沦为造纸厂里的纸浆，而那些幸运得享"高寿"的文本摒除现代出版成功的营销策略推动的因素外，其文本内部必定隐含了某种共时性的文化转换与历时性的文化积淀。因此，从上述角度而言，郑渊洁童话已然具备某种标本性意义，值得

---

[1] 参见［法］罗兰·巴特：《流行体系——符号学与服饰符码》，敖军译，上海人民出版社2000年版。

我们对此进行解剖与分析。

第一节　在启蒙与狂欢之间游走的僭越

自进入现代社会生活以来，学校与家庭渐渐构成了儿童成长的核心世界。在这个世界里，由成人所主导的教养、教育和规训被认为是影响儿童未来是否幸福、成功的决定性力量。基于这种似乎是不证自明的真理，以儿童为目标读者、由成人所书写的儿童文学自然成为学校与家庭的教育权力在这个虚构空间中合乎逻辑的延伸，担负着辅助学校与家庭教育的天然使命。

但是，上述儿童文学的天然性遭到了以"写作童话而谋生"[①]的郑渊洁强有力的挑战。这个以草根姿态进入"崇高"教育领域的人无所顾忌地撕碎了中国学校教育温情脉脉的面具。1987年，已经在"童话战场"上所向披靡的郑渊洁在《童话大王》上发表了《驯兔记》，这篇童话以寓言般凝缩的方式呈现了作者多年来所形成的一种僭越。

童话的主人公是男孩皮皮鲁，这是郑渊洁所创造的一个具有符号化特征的童话角色。在《驯兔记》中，皮皮鲁作为一个儿童与成人的混合体出现在读者面前：他是个弱小的被教育者，却有着超越教育者的强大洞察力；他的言行既具有现实儿童的某种天真与本能的冲动，

[①] 郑渊洁在《第一次写童话》中这样写道："我从1977年开始尝试写作谋生，先是写诗，后来发现打不过他们，索性将所有文学体裁列队依次试打，看哪种体裁别人打不过我。我写过小说、歌词、科幻作品……结果令人沮丧，在这些不同的拳击场上，我一再被击倒在地。1978年12月，我转战到童话上试运气。"郑渊洁:《皮皮鲁和罐头小人》，二十一世纪出版社2006年版，第144页。

第三章 话语的叛逆：僭越后的道德焦虑与机器图腾

也具备现实儿童无法企及的经验。

为什么一定要向老师问好？为什么上课一定要举手？为什么不可以直呼老师的名字？为什么要顺从老师的决定选举一个自己不认识的同学当班长……这是皮皮鲁在上学第一天提出的问题，它们令班主任极度恼怒与反感。当《驯兔记》以皮皮鲁"天真"的问题开始童话的想象时，郑渊洁扒开了掩藏在礼仪背后的裂缝。对他而言，这条裂缝是中国教育内在文化威权秩序所形成的裂沟最显在的表征，也是每个中国儿童无法逃离与回避的现实梦魇。

现实中的儿童并不具备透视表层意义的理性思辨力，但他们绝不缺乏反抗秩序的本能冲动。正是在这点上，郑渊洁笔下的皮皮鲁成为表达儿童在现实中备受压抑的情绪的"代言者"，以及儿童叛逆冲动的"合谋者"。这个学校教育体制中的"不合格"者与"不成功"者扮演了"童年英雄"的角色。《驯兔记》中的女孩李小曼作为皮皮鲁的一个反转镜像而存在：

全班最听话的学生，她遵守课堂纪律、努力学习。只要是老师说的话，她都牢牢记住，并严格落实到自己的行动中去。她能一字不差地把老师讲课内容写到考卷上去。她的学习成绩名列全班第一。

显然，这是"好孩子"的样本，也正是郑渊洁要以童话的荒诞加以击碎的价值标准。于是，卡夫卡式的变形开始了：

李小曼的两只耳朵正在缓慢地变长，向上方伸展……李小曼显然还没发现自己耳朵的变化，她一边专心写作业，一边注意听教室里的动静。这是徐老师分配给她的任务——上自习课时监督同学们,有谁说话就报告老师……李小曼一回头,吓了大家一跳。她真的变成兔子了,不但两只耳朵长,而且眼珠变红了,三瓣嘴,脸上还有毛。

自近代以来,儿童已被视为一个在很多方面具有共同天性以及需要被特殊看待的群体。但就概念的外延而言,这个群体固有的多样性呈现出和成人世界相似的复杂与含混。《驯兔记》中的李小曼与皮皮鲁代表了两类处于极端的儿童:前者顺从,后者叛逆。基于权力对服从的嗜好,这两类儿童在现实中的生存状况是截然不同的:李小曼们被宠爱与被眷顾,而皮皮鲁们则需要被监视与被矫正。在权力所营构的成长空间中,人性中的奴性必定会获得更多蓬勃生长的可能性。郑渊洁以"兔子"为象征体来揭示"好孩子"身上所隐藏的奴性,从这点来说,《驯兔记》就其僭越性而言,呼应了人类文明史上诸多"异端"的声音:

"并不是像宪法说的那样,人人生来自由平等;而是,人人都被加工成平等的。人人都长得一样,人人都很开心。"① "这几乎是一个谎言,但这么一说就显得名正言顺了,在那时,我已经学会喜欢撒谎,这种'几乎是'的谎言能削尖真理的外沿:谎言开始之处,便是真理的终结。这便是一个男孩在学校里学到的东西,事实证明,这比代数更加有用。"② "这种权力的对象是被监视、训练和矫正的人,疯人,家庭和学校中的儿童,被隔离的人以及被机器所束缚、工余时间也受监

---

① [美] 雷·布雷德伯利:《华氏451》,竹苏敏译,重庆出版社2005年版,第66页。
② [美] 约瑟夫·布罗茨基:《文明的孩子》,刘文飞译,中央编译出版社1999年版,第9页。

第三章 话语的叛逆：僭越后的道德焦虑与机器图腾

视的人……教育专家、心理学家或精神病专家的技术学——既无法掩饰也无法弥补的正是这种支配肉体的权力技术学。"①"如果学校教育给予一个学生立即进入技术世界绞肉机的特权，这个学生就认为自己幸运，这是他上学的目的……我们的高等教育不传授超然的态度，不培养衡量人的目标的能力，它奴性十足……"②

雷·布雷德伯利、布罗茨基、米歇尔·福柯、马歇尔·麦克卢汉……这是一个庞大的活跃在不同文化与时空中的思想者名单，他们以"异端"的话语在现代化狂奔的战车中安装上反潮流的制动闸，使时代能够不时驻足反思、质疑自身。也正是从这个文化序列出发，我们似乎看到郑渊洁童话的僭越性呈现出某种当代中国儿童文学罕见的批判姿态。

但是，郑渊洁虽然有意僭越现实的教育权力，却无意承担伟大"异端"的深邃、复杂的肌理。僭越本身带来的力量、快意已足够支撑想象的运作。与其说他要完成的是精英式初期启蒙，不如说是要成就一种弱势群体的狂欢。于是，《驯兔记》中的皮皮鲁俨然成为真理的捍卫者，而班主任、家长、李小曼等人则代表了错误的"权力与奴役"，这是一个彼此对立且边界分明的二元世界。一个"僭越"的文本在其思维方式上复制了它所要"僭越"的对象，而它对现实教育的批判就此成为一种全盘否定的情绪化与类型化表达：《红塔乐园》中一群缩小了的"皮皮鲁"们狠狠捉弄了正在上课的少年宫老师与"好孩子"们；《魔鬼垂钓》中把诺贝尔奖、考试分数和三陪小姐、汽车、钞票、美国

---

① [法]米歇尔·福柯：《规训与惩罚》，刘北成、杨远婴译，三联书店2007年版，第33页。
② [加]马歇尔·麦克卢汉：《机器新娘——工业人的民俗》，何道宽译，中国人民大学出版社2004年版，第244页。

绿卡等统统列为魔鬼在人间垂钓的诱饵;《病菌集中营》对人类已有的医学进行了彻底的颠覆,并让病菌成为正义的使者;《杀人蚁》中则这样评价警察、教师与父母:这个世界上,如果你没有什么本事可又想驾驭别人,你能从事的职业只有三个:一、当警察。二、当教师。三、当父母……

　　这些趋于激进的想象和价值判断散发出中国传统文化中草莽英雄对既有秩序进行彻底颠覆时的快感。这种中国游民意识的儿童式表达[①]可以说是郑渊洁童话的一个显著特征,它显然具有中国大众文化的某种色彩。孙隆基在《中国文化的深层结构》中这样写道:"在一个不重'个性'的文化中,'个人'是没有'个体化'深度的,即使出现少数这样的人,也会被'群众'用'类型化'的眼光去对待他们……类型化的态度,基本上是儿童处理世界事物的方式,因为儿童自身还没有发展出'个体化'的深度,自然也不可能参透成人世界的复杂性,因此,就不可能忍受任何暧昧性。"[②]法国社会心理学家勒庞的观点也有助于我们进一步认识郑渊洁童话中的情绪化表达:"群体只知道简单而极端的感情;提供给他们的各种意见、想法和信念,他们或者全盘接受,或者一概拒绝,将其视为绝对真理或绝对谬误。"[③]

　　也正是在这个层面上,郑渊洁童话如同他所创造的皮皮鲁,是一个无机并置的混合文本,其僭越游走在启蒙与狂欢之间,以既同一又分裂的存在创造了一种儿童版大众文化样本。

---

① 参见王学泰:《游民文化与中国社会》,同心出版社2007年版。
② 孙隆基:《中国文化的深层结构》,广西师范大学出版社2004年版,第281页。
③ [法]古斯塔夫·勒庞:《乌合之众:大众心理研究》,冯克利译,中央编译出版社2004年1月版,第10页。

第三章　话语的叛逆：僭越后的道德焦虑与机器图腾

第二节　僭越与狂欢之中的道德焦虑

根据英国历史学家彼得·伯克的描述，欧洲大众文化的狂欢节有三个既真实又带有符号性的主题：食物、性和暴力；[①] 而中国的大众文化也存在同样的颠覆与狂欢，如，1973年出土的一部明成化年间刊印的《华关索出身传四种》唱本就彻底颠覆了传统中国最至高无上的"孝"的道德观念。[②] 相对于成人大众文化的百无禁忌，郑渊洁童话所创造的狂欢要温和与正统得多，它在很多层面非但没有颠覆一个社会的正统意识，而且还似乎对当下现实的道德失范做了最大程度的修复。

在《驯兔记》中，无论老师、父母采取怎样的"教育"手段，皮皮鲁都不曾改变其不做兔子的"英雄气概"，可当他发现班主任为了他而无法照顾自己瘫痪的儿子时，皮皮鲁立即就"英雄气短"，决定要做"兔子"了。让一个令人反感的学校教育的具体运作者和忠实执行者拥有一种牺牲的精神，同时让一个叛逆者因为这种牺牲而被感动和被"招安"，这样的情节安排颇让人深思。可以这么认为，在对这种陈词滥调式煽情故事的情不自禁复制中，泄露了作者隐藏在僭越与狂欢之中的道德焦虑。事实上，这种道德焦虑贯穿了郑渊洁童话的各种不同文本，并以此构成对学校教育进行抨击的一股重要力量。

《舒克与贝塔历险记》是郑渊洁的代表作。在这个讲述两只小老鼠历险的异想天开的故事中，作者的道德诉求复杂而又强烈：老鼠舒

[①] ［英］彼得·伯克：《欧洲近代早期的大众文化》，杨豫、王海良等译，上海人民出版社2005年版，第223页。
[②] 参见王学泰：《游民文化与中国社会》，同心出版社2007年版。

克为了摆脱"小偷"的家庭出身而离家出走。在外面的广阔世界里，它隐瞒老鼠身份，以一系列侠义行动获得了尊重与信任。但当新的身份——"飞行员舒克"确立后，无法割舍的血缘关系让其重新回到老鼠母亲身边，并且后悔自己对亲人的抛弃。

"舒克恨死名声这个东西了。为了得到好名声，他抛弃了生他养他的妈妈，可谁也没有谴责过他，就因为他妈妈是老鼠！舒克真可怜自己的妈妈，她应该和猫的妈妈享有一样的做母亲的权利！舒克擦干眼泪，他决定留在妈妈身边，伺候妈妈。什么名声不名声，去他的吧！丧失良心的名声再好，舒克也不稀罕了。"①

当作者以基于血缘的道德来重新评估正义、真理等基于信仰的道德时，舒克当初"大义弃亲"的理想主义行为就成了"为了名声"的功利主义行为而显得"不义"。在这价值转换之间，郑渊洁最终发出了对传统中国文化核心价值"孝道"的深情呼唤。殊不知，中国几千年皇权专制统治的合法性就源自"孝"。王学泰指出："专制统治者'以孝治天下'，除了它能够为生活在宗法制度下的各个阶层的人们所认同之外，也因为'孝'的精义是'无违'，用现代语言说就是'听话'，家族的所谓'孝子'是完全彻底地'承认长老的权力'的。"②

结合郑渊洁在《驯兔记》等童话中对"听话的好孩子"的抨击，我们发现，郑渊洁的反叛以奇怪的方式走向对面，他的僭越与捍卫之路仿佛是一条回旋的迷途，左右腾挪都无法超越中国文化的魔咒和时

---

① 郑渊洁：《舒克和贝塔历险记》，学苑出版社 1996 年版，第 113 页。
② 王学泰：《游民文化与中国社会》，同心出版社 2007 年版，第 66 页。

第三章 话语的叛逆：僭越后的道德焦虑与机器图腾

代的藩篱。洪子诚指出，"文革"以最激进的"革命"方式复活了人类精神遗产中的那些残酷、陈腐的沉积物①，并深刻影响当代的中国文化。因此，这个在"文革"中度过11至21岁成长岁月的写作者，他叛逆的想象注定无法摆脱那场"触及灵魂"的革命的镌刻。好老鼠舒克的诞生，就源自郑渊洁作为"富农孙子"在那个时代曾受到的压力。在童话世界中，他对统治中国现实多年的"血统论""阶级论"进行了僭越，同时也颠覆了多年以来中国童话僵硬、刻板的动物想象。老鼠、大灰狼、"非好孩子"，这些现实中被否定与被蔑视的，在郑渊洁童话中成为英雄受到肯定，这种逆向思维就像一把双刃剑，它既可以表达为敢于挑战现实成规的勇气和眼光，也很容易成为某种类似于"青春期叛逆"的荷尔蒙释放。李慎之就曾用"peasant vandalism and teenager brutality"（农民的故意破坏和青少年的暴行）来评说"文革"中的红卫兵恐怖。②也就是说，如果叛逆的激情没有能够导向健全理智的信念与价值观为根基，那么这种激情将带来的是噩梦而绝不会是福音。

对此，从那个时代成长而来的郑渊洁似乎有着一种本能的警醒。他的童话在对学校教育与成人世界的蔑视中时刻在寻求新的价值体系，以便能够实现僭越以后的皈依。但是，他没有意识到包括自己在内的几代中国人已成为"失去精神家园"的"流氓"③，他所能依靠的只是几经"革命"摧毁依旧残存的传统的碎片，它们在废墟中的自新与重建能力终究令人怀疑。比如，童话《一斤沙》中有这样一段人物对话："损？现在谁不损？公款吃喝损不损？一顿饭能吃掉国家上千元！给

---

① 洪子诚：《中国当代文学史》，北京大学出版社2007年版，第177页。
② 李慎之：《发现另一个中国——〈游民文化与中国社会〉序》，同心出版社2007年版。
③ 参见朱大可：《流氓的盛宴——当代中国的流氓叙事》，新星出版社2006年版。

公家盖一座鸟大的房子敢收工程队几万元贿金！和他们比起来，咱这也太清廉了……现在什么不掺假？连美国总统睡了白宫实习生都敢在宣誓后撒谎说连一个手指头都没碰过人家，咱们往大米里掺点儿沙子算什么？……臧子涛觉得他们的话虽然粗，但也在理。"[1]这种以"上梁不正下梁歪"的逻辑使个体"合法性"地免除最基本道德自我承担与拷问的思维，正是中国深层文化中的一种典型症候。当郑渊洁以同情的理解表达这种"弱者的反抗"时，显然很难有置身事外的超然心态，他要用童话的想象成就一场又一场弱者的白日梦。于是，在《一斤沙》中臧子涛能够以"十斤大米搭买一斤沙子"的销售方式童话般地变身为傲世众生的商业巨头。

正是这种偏向"弱者的反抗"而非"强者反思"的僭越和僭越之后的无所皈依，使郑渊洁童话在文本的不同层次和不同方向呈现道德焦虑。其具体表现为：首先，童话中的主角均是道德的化身。男孩皮皮鲁、老鼠舒克、蛇王阿奔、大灰狼罗克……那群"被社会所蔑视"的主角，无论是人还是动物，都天然地拥有"文明世界"正在失落的善良、忠诚与正义。约翰·菲斯克指出："把道德移植到阶级上，是我们的大众文艺的普遍特点。"[2]而这种道德移植在郑渊洁童话中的普遍存在，不仅使其具有大众文化的典型症候，而且还闪烁着某种不确定的异质性：那些（他或它）童话角色既自我放逐于原本天然归属的世界，也无法和所谓的"文明世界"同质。比如，在《舒克与贝塔历险记》中，舒克与贝塔这两只童话老鼠驾驶着人类的玩具飞机和坦克，

---

[1] 郑渊洁：《皮皮鲁和舒克贝塔》，二十一世纪出版社2006年版，第169页。
[2] ［美］约翰·费斯克：《电视文化》，祁阿红、张鲲译，商务印书馆2005年版，第16页。

第三章　话语的叛逆：僭越后的道德焦虑与机器图腾

穿梭在老鼠与人的世界，成为既是老鼠界的"革命者""背叛者"和"拯救者"，也是人类的"批判者"和"拯救者"这样的"超级物种"。而正是这种"超级物种"以诸多变异的形象构成了郑渊洁童话在黑暗现实中匡扶正义的核心力量。在多达33卷的童话作品中，郑渊洁行侠的范围极其广泛：教室、校长的办公室、医院、股票市场、官场……童话的正义之箭似乎遍及当下中国每一处的黑暗场域。

其次，童话中的"僭越者"与"被蔑视者"均是忠诚的爱国者。爱国主义的神圣不可侵犯成为"落后生"强有力的庇护所，正如作者在《罐头小人》中这样宣告："当任何一个真正的中国人被剥夺了当中国人的权利时，都会像狮子被激怒时那样发火的。"值得注意的是，那些僭越者们的爱国行为，常常呈现出凌驾于"诚实""公平"等普世道德标准的姿态。比如，在《龙珠风波》中，鲁西西凭借"龙珠"的特殊威力意外成为"游泳神童"。就在她决定任何情况下都再也不使用"龙珠"而让自己回归真实生活时，国家荣誉遇到了挑战：

第二天，鲁西西听说国际泳联的头头带着几位世界游泳冠军来了。当他们听说鲁西西病了，不能游泳时，笑了。

这是谢丽告诉鲁西西的。

谢丽还说，外国人听到这个消息后，说这是他们预料之中的事，还说中国人不可能游这么快，何况是个孩子！

鲁西西眼睛半天没眨。

"他们几位世界冠军明天在游泳馆举行一场游泳表演赛，说是让咱们饱饱眼福，知道知道冠军是怎么回事！哼！"谢丽牙直响。

鲁西西的脑子乱了！

顾不上那么多了，必须出口气！

……

"应该！太应该了!!"皮皮鲁一拍桌子，"再说，这龙也是咱们国家的，你就是龙的传人嘛！用用祖先的宝物，理所当然！"

……

国际泳联的负责人呆坐在主席台上。他其实早就预料到有十亿人口的国家早晚会称霸泳坛。可他没想到这么快。

在这样一个小女孩鲁西西大战世界冠军的故事中，行文充满了某种"洗刷百年耻辱"后的扬眉吐气与狂喜。虽然，比赛结束后那句"鲁西西感动了，她突然意识到体育运动成绩同国家荣誉没有直接的联系，世界纪录是人类共同的骄傲。"使文本恢复了起码的现代理性。但是，从整体上，依旧难以掩盖某种根深蒂固的"中国式爱国情结"：近现代中国饱受侵略的历史所造就的民众受虐恐惧，使得国家尊严具有无所不在的渗透性与延展性，并且具有超越个体生命、利益和道德的崇高价值。因此，鲁西西的"非法"手段在这样的语境下就获得了某种道德豁免权。

运用超能力使一群"被蔑视者"成为让外国人赞不绝口的荣耀的爱国者，而且，那些外国人均来自美、英等西方世界。这是郑渊洁童话僭越之后寻求认同的一个重要模式。但是，必须指出的是，郑渊洁从未对西方的精神文化产生过真正的兴趣，他只不过是借了西方这一张"虎皮"而已。如此，这种模式就必定是一种悖谬的存在：西方，既是僭越与叛逆后的寻求目标，也是他时刻进行蔑视与嘲笑的"他者"。中国的荣誉至上，当这一正统意识形态在僭越的狂欢中发扬光大时，童话的想象又会出现怎样一种图景呢？《彗星蛋》这个依靠神灵帮助而成就财富梦的故事向我们展现了作者对未来中国的全部想象：

窦伟康最先在后窦村兴建的是学校，这学校从小学到大学一条龙，学生不考试，全凭兴趣学习。教师是后窦旅游公司高薪北京聘来的。小学教师年薪 30 万元，中学教师年薪 60 万元，大学教授年薪 180 万元。有一位美国教授因为后窦学校未聘他而在窦伟康的豪宅门口长跪不起，无奈窦伟康就是不给他签证，据说拒聘原因是该教授有明显的移民倾向……到后窦国际机场去接从德国治病归来的母亲。从机舱出来的母亲满面红光神采奕奕，专程护送她回来的德国医生向窦伟康汇报治疗经过汇报……窦伟康吩咐秘书给那邀功请赏的德国医生开一张 50 万美元的支票。母亲在窦伟康的陪同下回家，菲律宾女佣伺候她在冲浪按摩浴池内沐浴洗尘。

沐浴后的母亲在餐桌旁用餐，她告诉坐在轮椅上的窦伟康，一欧洲君主立宪国的美貌公主通过联合国秘书长向窦伟康求婚，正在德国访问的秘书长请窦伟康的母亲促成这件美事。

不能否认作者的某种善意，但正如麦克卢汉在分析《超人》时所指出的："《超人》对当前社会问题的态度，同样反映了强人的极权主义手腕，幼稚而野蛮的头脑加上幻想的铁腕……今天，青少年和成人一样，似乎对文明生活中的困难都越来越不耐烦……"[1]这也是郑渊洁童话的道德焦虑所暴露的症候。同时，类似于《彗星蛋》中对现实进

---

[1] [加]马歇尔·麦克卢汉:《机器新娘——工业人的民俗》，何道宽译，中国人民大学出版社 2004 年版，第 197 页。

行颠覆性模仿的想象，既是贫穷者的财富梦，也是卑贱者的身份梦，而这种对成功的暴发户式的、极为刻板与单一的理解反映了这个国家以及它的民众精神与物质的双重匮乏。

对财富与身份的过度渴求，这是弱者挥之不去的梦魇。认识到这一点使我们能够洞察到隐藏在"侠客梦"与"爱国梦"中的道德焦虑其最终指向，则是对主流意识形态框架内的力量的崇拜。在他者中寻找自我，郑渊洁童话文本其表层的叛逆与深层的认同之间的矛盾，正是其作为大众文化产品的一个重要特征。

第三节　"永恒男孩"的机器图腾

如果说现实文化权力其深不可测的裂缝提供了郑渊洁童话反叛的源动力，那么在僭越与皈依的纠结中，郑渊洁童话本身也产生了深度断裂。在这断裂的虚空中，狂想成为唯一的填充物，它以自我繁殖的方式堆积出一个貌似自足的童话乌托邦。因此，对这种幻想的组成元素以及构成方式的分析，成为我们洞悉郑渊洁童话的又一个必不可少的途径。

首先，对机械力量的膜拜是"郑氏幻想"的关键灵感源头。《舒克与贝塔历险记》中两只老鼠驾驶着人类的玩具飞机与坦克成为"超级生物体"，《机器猴》中一只动物园的母猴因为环境污染而孕育了一只高智商、超能力的机器猴，《幻影号》中一匹陶瓷小马经过微波炉加热后变成了一辆超级汽车"幻影号"……在这些神灵般的机器中，郑渊洁最为心仪的无疑是汽车。就像他在《活车》中所表达的那样：

第三章 话语的叛逆：僭越后的道德焦虑与机器图腾

我觉得汽车是人类智慧的结晶。每当我看见人类将自然界的矿石、石油、橡胶……糅合在一起，然后让它在地球上奔跑时我内心就产生一股不可名状的激情。我庆幸自己投了人胎。作为人类的一员，在生命的全程中从未驾驶过汽车或从未拥有过一辆汽车，实在是一个天大的遗憾，白白浪费了作为人的特权。

带着这种对机械力量的寻求和对速度的迷恋，他写下了一连串以汽车为主角的童话：《幻影号》《活车》《活车影帝》《小兰与小汽车》。在这些故事中，作者不断扩充着对汽车功能的想象：移动的城堡、道德训诫师、家庭成员、现代金刚……它时而刀枪不入，时而需要输血打麻药做手术；它时而是制止人类战争的外星人，时而是被父母遗弃的小孩子……总而言之，郑渊洁笔下的汽车正在成为融各种相互冲突的世俗欲望与宗教信仰为一体的超级存在、一种无意识层次上的现代图腾：就像原始人从心理上钻进他们图腾崇拜中的动物一样，郑渊洁似乎总想钻进机器的紧身衣。① 这种心理趋势因为童话文体的某种自由而得到不断扩散与加强：一双能增高的袜子、一双可以抓强盗的筷子、一只能演奏音乐的沙发、一颗龙珠、一个牛魔王……魔法、特异功能、神话等各种古已有之的幻想为童话中的机器图腾添加了传统的注脚。

现代机械、古代魔法、人类变异、外星文明……这些看似眼花缭乱的幻想都指向同一种心理企图：无需漫长、艰辛的努力过程，也无

---

① 参见［加］马歇尔·麦克卢汉：《机器新娘——工业人的民俗》，何道宽译，中国人民大学出版社 2004 年版。

须接受教育累积经验，人可以凭借超自然能力在一瞬间达成某种愿望。这种对学习过程的蔑视与忽视在郑渊洁童话中随处可见：舒克与贝塔不但对飞机、坦克无师自通，而且还能自如发射火箭畅游宇宙（《舒克与贝塔历险记》）；"我"第一次摸方向盘就能把汽车开回家，因为我已经在梦中开了很多年车（《活车》）；"我"通过玩电脑游戏就成为世界第一的王牌飞行员（《翼展》）……可以这么说，郑渊洁利用童话的假定模式堂而皇之地抛弃了"现实原则"，而只服从于儿童本我中的"愉悦原则"，创造出销量惊人的"郑氏"童话模式：

童话成为侦探故事、民间传说、科幻小说等各种通俗文学元素恣意链接、拼凑的超级文本；故事情节如同"多动症儿童般"时刻处于不稳定的变化中；角色的历险永久性地处于"图腾"的保护中而具有绝对的安全性……总而言之，对随心所欲的游戏的绝对肯定与认同成为"愉悦原则"的最高境界。比如，在《红塔乐园》中，皮皮鲁的两个伙伴意外地成为了小人儿，他们对此这样认为：

"这不是挺好吗？我永远可以和大自然在一起了。皮皮鲁，你能把吊兰送给我吗？再去给我找几盆原始森林来，行吗？"苏宇觉得与其当一个与大自然隔绝的五尺大汉，倒不如当一个天天生活在大自然中的小人儿。

"你们别难过，我也愿意当小人儿。不用上航空学院也可以开飞机啦。其实开飞机有什么好学的，谁都能开。偏要花几年上学，自己折腾自己。对了，你们以后多给我几架飞机，别忘了。"马小丹一点儿不难过。虽然再也变不大了，但他有空间。就是，与其当一个四面受阻的五尺大汉，倒不如当一个主宰空间的小人儿。

第三章 话语的叛逆：僭越后的道德焦虑与机器图腾

皮皮鲁和田莉、张玮不哭了。现在他们不可怜苏宇和马小丹，而是可怜自己了。

"我也不想变大了——"皮皮鲁冲出红塔饭店……

在古希腊神话中，当伊卡洛斯用羽毛和蜡做成的翅膀飞离克里特岛时，因为不顾父亲的警告，被太阳融化翅膀，坠海而死；阿多尼斯因为无视爱神的警告而死于一场狩猎；法厄同因为驾驶阿波罗的太阳车失控而被宙斯以雷霆杀死……这些没有完成"成人仪式"的少年被以荣格为代表的精神分析学派视为"永恒男孩"的原型。这是一个象征概念，代表了一种不想承担责任与义务、不能适应社会化世界而试图永久逃避的孩童心理。著名的彼得·潘①、小王子都是文学中的"永恒男孩"形象。可以这么认为，尽管在故事层面，郑渊洁童话表达了对社会化与物质化世界的关注与介入，但是在无意识层面上，它依旧属于"永恒男孩"的行列。因为，从个体心理与精神的成长角度而言，它所服务的对象并不是自我和超我，而是儿童本我。桑塔格曾说，"科幻电影不是关于科学的，而是关于灾难的，此乃艺术最古老的主题之一。"②同样，郑渊洁童话中的机器图腾也不是关于科学的，而是关于童年欲望的。

当"永恒男孩"在机器图腾的庇护下游戏，并且用游戏战胜那个不道德的成人世界时，童话充满了"波莉安娜"③式的对技术的膜拜。郑渊洁没有意识到的是，电脑、汽车、飞机这些童话中的宠物恰恰是

---

① 彼得·潘是苏格兰作家詹姆斯·巴里同名童话中的主人公，是一个不愿长大也永远长不大的孩子。
② [美] 苏珊·桑塔格：《反对阐释》，程巍译，上海译文出版社2003年版，第248页。
③ 波莉安娜，美国作家霍奇曼·波特同名小说中的主人公，借以指盲目乐观的人。

他所竭力抗拒的成人世界的创造物。它们代表了技术至上的意识形态偏向，并且正在成为官僚统治强有力的工具与逻辑起点。福柯曾指出："在这个层面上，知识的形成和权力的增强有规律地相互促进，形成一个良性循环。在这一点上，纪律跨过了'技术的'门槛。首先是医院和学校，然后是工厂……正是这些技术体系所特有的这种联系使得在规训因素中有可能形成临床医学、精神病学、儿童心理学、教育学以及劳动的合理化。"[1] 如此复杂的局面是郑渊洁所始料不及的，他的童话以对规训的僭越为幻想的动力来源，却不想在技术垄断的迷思中巩固了规训的合法性。"永恒男孩"的机器图腾终究是一场意识形态框架内的游戏，如此而已。

　　理性的启蒙与本能的叛逆、反社会的狂欢与道德焦虑、古老的图腾与现代科学幻想……郑渊洁童话从多个层面与角度呈现了其作为大众文化产品内在的矛盾性：它既是主流文化秩序的挑战者，也是隐性的合作者；它所建立的儿童亚文化既具有相对自由的空间，也是消费文化的附属品；它庞大的市场占有率是对大众欲望与理想积极肯定的一个结果，而它的畅销最终也让我们看到，一个貌似急遽变化的时代其文化深层依旧处于某种凝滞状态的现实。

---

[1] ［法］米歇尔·福柯:《规训与惩罚》，刘兆成、杨远婴译，三联书店2007年版，第251页。

第四章 教科书——中国儿童文化产业的试验场

随着文化产业日益被经济发达国家视为21世纪的"黄金产业",儿童文化产业更是被寄寓了巨大的期望:"北美的孩子每年要花费1150亿美元……在孩子们身上有着无限商机。如果忽略了儿童对经济的影响,我们失去的不仅是对这个上升最快的消费市场的把握,还包括未来数十年商业发展的判断。"[①] 于是,从"天线宝宝"到"哈利·波特",从"变形金刚"到"哆啦A梦",一个又一个席卷全球的儿童产业富矿被成功开发出来。这对正在蓄势待发又尚显薄弱的中国儿童文化产业来说,既提供了一个令人遐想的远景,又构成了一种必须超越的压力。如何在全球化的语境中创建富有生命力的本土儿童文化产业?这个命题无论从理论层面还是操作层面都值得我们长久关注。

由于中国百年现代化历程的曲折与断续性,当代的诸多文化议题

---

① [美]安妮·萨瑟兰等:《儿童经济》,王树勇、庞锦等译,中信出版社2003年版,第109页。

在很大程度上都需要我们回到 20 世纪的历史现场，才能更清楚其内在的演进思路、困境以及可能的解决途径，中国儿童文化产业也同样具有某种历史的积淀和经验。

1904 年，商务印书馆以一套在中国教育史上前所未有的小学教科书为基点，实现了从印刷业到出版业的飞跃，并由此成为近现代中国影响最深广的图书出版企业。商务的运作思路和它的成功正应和了历史学家罗伯特·达恩顿的观点："启蒙同时也是一项利润巨大的生意。"① 而这家深度介入 20 世纪中国现代化历程的民营出版机构在其起步之初，敏锐把握了新兴的商业缺口——学校和儿童市场，这一历史记忆可以说为今天的中国儿童文化产业研究提供了值得借鉴与深入思考的早期实践。

第一节　从"西学东渐"到本土化的实现

虽然中国早在 11 世纪就发明了活字印刷，但由于没有能够解决适合大规模生产的技术问题，以及历代王朝对思想传播的垄断与禁锢，中国的活字印刷技术并没有给社会文化带来革命性的影响。一直到 19 世纪前叶，社会上使用最为广泛的依旧是已有一千多年历史的雕版印刷，这种印刷方式技术要求低、原料获得容易，但是耗费的时间与人力巨大、成本高昂。根据哈罗德·伊尼斯的理论，这种印刷术属于时间性而非空间性传播，从而导致传统中国的书籍阅读和思想传播只能

---

① 参见［美］罗伯特·达恩顿：《启蒙运动的生意》，顾杭、叶桐译，生活·读书·新知三联书店 2005 年版。

局限于士大夫阶层，而不能扩展到经济能力和阅读能力均贫弱的平民阶层。

19世纪30年代，西方传教士所研制的石版印刷术以及随之而来的蒸汽动力装置，改变了传播空间有限的中国传统雕版印刷，使得书籍的流通突破了数千年来为士大夫阶层所独享的格局而走向广大的平民阶层。1897年，四个中国基督徒夏瑞芳、鲍咸恩、鲍咸昌和高凤池，带着他们从美国长老会传教士所创办的美华书馆所学来的印刷技术，在上海租界内创立了自己的印刷厂，取名为"商务印书馆"。第四年，他们又购入日资"修文书馆"的印刷机器，令印书馆的印刷力量得到及时扩充，成为当时上海拥有最先进设备的国人印刷所。

无论是器物层面还是精神层面，商务印书馆的诞生都可以被视为晚清社会近半个世纪以来深受西方文化影响的一个典型结果。同时，商务印书馆的创办人以及投资者之间或血缘或姻亲的联结纽带，则呈现了传统中国源远流长的家族文化力量。因此，更确切地说，透过商务印书馆的诞生，我们似乎看到，晚清中国在经历"西学东渐"的洗礼之后开始寻找本土文化现代化的出路，而其背后的直接推动力则源自世俗的经济诉求。

这种在西方背景下开拓本土文化市场的路途，既意味着巨大的利润，也充满了未知的风险。商务印书馆在最初，以一些简单移植性的学习教材如《华英初阶》《华英字典》获得成功后，随即遭遇了一连串这种移植所带来的失败。困境之中，怀抱"扶助教育为己任"的晚清士绅阶层的精英分子张元济和实业家印有模的加盟，使这家民间印刷所开始了重要变革。1901年，融资后的商务印书馆资本增至5万元，成立"股份有限公司"，突破了传统中国家族企业的狭窄格局。1902

年，商务印书馆增设编译所，张元济任所长，开始编撰全套中小学教科书。1903年，商务进行了第二次极为重要的融资，与当时日本最大的教科书出版机构金港堂合资。

虽然已经具备当时编撰教科书的诸多有利条件，但是商务印书馆依旧经历了，在"启蒙与生意""引导与迎合""外来文化与本土文化"等一系列彼此依赖又彼此对抗的因素之间，寻找最佳结合点的艰难磨合来确立自己的文化理念与商业品牌。

从商务印书馆诞生到初期的发展，外来技术、资金乃至文化一直是其运行的重要组成部分。但是随着时代语境的变化，商务印书馆曾经的日本元素逐渐成为它需要规避的政治污点，也成为竞争对手攻击的靶子。但事实上，当年的日本元素为《最新教科书》的高质量铺垫了扎实的基础，而商务印书馆其怀抱世界又不失自我的格局则别有一番勇气和承担。"日本人不仅为早期商务引入资金，更引进了国外先进的印刷技术和编撰教科书的经验……金港堂以编撰教科书，早已闻名于本国，当时中国新式教科书仍处于草创和摸索阶段，多位日本专家参与教科书编辑会议，提供宝贵的经验和意见，甚至协助确立定本。"①

更加令人印象深刻的是，虽然金港堂在理念、技术与经验上均领先于商务印书馆，但是双方的合作却呈现出平等与互相尊重。"他们旋即于当天午后集体讨论决定编写体例，然后着手编写。张（元济）、高（梦旦）、蒋（维乔）、长尾、小谷参加讨论……第二天午后五人继续工作，集体编定五课，并以此为定本。这种集体商讨的形式后来被商务同人称为'圆桌会议'……在编写《最新国文》第一、二册时，都采用这一方式，几乎每编成一课，就要讨论到大家提不出意见为

---

① 李家驹：《商务印书馆与近代知识文化的传播》，商务印书馆2005年出版，第51页。

止。以后各册,就由各人,或一二人按体例编写,写成后再集体讨论定稿。"① "小谷和长尾提出,教科书插图极为重要,须请第一流画家绘制。这意见受到商务印书馆当局高度重视。"② 虽然日本在出版技术与理念方面总体上均领先于中国许多,但商务编译所的中国学者并不曾失去自信与独立:"二月十三日长尾君来辩论,教科书须每课次序互相联络,以便儿童记忆。余等与之讨论多时,决定相发明相印证,不可为形式上之联络。"③ 上述史料都说明了这样一个事实:正是不同文化之间的双向交流为商务的《最新教科书》带来富有生命力的本土气息。

商务教科书编撰工作的推动力之一是1902年清廷颁布的学堂章程,但是1904年1月(光绪二十九年十一月)清政府颁布的"癸卯学制"却给这项工作的前景抹上浓重的阴影。"十二月十四日午后小谷、长尾来。因京师大学堂新定章程,所定小学科全然谬戾,不合教育公理。而商务印书馆资本家为牟利起见,颇有强从之者。而张菊翁、高梦旦及余等均不愿遵之。小谷、长尾之意亦然。"④ 在面对外部压力时,商务印书馆内部的不同意见颇能反映出版社这一文化实体其本质的矛盾性,如果经济利益与文化责任不能兼而得之,孰为先?幸运的是,当时屡弱的清政府已失去对民间的掌控,商务冒险按照自己教育理念出版的第一本《最新初等小学国文教科书》获得学校与读者的热烈回应,"未及五六日而已销完四千部。现拟再版矣。"⑤ 随着商务国文教科书的行销全国,政府的癸卯学制居然在无形之中被废弃。而此不久以

---

① 张人凤:《商务〈最新教科书〉的编纂经过和特点》,载《编辑学刊》1997年第3期。
② 王益:《中日出版印刷文化的交流和商务印书馆》,载《编辑学刊》,1994年第1期。
③ 汪家熔选注:《蒋维乔日记选》,《出版史料》总第28期,第47页。
④ 汪家熔选注:《蒋维乔日记选》,《出版史料》总第28期,第47页。
⑤ 汪家熔选注:《蒋维乔日记选》,《出版史料》总第28期,第48页。

前商务印书馆所面临的那种经济与文化之间的内在紧张，戏剧性地成为一种鼓舞人心的双赢。

一间民间出版机构成功对抗了一个帝国的政府意志，开创出中国教育的现代气象，这不能不说是在特殊时代语境下商务所创造的一个很难复制的文化与商业奇迹。"庶几教者不劳、学者不困，潜移默化，蒙养之始基以此立，国民之资格以此成……"[①] 显然，这篇收入 1904 年初版的第一册最新小学国文教科书中的《编辑初等高等小学堂国文教科书缘起》，描述了这样一个历史景观："一个出版公司通过集体的努力，成功地完成了其自定的'启蒙'任务，而且他们的努力也帮助了共和政府的民族建构。"[②]

第二节　从教育的启蒙到儿童文化的塑造

1904 年伊始，商务印书馆创办了《东方杂志》。这是一份被后世称为 "20 世纪上半叶中国社会各个学术领域的佼佼者无不在它上面留下了声音，中国思想界的每一次波动无不在它上面存有痕迹"[③] 的刊物。就在创刊号上，《初等小学堂国文教科书》的广告赫然在目：

"童业入学，茫然无知识；而我国文字多半艰深，往往有读书数年，不能写一信，记一账者。欲谋教育普及，不可不于国文加之意矣。

---

① 张人凤:《商务〈最新教科书〉的编纂经过和特点》，载《编辑学刊》1997 年第 3 期。
② [英] 李欧梵:《上海摩登——一种新都市文化在中国（1930—1945）》，毛尖译，北京大学出版社 2001 年出版，第 62 页。
③ 洪九来:《宽容与理性——〈东方杂志〉的公共舆论研究（1904—1932）》，上海人民出版社 2006 年出版，第 1 页。

近岁广设学堂，稍稍有编蒙学读本者，然施诸实用，都未尽合。或程度多高，难于领会；或零举字义，不能贯穿；或貌袭西法，不合华文性质；或演为俗语，不能彼此通用。有志教育者时以为憾。本馆特请通人，精心编撰；兼请日本文部省图书审查官兼视学官小谷重君，高等师范学校教授长尾槙太郎君及曾从事中国学堂之福建高君凤谦，浙江张君元济详加校订，一字不苟。经营数月始成数册，因应急需，先将首册出版，用见方半寸大字，附图九十于幅，印刷鲜明。教授法稍迟续出。欲知本书详细情形者请观二月十三、十四、十五日中外日报告白。零售每册一角五分，批发从廉。"①

《最新小学教科书》在《东方杂志》上的隆重登场预示了商务将以改造成人教养儿童的方式为中介全面塑造新都市儿童文化的雄心，而其实践的策略便是对教育的多层次、全方位的深度介入。

1905年7月，商务印书馆设立小学师范讲习所；同年底，续办第二届小学师范讲习所，两届讲习所共毕业小学教师80名；1910年7月，创立师范讲习社，编印师范讲义13种；1918年，第三届师范讲习社毕业，人数为580余人……无疑，不断增多地从讲习所毕业的小学教师将成为商务《最新教科书》的有力传播者和使用者。

与此同时，商务印书馆致力于创办一系列教育实体来扩大和提升社会影响力。创办于1905年的尚公小学便是其中具有代表性的一所学校。"商务的每个职工可以免费送一名子女入学……举凡课时、教材、教法、设备布置、学生自治等都进行试验……商务印书馆设有工场，自己制造运动器材、实验仪器、教具、标本等，以及大量儿童图书……尚公小学以其齐全的设备和雄厚的师资力量，成为上海名牌小

---

① 王云五：《商务印书馆与新教育年谱》，江西教育出版社2008年出版，第90页。

学之一。"① 显然，这所商务附属小学承载了讲习所学员实习基地、企业员工福利和现代教育实验基地等多种功能。

除了自上而下拓展教科书的受众群体外，商务还在1909年创办《教育杂志》，成功营造出多元教育思潮并争取大众言论空间。如，1913年第5卷第5号刊发了《编辑小学教科书商榷书》，就如何改进教科书中的宗旨、程度、形式、时间分配和教授书等五个难以把握的问题向社会各界征询意见。这种向大众打开专业门户、鼓励不同意见的编辑思路不但赋予了商务印书馆各种教育实践、实验的理论合法性，而且最大程度吸引了新兴都市文化阶层对商务印书馆以及它所推行的文化产品的关注与认同。

以教科书为起点，商务印书馆对儿童的关注从课堂教学延伸到日常生活中，出版了许多在当时中国均极具开创性的儿童课外读物：1906年创刊《儿童教育画》，从1909开始共出版《童话》丛书102种，1911年创办《少年杂志》，1914年创办《学生杂志》，1922年创办《儿童世界》《儿童画报》，1923年出版百科小丛书，1937年出版《幼童文库》和《小学生文库》……在出版时，编辑们既重视儿童的年龄、学科的分类、阅读的目的、图书的价格等因素构成儿童读物的差异性，同时也始终与教科书的内容、进度以及精神主旨等各方面保持紧密的衔接，呈现出市场细分与整合的专业策略。

对商务印书馆而言，儿童文化市场的空间有着多种向度的延展区域，它不仅意味着精神启蒙，还意味着提供一系列有益或无害的娱乐。除了在《儿童世界》《少年杂志》等各种刊物上开辟笑话、漫画、游

---

① [英] 李欧梵：《上海摩登——一种新都市文化在中国（1930—1945）》，毛尖译，北京大学出版社2001年出版，第63页。

戏等栏目外，商务还出版了《活动影戏》二辑12种、《活动变形人》《儿童游戏丛书》《儿童游艺丛书》等读物。随着图书的出版，商务印书馆还适时跟进儿童玩具、教学器具等物品的制作，形成完整的产业链。"商务印书馆以其出品参加江苏省巴拿马赛会出品协会，获得一等奖状。嗣参加美国巴拿马美国博览会，以仪器标本、儿童玩具得二等银牌奖，以电镀铜板，得大奖章……"[①]类似这样参加国内外博览会并获奖的记录不时出现在王云五所著的《商务印书馆与新教育年谱》中，延续着商务从诞生伊始就表现出的对器物现代化高度敏感的风格。

也正是这种敏感使得商务印书馆在1917年开始进入电影业，成立"活动影戏部"。不久，商务印书馆拍摄了《盲童教育》《慈善教育》《养真幼稚园》《女子体育观》《技击大观》《驱灭蚊蝇》《养蚕》等一系列教育片，进一步呼应了教科书的内容与商务的新教育理念；1919年，商务印书馆制造了第一台中文打字机，并同时拍摄了中国第一部动画广告片《舒震东华文打字机》……通过电影这一新型媒介再次实践了启蒙、生意、娱乐之间的互动与互补。

所有这些围绕着教科书而展开的文化产业活动"既抓住都市市场的新部分——孩子（以及他们的母亲）。而同时，教程外的出版物也早就超越了学校体系的局限，进入了因为谋生而失学的都市成人世界中。"[②]商务以新教育为核心所建造的现代性景观成功打破了儿童—成人之间某种天然的文化隔阂，这正是商务定位儿童文化的独特之处。

[①] 王建辉：《出版与近代文明》，河南大学出版社2006年出版，第76页。
[②] 王建辉：《出版与近代文明》，河南大学出版社2006年出版，第266页。

第三节　从儿童—成人到成人—儿童

从 1904 年开始，商务印书馆《最新教科书》的畅销为其打开儿童文化市场缺口的同时，也累积了充足的资金，使其能够在一个更广大的文化产业领域内施展抱负。

首先是图书出版领域：商务印书馆在推介西学译著、中国古籍校勘整理、编撰百科全书以及各类辞典等方面均引人注目；此外，商务印书馆创办了《外交报》《绣像小说》《东方杂志》《小说月报》《妇女杂志》《英语周刊》等创一时风气的杂志；其次是公共文化积累与传播领域：1904 年，商务着手进行图书馆的建设，及至 1924 年扩充为东方图书馆，向公众开放，成为 30 年代亚洲规模最大的公共图书馆；第三是教育实体领域："从 1904 年到 1931 年，商务印书馆历年筹办公共教育事业达 46 次（包括正规学校、夜校、函授等），培训人员约 1.8 万人，涉及的学科也较为广泛和实用，有英文科、算术科、国语科、国文科、商业科等，师资则以本馆编辑人员为主，讲义多自撰……"需要指出的是，商务在上述立体化拓展中，教科书的出版始终以核心产业的地位保证了商务印书馆的资金运作，也保证了商务印书馆所开创的大众阅读空间的延续性。本文把这种经营策略或思路称为儿童—成人的运作模式。

与此同时，商务印书馆在成人文化领域内的专业与前沿地位，对它所从事的儿童文化产业给以多层面的丰厚回报。首先是商务印书馆的儿童文化产业始终获得深广的文化底蕴的支撑，其标志之一便是商务印书馆从事儿童文化产业的编辑人员的学养背景以及抱负，如："编写教科书的一批人像庄俞等，就代表了当时的最高水平，杜亚泉可以与陈独秀进行中西文化的论战，也是当时学者型的编辑和思想型的学者"，"童话丛书"的开创者孙毓修是目录版本学家、翻译家和藏书家，《儿童世界》的创办者郑振铎后成为中国著名学者、文学史家，"儿童教育画"丛刊创办者伍联德在1926年创办了中国第一份大型综合性画报——《良友》。《儿童世界》美术编辑万籁鸣依托商务印书馆提供的平台开创了中国动画电影。青年茅盾曾担任孙毓修的助手，撰写了《大槐国》《千匹绢》等17本童话……

可以这么说，所有在商务印书馆从事与儿童文化产业相关的人员都不是固守"儿童"这一领地的"专业"人员，他们之所以加入这项工作也怀有不同的目标或抱负：对张元济、高梦旦、杜亚泉等知识分子而言，投身儿童文化产业不仅仅是为了开拓一个全新的市场，更是晚清民初中国知识分子"到民间去"的启蒙诉求；对郑振铎、茅盾等年轻人来说，在商务印书馆编辑儿童读物不但解决了自身的谋生需要，而且获得了进一步深造的机会。上述从业人员的非"儿童"因素在很大程度上决定了商务的儿童文化产业始终具有成人—儿童的运作思路和精神气质。

1922年1月，商务印书馆的《儿童世界》创刊。在发行之前，由主编郑振铎撰写的《〈儿童世界〉宣言》分别刊发在1921年12月的《妇女杂志》和《时事新报·学灯》副刊上。在成人刊物上登载儿童杂志的创刊广告，其策略显然借鉴了教科书的营销经验：商务印书馆的《东方杂志》从1897年创办以来，几乎每期都充满了各类教科书的广告。从经济的角度考量，儿童并不是一个独立的消费群体，儿童文化产品是否获得良好经济回报与社会影响最终必须通过成人社会的认可。因此，作为中国报刊史上第一份儿童文艺杂志的《儿童世界》，首先向养育和教育儿童的父母、教师介绍它的宗旨与特点就显得尤为重要。为了让成人在最短时间里成为《儿童世界》的积极订阅者和推荐者，主编郑振铎还充分利用商务印书馆多元化的杂志平台，分别向《教育杂志》《小说月报》《妇女杂志》《学生杂志》等订户赠送非卖品《儿童世界》创刊号。在这种有效运用成人—儿童的广告策略中，《儿童世界》以其最大可能性获得了成人世界的关注。

通过成人向儿童传达新教育的理想，可以说是《儿童世界》一个非常关键的思路。在《〈儿童世界〉宣言》一文中，郑振铎向父母和教师们全面陈述了刊物的宗旨、内容分类、资料来源、处理资料的方法以及适宜的儿童读者年龄，并且还援引西方儿童文学、儿童心理学的观点来消除普遍存在于当时中国父母和教师们心中对童话的疑虑，实现了对成人的儿童观乃至儿童文学观的启蒙。《儿童世界》大规模发行后，编辑与成人教育者之间的互动联系则以刊登读者来信和编辑回复的方式加以不断加强，其涉及的问题均非常具体：从新式标点的采用、字号的大小，到翻译的方式以及原作者的名字等等。不难看出，《儿童世界》对读者提出的改进版面技术的建议基本积极采纳，但凡涉及观念方面则始终坚持了它的启蒙性。如，在《儿童世界》第二卷第十三期上的《第三卷的本志》中，郑振铎写道："一方面固是力求适应我们的儿童的一切需要，在另一方面却决不迎合现在社会的——儿童的与儿童父母的——心理。我们深觉得我们的工作，决不应该'迎合'儿童的劣等嗜好，与一般家庭的旧习惯，而应当本着我们的理想，种下新的形象，新的儿童生活的种子，在儿童乃至儿童父母的心里……"[①]

[①] 郑振铎：《郑振铎全集》（第13卷），花山文艺出版社1998年版，第87页。

而在第三卷第十二期上,郑振铎更是直接回应了一个叫周得寿的读者的意见:"至于神秘一层,更不必故意避免。儿童是充满了幻想的。儿童文学中决不能——也不必——完全除掉一切神秘的原始气味。"①

虽然郑振铎在 1923 年离开《儿童世界》,接任《小说月报》的主编,但是他对儿童文化的关注持续了很长时间。1925 年,《小说月报》连续两期推出《安徒生号》,同时发表郑振铎撰写的《安徒生的作品及关于安徒生的参考书籍》一文;1934 年,在 5 月 20 日的《大公报》上发表《儿童读物问题》;1936 年,在 7 月 1 日的《文学》上发表《中国儿童读物的分析》……这些文章以专业性与前沿性再次强化了商务印书馆在儿童文化运作中所彰显的成人—儿童模式。就如郑振铎在 1925 年发表于《小说月报》上的《〈列那狐的历史〉译序》中写道的那样:"为取便于中国的儿童计,此书采用重述法。但所删节的地方并不多见。另一英译本,删节了三分之二,只叙到第十四节为止。原书的结局是列那狐终于得释,这个英译本,却不欲使狡者得志,竟把他的结果改作列那被处死刑,大快人心了!编译儿童书而处处要顾全'道德',是要失掉许多文学的趣味的。"②可见,成人—儿童模式不但在扩大儿童文化产品的影响力、提升儿童文化产品的质量等方面均有重要作用外,而且还使儿童文化在很大程度上摆脱了"泛道德化"的僵硬面具,获得了一种美学上的自由。

可以这么说,儿童—成人模式与成人—儿童模式的交互运用使得商务所开创的儿童文化产业呈现出绵延不断强劲的生命力,并且有机地融入了 20 世纪初正在形成的中国城市文化之中。

---

① 郑振铎:《郑振铎全集》(第 13 卷),花山文艺出版社 1998 年版,第 72 页。
② 郑振铎:《郑振铎全集》(第 13 卷),花山文艺出版社 1998 年版,第 17 页。

虽然由于时代的变迁，商务印书馆在 1958 年以后退出儿童图书出版领域，但是它在 20 世纪前半期所进行的儿童文化产业实践所达到的高度与产生的影响力可以说至今没有被超越。当时间进入 21 世纪，中国儿童文化产业所置身的环境与 20 世纪初有着某种相似性：西方化与本土化、教育与娱乐、儿童与成人，这些因素之间的天然对抗性依旧存在。所不同的是，一个新的媒介时代正在来临，它所产生的"娱乐至死"的文化令人忧虑。今天的中国出版业有没有像上个世纪的商务印书馆那样，在危机中创造出西方化与本土化、教育与娱乐、儿童与成人等因素之间既对立又保持独立、张力又互补性的儿童文化产业的可能性呢？

结语

儿童虽然属于大众的行列，其文化也在很多层面上表现出大众文化的症候，但因其本身的沉默性，致使解释和重构儿童文化始终充满了太多的困惑与争议。本书在"儿童"具有多向度被解读的开放性这一逻辑前提下引入文化研究的相关理论与策略，对中国儿童文学的文化基因以及它的现代化历程进行了重新的审视。

透过对"蒙学中的儿童""图像中的儿童"和"《世说新语》中神童形象"三个着力点的探索，我们可以看到中国传统文化中既单一又多元的童年存在。中国童蒙教育虽然历史悠久，但缺少某种革命性或转折性的变化，呈现性质上的停滞性。它不承认童年自身所携带的力量，而只是视儿童为可以完全被塑造的客体，这个客体的存在意义仅仅属于家族的荣耀与绵延。在传统中国图像谱系中，儿童形象被大众的巫术活动与佛教信仰赋予了某种驱邪避灾的超自然功能；同时，在大众艺术消费领域中，儿童形象则凝聚了传统中国对世俗幸福生活的全部欲望。虽然对这些儿童形象的创作者、欣赏者和消费者而言，儿童本身并不是目的所在，但从其对儿童游戏、玩闹等场景的选择与表达来看，我们还是发现了传统中国隐匿于世俗欲望下的另一种文化与声音：驯服于制度性主流文化的民众内心隐约的叛逆冲动。

19世纪末20世纪初的两份画报《小孩月报》与《点石斋画报》则为本文考察"西学东渐"背景下中国儿童文学萌蘖期所呈现的特质提供了有效的切入点。本文认为，《小孩月报》在中国所开辟的"现代儿童启蒙之路"与欧洲"现代儿童文化"之间存在着不可忽视的错位现象。它并没有完成一种对传统中国文化形成挑战、颠覆和互补的横向文化移植，而是变异为在现代化名义下继续绵延的纵向繁殖，进一步延续了传统中国对童年的不信任的文化惯性。作为一份近代中国发行量最大的都市通俗读物，《点石斋画报》不以教化儿童为己任，而是在启蒙的旗号下突出了愉悦民众的首要目标。它所呈现的儿童世界是一个并没有被现代儿童观所同质化的、多元而开放的原生态存在，是一幅充满善与恶、衰败与生机的童年浮世绘，保留了一份关于近代中国市民阶层的童年观与文化心态的原始记录。

透过这种文化研究的视角，使我们对新文化运动与中国儿童文学的现代自觉之间的关系有了更多层面的思考。周作人的儿童文学研究、刘半农的拟儿歌创作、黎锦晖的儿童歌舞和张乐平的早期三毛漫画均从自身所理解的大众文化出发，从不同角度演绎了中国儿童文学的另一种可能性。进入"十七年"之后，中国儿童文学走向新的大众文化的实践。在这一时段，根据"十七年"童话母本进行二次创作的中国动画电影的成功既预示了这一媒介本身所具有的娱乐功能和游戏空间，也为我们解构"十七年"童话的大众化实践提供了对象。与中国动画电影互为映照的经典电影《闪闪红星》则使我们审视的目光能够扩展到21世纪的中国儿童文化。通过对1964年的同名小说、1974年的电影以及2005年的动漫《闪闪红星》进行比照细读后，本文认为，"潘冬子"不断被改变的形象和成长使命再次印证了所谓童年文化，从其根本而言，乃是成人欲望的对象物和投射物这一具有悲观主义色彩的论点。同时，正是透过这一对象物，我们得以洞悉20世纪60年代以来中国大众文化的变迁：从一元化意识形态高度凝聚时所产生的乌托邦激情到一元化解体后所产生的充满焦虑与无力感的大众狂欢。

随着一个新的大众文化时代的到来，以郑渊洁童话为代表的畅销书成为映射中国社会文化变迁的一个重要镜像。他的童话既有理性的启蒙也有本能的叛逆，既有反社会的狂欢也有道德焦虑，既有古老的图腾也有现代科学幻想，这些特征都呈现了其作为大众文化产品内在的矛盾性。他的童话既是主流文化秩序的挑战者，也是隐性的共谋者，它所建立的儿童亚文化既具有相对自由的精神空间，也是消费文化的附属品；它庞大的市场占有率是对大众欲望积极肯定的一个结果，而它的畅销最终也让我们看到一个貌似急剧变化的时代其文化深层依旧处于某种凝滞状态的现实。

儿童畅销书带来的巨大经济效益正是21世纪被经济发达国家视为"黄金产业"的儿童文化产业的一个缩影，而小学教科书则是构成这个商业板块不可或缺的重要组成部分。20世纪初商务印书馆以一套在中国教育史上前所未有的小学教科书为基点，实现了印刷业到出版业的飞越，并由此迅速成长为在近现代中国最具文化影响力的出版企业。商务的儿童文化产业实践所达到的高度与产生的影响力至今仍未被超越，它为我们审视文化之镜下的中国儿童文学提供了一个关于"启蒙的生意"的典型案例，也为本文的研究标注下意犹未尽的省略号。

参考文献

1. ［美］约翰·斯道雷:《文化理论与通俗文化导论》,杨竹山、郭发勇等译,南京大学出版社 2006 年版。

2. ［西班牙］奥尔特加·加塞特:《大众的反叛》,刘训练、佟德志译,吉林人民出版社 2004 年版。

3. ［美］约翰·费斯克:《理解大众文化》,杨全强译,南京大学出版社 2006 年版。

4. ［加］马歇尔·麦克卢汉:《机器新娘——工业人的民俗》,何道宽译,中国人民大学出版社 2004 年版。

5. 姜进、李德英:《近代中国城市与大众文化》,新星出版社 2008 年版。

6. ［英］彼得·伯克:《欧洲近代早期的大众文化》,杨豫、王海良等译,上海人民出版社 2005 年版。

7. ［法］古斯塔夫·勒庞:《乌合之众:大众心理研究》,冯克利译,中央编译出版社 1998 年版。

8. [德] 霍克海默:《霍克海默集》,渠东、付德根等译,上海远东出版社 2004 年版。

9. 王笛:《街头文化——成都公共空间、下层民众与地方政治,1870—1930》,中国人民大学出版社 2006 年版。

10. [法] 让-皮埃尔·内罗杜:《古罗马的儿童》,张鸿、向征译,广西师范大学出版社 2005 年版。

11. [美] 尼尔·波兹曼:《童年的消逝》,吴燕莛译,广西师范大学出版社 2004 年版。

12. [英] 柯林·黑伍德:《孩子的历史——从中世纪到现代的儿童与童年》,黄煜文译,台湾麦田出版社 2004 年版。

13. [加] 马克斯·范梅南、[荷] 巴斯·莱维林:《儿童的秘密——秘密、隐私和自我的重新认识》,陈慧黠、曹赛先译,教育科学出版社 2004 年版。

14. [美] 戴维·埃伦费尔德:《人道主义的僭妄》,李云龙译,国际文化出版公司 1988 年版。

15. [法] 加斯东·巴什拉:《梦想的诗学》,刘自强译,三联书店 1996 年版。

16. [美] 勒内·韦勒克、奥斯汀·沃伦:《文学理论》,刘象愚、邢培明等译,江苏教育出版社 2005 年版。

17. [法] 保罗·亚哲儿:《书·儿童·成人》,傅林统译,富春文化事业股份有限公司 1999 年版。

18. [美] 约翰·维克雷:《神话与文学》,潘国庆、杨小洪等译,上海文艺出版社 1995 年版。

19. [美]杰克·齐普斯:《作为神话的童话/作为童话的神话》,朝霞译,少年儿童出版社2008年版。

20. [法]谢和耐:《中国社会史》,耿昇译,江苏人民出版社1995年版。

21. 周一良:《魏晋南北朝十二讲》,中华书局2007年版。

22. 余英时:《士与中国文化》,上海人民出版社2003年版。

23. 陈平原:《图像晚清》,百花文艺出版社2006年版。

24. 王立新:《美国传教士与晚清中国现代化》,天津人民出版社2008年版。

25. 李孝悌:《恋恋红尘——中国的城市、欲望和生活》,上海人民出版社2007年版。

26. [美]洪长泰:《到民间去——1918-1937的中国知识分子与民间文学运动》,董晓萍译,上海文艺出版社1993年版。

27. 沈从文:《抽象的抒情》,复旦大学出版社2004年版。

28. 徐新建:《民歌与国学——民国早期"歌谣运动"的回顾与思考》,巴蜀书社2006年版。

29. [英]安德鲁·本尼特、尼古拉·罗伊尔:《关键词:文学、批评与理论导论》,汪正龙、李永新译,广西师范大学出版社2007年版。

30. [美]约翰·费斯克:《解读大众文化》,杨全强译,南京大学出版社2006年版。

31. [美]李欧梵:《上海摩登——一种新都市文化在中国(1930—1945)》,毛尖译,北京大学出版社2005年版。

32. 黄金麟:《历史、身体、国家——近代中国的身体形成(1895—1937)》,新星出版社2006年版。

33.［美］王德威:《被压抑的现代性——晚清小说新论》，宋伟杰译，北京大学出版社 2005 年版

34.［美］华莱士·马丁:《当代叙事学》，王水雄、宋静等译，北京大学出版社 2006 年版

35.［美］维维安娜·泽利泽:《给无价的孩子定价》，上海人民出版社 2008 年版。

36.［法］罗兰·巴特:《流行体系——符号学与服饰符码》，敖军译，上海人民出版社 2000 年版。

37.［美］布罗茨基:《文明的孩子》，刘文飞、唐烈英译，中央编译出版社 1999 年版。

38.［法］米歇尔·福柯:《规训与惩罚》，刘北成、杨远婴译，三联书店 2007 年版。

39. 王学泰:《游民文化与中国社会》，同心出版社 2007 年版。

40. 孙隆基:《中国文化的深层结构》，广西师范大学出版社 2004 年版。

41. 朱大可:《流氓的盛宴——当代中国的流氓叙事》，新星出版社 2006 年版。

42.［美］约翰·费斯克:《电视文化》，祁阿红、张鲲译，商务印书馆 2005 年版。

43.［美］苏珊·桑塔格:《反对阐释》，程巍译，上海译文出版社 2003 年版

44.［美］安妮·萨瑟兰、贝思·汤普森:《儿童经济》，王树勇、庞锦等译，中信出版社 2003 年版。

45.［美］罗伯特·达恩顿:《启蒙运动的生意》，顾杭、叶桐译，生

活·读书·新知三联书店 2005 年版。

46. 李家驹:《商务印书馆与近代知识文化的传播》,商务印书馆 2005 年版。

47. 洪九来:《宽容与理性——〈东方杂志〉的公共舆论研究(1904—1932)》,上海人民出版社 2006 年版。

48. 王云五:《商务印书馆与新教育年谱》,江西教育出版社 2008 年版。

49. 王建辉:《出版与近代文明》,河南大学出版社 2006 年版。

50. [法]罗兰·巴尔特:《写作的零度》,李幼燕译,中国人民大学出版社 2008 年版。

51. [德]维蕾娜·卡斯特:《成功:解读童话》,宴松译,上海人民出版社 2003 年版。

后记

　　2013年，由本人独立承担的国家社科基金项目"大众文化视域中的中国儿童文学"经过五年的研究终于顺利结题。此项课题最终成果《大众文化视域中的中国儿童文学》一书也于同年由浙江大学出版社出版。时隔六年后，有幸得到方卫平老师的举荐，此成果被河北少年儿童出版社列入"中国当代儿童文学理论文库"。时间过去了六年，著者的视界也发生了些许变化。借此良机，重新对这部书稿所论述的议题进行了审视，以弥补当时因种种原因而留下的遗憾。

　　此番出版，以《透过文化之镜——从另一种维度重新审视中国儿童文学》为题重新命名，意图使论域更具弹性和开放性。同时，对三、四两章的内容进行了较大幅度的调整，删减了在今日看来方法论上还不够精准和有效的部分。

　　最后，再次感谢方卫平老师多年来的教诲和提携！在二十多年的儿童文学研究之旅中，一路有您指引与鼓励，是一件多么值得庆幸的事情。

也感谢愿意出版此书稿的河北少年儿童出版社，使这本小书能以新的面貌进入一个集体的序列中。

陈恩黎

2019 年 3 月 27 日

主编小记

方卫平

一

2018年初冬时节，趁着我在北京参加一个活动的机会，时任河北少年儿童出版社总编辑段建军先生（现为社长）、副总编辑蒋海燕女士（现为方圆电子音像出版社社长）、总编辑助理兼文学编辑部主任孙卓然女士（现为总编辑）专程从石家庄来京与我见面商讨工作，包括出版一套儿童文学理论丛书的计划。

许多年来，儿童文学理论、评论著作的出版，包括理论译著的出版，受到了不少出版社的重视。作为最近40余年中国儿童文学发展历史的参与者、见证者，我以为，相对于儿童文学的研究传统而言，20世纪80年代以来的中国儿童文学理论批评在研究领域、观念、方法等方面都有不同程度的发展与变化，留下了一批富有学术价值的理论著作。我想，以"中国当代儿童文学理论文库"的名义，陆续选择、保留这样一些著作，应该是十分值得的。

这个建议，很快得到了河北少年儿童出版社领导的肯定和重视。在各位学者的支持和各位编辑的共同努力下，我们看到了现在这样一套理论丛书。

收入本丛书的著作，有的出版于30多年前，有的则于10来年前面世。在我看来，这些著作或对当代儿童文学的理论观念有所更新，或于现代儿童文学的研究领域有所开拓，或在儿童文学的研究方法上有所探索。它们学术体量都不算大——考虑到各种因素，本丛书暂未收入"大部头"的著作——但都不同程度上富有学术的灵感、个性或创意，因而，岁月流逝，它们仍然具有相当的学术意义和阅读价值。

对我个人来说，这些著作曾经在不同时期给我以教益，或者成为我在课堂上常常向本科生、研究生们介绍评述的中国当代儿童文学理论著作。

二

此刻，令我感到非常遗憾的是，丛书作者之一的汤锐女士，已经看不到《现代儿童文学本体论》这部她曾经牵挂的著作的再版了。四年前联系、约请她加入丛书时的情景又浮现眼前。

2019年3月的一天，我通过微信与汤锐联系，恭请她携力作《现代儿童文学本体论》加入丛书。她当即答应，稍后又提及，是否可以将曹文轩教授对该书的评论《女性与理性——读〈现代儿童文学本体论〉》及拙文《我们思想舞台上的优雅舞者》（以下简称

《优雅舞者》）收入书中。经与出版社沟通后，这两篇文章以附录形式置于书中。

我由此想起了拙文写作的一些往事。

1999年秋天，上海的少年儿童出版社拟将该社主办的《儿童文学选刊》《儿童文学研究》合并为《中国儿童文学》继续出版。编辑朋友就刊物编辑事宜征求我的想法。我因此提出了一些建议，其中包括设立一个关于批评家的栏目——每期推出一位评论家一长一短两篇论文，另附一篇同行对该批评家的评介文字。编辑部接受了我的建议，第一期准备介绍我推荐的汤锐女士。10月下旬的一天，负责栏目的编辑朋友又找我说，既然是你推荐的，汤锐老师的介绍文章就由你来写吧，1500字左右。我听了之后马上说，1500字可能太少，只能印象式地点到为止，好不容易开设了这个栏目，建议给4000到5000字的篇幅。

大约是10月29日一早，我开始集中阅读、梳理汤锐的理论著作和多年来我对她的学术成果的印象和理解。汤锐在我们这一代学术同侪中，几乎是唯一的才女型学者，她的理论文字与她的为人一样，沉静、内敛、诗意、优雅。理清了思路，酝酿好了文气，10月31日下午3点半，我摊开稿纸，开始写作《优雅舞者》。那时候家里虽然早已买了一台386台式电脑，可是我这个"技术恐惧症"患者当时还是更习惯于用传统方式写作。也许是因为比较熟悉汤锐的理论文字和为人处世方式，到次日上午10点多，除了吃饭睡觉，算是一气呵成写成了4500字的《优雅舞者》一文。

我在这篇文章中认为："《现代儿童文学本体论》是汤锐迄今为止十分重要的一部理论专著。该书将学术触角伸向了现代儿童文学的本质、功能、美学特征、创作机制等一系列重大而基本的理论问题"，并"出示了一个融解、弥漫着良好悟性的精致、绵密的理论构架。在此书中，作者除保留并发展了她充满感性色彩和优美品格的研究个性外，还显示出了相当出色的理性分析和逻辑演绎能力"。

我知道评论汤锐学术工作的文章太少，汤锐对此文是欢喜的。2009年，明天出版社出版四卷本"汤锐儿童文学理论文集"时，她以此文作为了文集代序。

几年前的那一天，她与我商量将此文收入这套丛书时，用微信语音留言说：卫平，我把你这篇文章放在我书中参考文献的后面行吗？我真的很珍爱你这篇文章。

我非常理解汤锐的心情，这里不仅传递了一份贴心的信任，也是对来自同行的专业呼应的一份珍视和体恤。

汤锐曾经笑着告诉我，她与文友打趣时说过：方卫平那样写我，我有那么小媳妇样儿吗？

这是因为我在文章中反复表达了这样的意思："汤锐在儿童文学研究舞台上的最初亮相显得小心翼翼""汤锐似乎并不乐意在这个舞台上抢风头，直到今天，她仍然是这个舞台上一名小心翼翼的舞者，至少在她的主观心性控制中，她是低调而谨慎的"。当然，我是试图以此来说明拙文开头时出现的一句话："这正好标示了汤锐为人为文沉稳内敛、学术心灵清静大气的特质。"

2022年8月18日晚上10点20分，我接到了曹文轩教授的电话。文轩用透着悲伤的声音告诉我，"卫平，汤锐走了"——汤锐女儿方歌刚刚告知，妈妈在一个遥远的国度飞去了更遥远的地方。

放下手机，一股难抑的震惊和悲伤淹没了我。当晚，我给台湾文友桂文亚女士打了电话。我知道，她们是闺蜜级的朋友。文亚说，汤锐与她告别过，她难过、流泪，已经好几天了。

文亚曾经常年为两岸儿童文学交流奔走，留下了大量与大陆同行往来的信函。近年来，她投入了很多精力和个人经费，聘请助理整理、扫描早年那些保存着两岸儿童文学交流历史和热络体温的纸质信件，并且一一归类入箧，寄还书信写作者本人保存。2021年春，文亚与汤锐商量寄还汤锐数十通手书信函一事。汤锐说，自己不便保存了。她们商定这些宝贵的信件先寄我保存。如今，那些以流利的手书写就的信函停留在我手中，而斯人已逝，怎不令人怆然涕下！

我也把汤锐离世的噩耗告知了刘海栖先生。在我的印象中，汤锐生前的最后一篇评论文章，可能是为海栖长篇小说《小兵雄赳赳》写的《隐藏的文采》一文。此文对海栖新作的语言艺术做了精湛的分析，其中"看一个作家是否有天赋，要看他对文字的感觉，这一点，也正是我对海栖最认可的地方""他终于在文字中找到了自己""很多时候我们以为，文字的美是与辞藻的华丽程度成正比的，但其实更多时候，文字的美是与表达的准确程度成正比的"——这些分析、判断，真的是深得我心。

三

对于我而言，这套理论丛书的组织和出版，不仅试图保留一段中国当代儿童文学理论发展的历史成果，也是一段共同经历的学术前行和跋涉身姿的投影与存留。

我盼望《现代儿童文学本体论》与收入本丛书的著作，仍然能够在这个时代的儿童文学学术生活里，发挥作用和影响。

这也是我们对汤锐女士最好的缅怀与纪念。

谢谢河北少年儿童出版社，谢谢各位文字、美术编辑为丛书的出版所付出的心血和劳动。

2023 年 3 月 2 日于余杭翡翠城